I0649945

16855

MÉMOIRES
SECRETS
POUR SERVIR A L'HISTOIRE
DE LA
RÉPUBLIQUE DES LETTRES
EN FRANCE,
DEPUIS MDCCLXII JUSQU'A NOS JOURS;
OU
JOURNAL
D'UN OBSERVATEUR,

CONTENANT les Analyses des Pieces de Théâtre qui
ont paru durant cet intervalle ; les Relations des
Assemblées Littéraires ; les notices des Livres nouveaux, clandestins, prohibés ; les Pieces fugitives,
rares ou manuscrites, en prose ou en vers ; les Vaudevilles sur la Cour ; les Anecdotes & Bons Mots ;
les Eloges des Savans, des Artistes, des Hommes
de Lettres morts, &c. &c. &c.

TOME VINGT-HUITIEME.

. . . . . *huc propius me,*
vos ordine adite.
Hor. L. II, Sat. 3, ⱱ. 81 & 82.

A LONDRES,
CHEZ JOHN ADAMSON.
M. DCC. LXXXVI.

MÉMOIRES

SECRETS

POUR SERVIR A L'HISTOIRE DE LA
RÉPUBLIQUE DES LETTRES EN
FRANCE , DEPUIS MDCCLXII,
JUSQU'A NOS JOURS.

ANNÉE M. DCC. LXXXV.

1 *Janvier* 1785. Non - feulement l'édit d'emprunt n'a point paffé tout de fuite aux chambres
affemblées le mardi 28 ; mais il y a été arrêté
des repréfentations au Roi , qui, vu les circonftances , ont été rédigées promptement & brié-
vement , quoique fortes & énergiques. L'on devoit faire accompagner le premier préfident ,
chargé de les prononcer , de la députation ordinaire ; mais le Roi a voulu qu'il n'y eût à
cette cérémonie que le premier préfident & deux
préfidents. S. M. ayant perfifté à ordonner que

A 2

l'édit fût enrégiftré, il l'a été le 30 décembre, & publié hier 31.

Cet édit porte création d'un emprunt de cent vingt-cinq millions en vingt-cinq mille billets de mille livres, proluifant intérêt à cinq pour cent, & rembourfables en vingt-cinq ans, avec accroiffement de capital.

L'emprunt eft motivé fur la néceffité de continuer avec exactitude l'acquittement des dettes de la guerre derniere, fur les engagements pris pour accélérer les paiements arriérés & fur *ce qu'exige une fage prévoyance dans les circonftances préfentes.*

On a fait cet emprunt tel, qu'il puiffe fuffire, non-feulement pour éviter dans une même année l'inconvénient de recourir à de nouvelles reffources, mais auffi pour entretenir au tréforroyal cette utile abondance, qui facilite toutes les difpofitions d'ordre & d'économie.

Outre que la grande quantité de numéraire qui exifte en circulation, permet de porter l'emprunt au taux où on l'a monté, le contrôleur-général y a été invité par l'empreffement du public.

Au refte, ce miniftre n'a garde d'abufer de la confiance exceffive des prêteurs; il ne la regarde que comme un acheminement aux opérations effentielles & falutaires qu'il a en vue : elles feroient impraticables fans le crédit, & par elles il deviendra inébranlable.

Après ces belles phrafes & d'autres plus illufoires, l'auteur ne difconvient pas que le volume des dettes s'accroît par l'emprunt que les circonftances néceffitent ; mais elles fe trouvent, fuivant lui, compenfées en grande partie par l'extinction effectuée cette année de plusieurs objets remboursables à époques , telle que la loterie de 1777.

On loue enfuite le plan de l'emprunt : il n'exige de la part des prêteurs , ni l'aliénation de leurs fonds , comme dans les rentes perpétuelles ; ni leur anéantiffement , comme dans les rentes viageres : il n'oblige pas de jouer , comme dans les loteries : il ne met pas dans le cas de recevoir des rembourfements morcelés , comme dans les annuités.

Cet emprunt , au furplus , eft calculé fur le prix courant des effets publics , & il n'aura coûté que deux fois le capital primitif à fon extinction , tant pour les intérêts que pour tous les rembourfements & accroiffements de fonds.

Enfin les détails en font réglés par l'organifation la plus fimple , la plus claire , la moins fufceptible d'embarras principaux. La forme du tirage , par exemple , eft un modele de laconifme.

Il fera remboursé cinq mille billets chaque année , & ce tirage fera très-fimple. Il n'y aura que 25 billets dans la roue , depuis un jufqu'à vingt-cinq , pour le premier , qui aura lieu en janvier 1786 , & le numéro qui fortira , fera indicateur de la férie des cinq mille à rembourfer ; favoir : 1°. de la premiere férie depuis un jufqu'à cinq mille : 2°. depuis cinq mille un jufqu'à dix mille , &c.

Le rembourfement du capital croîtra en mefure de fon retard , en forte que le dernier ou vingt-cinquieme fera de cent pour cent.

1 *Janvier.* C'eft hier que le fieur *Aulinot* ,

A 3

dont le spectacle , ainsi qu'on l'a dit , va être dirigé par les mêmes administrateurs des *Variétés*, a donné pour la derniere fois. On y jouoit : *la Fin couronne l'œuvre* , ou *les Adieux* , proverbe épisodique en un acte , relatif à la circonstance. Il a eu le plus grand succès ; tout le monde a été attendri jusqu'aux larmes. On a demandé le fieur *Audinot*, qui est venu , le mouchoir à la main , ainsi que ses acteurs , & n'a pu dire autre chose , finon, en montrant ses camarades & lui : *Messieurs voilà notre compliment.* C'est la premiere fois qu'un théâtre forain offre une pareille scene.

Il est certain que le fieur *Audinot* est le pere & le créateur de cette forte de spectacles. Avant lui , les honnêtes gens n'osoient y aller ; ils étoient réfervés à la canaille , aux filles , aux libertins : les turlupinades , l'indécence , la crapule y régnoient. Il a monté le fien peu-à-peu fur un ton plus honnête. Ses confreres fe font piqués d'émulation , & le boulevard est presque devenu l'école des bonnes mœurs , tandis que les autres théâtres fe dégradoient.

Ce directeur devroit fe retirer fort riche ; mais fon inconduite l'a fait manger à mesure qu'il gagnoit , & il ne lui refte que de quoi vivre bourgeoisement ; ce dont ne fe contente pas aujourd'hui le plus mauvais farceur.

1 *Janvier.* Entre les diverfes épigrammes qui ont couru fur l'election de M. l'abbé *Maury*, déformais membre de l'académie françoife , voici la meilleure. Pour mieux l'entendre , il faut favoir que cet intrigant , vifant de loin à cette place , est auteur d'un traité *fur l'élé-*

quence , panthéon littéraire , où il déifie le plus grand nombre des académiciens qu'il encenſe tour - à - tour.

> Du nouveau récipiendaire ,
> Dans le ſein des quarante admis .
> Quel eſt le titre littéraire !
> Il n'en a point, mais des amis.
> J'entends : ce ſera quelque Muſe ,
> Ou peut-être même Apollon ?
> C'eſt encor ce qui vous abuſe :
> Nul ne l'avoue au double Mont.
> Il a prôné , voilà ſa ruſe ,
> *Marmontel* , *Thomas* & *Boiſmont.*

2 *Janvier.* Le ſieur *Francaſtel* & conſorts, qui ont entrepris la conſtruction du théâtre des *Va-rietés* au Palais - Royal , ont tenu leur engage-ment, & il s'eſt ouvert hier avec une affluence de monde compoſé non - ſeulement des amateurs ordinaires , mais des curieux de toute eſpece courant après la nouveauté.

Le premier changement qui a frappé & qui a beaucoup déplu, c'eſt l'augmentation des places, dont la premiere eſpece eſt à 3 livres, la ſeconde à 1 livre 10 ſous, & la troiſieme à 1 livre.

La ſalle , non encore finie dans ſes acceſſoires, a paru fort bien , quoiqu'un peu longue. Elle eſt terminée en verdure ; ce ſont les jardins de *Sé-miramis* ; elle eſt éclairée par un luſtre modelé ſur celui de la comédie françoiſe. Il y a orcheſtre, parquet aſſis , parterre debout , loges à l'année, premieres loges , galerie au lieu d'amphithéâtre , ſecondes loges , paradis. On y remarque déjà

A 4

une prétention à finger les premiers fpectacles & à gagner beaucoup d'argent.

Les directeurs ont aufli changé le titre. On prétend qu'ils follicitent des lettres-patentes qui leur octroient celui de *Théâtre des Variétés dramatiques* ; car ils craignent les difficultés, & les hiftrions ne font pas moins délicats entre eux que les grands feigneurs. Quoi qu'il en foit, ceux-ci jouoient avant-hier fur les boulevarts fous la dénomination des *Variétés amufantes*. Ils fe font affichés hier fous celle de *Théâtre des Variétés* tout court ; mais on obferve aujourd'hui qu'ils ont changé & qu'ils s'annoncent fimplement comme *Variétés au Palais-Royal*. Apparemment que les comédies ou l'opéra les auront tracaffés.

La feule nouveauté qu'ils aient donnée hier, étoit un prologue relatif à leur tranflation. C'étoit le *Palais du bon goût*, pour l'ouverture, avec fes agréments : on y a trouvé de l'efprit, de la bonne critique, des faillies, de la jufteffe ; cependant l'allégorie trop forcée eft froide par conféquent. Du refte, beaucoup de flagorneries pour le public. L'auteur n'avoit pu s'empêcher d'y mettre quelque chofe en l'honneur du duc *de Chartres*, mais fans le nommer & enveloppé comme une fatire ; en forte que l'éloge a gliffé fans applaudiffemcnts & fans murmures.

S A. S. étoit abfente alors ; elle s'eft préfentée dans le courant des autres pieces, & n'a été claquée guere que par les gens de fa maifon. Il n'en a pas été de même de madame la ducheffe *de Chartres* : elle a été finguliérement fêtée du public, & quoiqu'en loge grillée, elle n'a pu fe difpenfer de s'en appercevoir & de faire fes remerciements par des révérences.

Les acteurs aujourd'hui font les mêmes ; les décorations & les habillements du prologue ont paru neufs & de très-bon goût ; il y avoit beaucoup de spectacle : quant aux danfes, ce font encore peu de chofe. Jufqu'à préent on ne voit rien qui doive exciter la jaloufie des autres fpectacles beaucoup plus que par le paffé.

2 *Janvier*. Un arrêt du confeil d'état du Roi, en date du 22 décembre 1784, nomme pour directeurs de la nouvelle caiffe d'amortiffement, afin d'en fuivre & régir les opérations, les fieurs *Micault d'Harvelay* & *Loifeau de Berenger*. Le premier eft encore garde du tréfor royal & fe retire à la fin de l'année ; & l'autre eft fermier - général.

Le préambule de cet arrêt eft extrêmement curieux par les eloges exceffifs de ces deux financiers, qu'on met dans la bouche de S. M. « Informé, dit le Roi, que le fieur *Micault d'Harvelay* eft dans l'intention de tranfmettre, fous le bon plaifir de S. M. au fieur *de la Borde*, fon neveu, la charge de garde du tréfor - royal, qu'il exerce depuis long - temps avec honneur, & dans laquelle en toutes circonftances il a fu rendre utiles à l'état fous le regne précédent, & fous celui de S. M. les forces d'un crédit foutenu par des opérations exactes ; il a voulu, en agréant fa retraite pour l'époque indiquée, lui donner un nouveau témoignage de la fatisfaction qu'il a toujours eue de fes bons fervices, & en même temps les perpétuer dans un autre genre non moins effentiel, quoique plus tranquille...... Et quant à fon collegue, S. M. le fait jouir pareillement de l'eftime publique, & fes talents dans la partie des finances lui font connus. »

A 5

2, *Janvier*. On a calculé le succès qu'avoit eu l'institution d'une compagnie de charité, occupée à travailler à la délivrance des prisonniers pour dettes de mois de nourrices. Depuis le 21 décembre 1783 jusqu'à la fin de 1784, il a été mis en liberté 884 pauvres peres ou meres de famille, & le numéraire de leurs engagements, totalement acquittés, est de 51,082 livres.

Cette somme excede de plus d'un tiers celle des délivrances de l'année 1783.

2 *Janvier*. On avoit remis à parler plus amplement de l'opéra de *Diane & Endymion*, lorsqu'il seroit repris avec les changements que les auteurs se proposoient d'y faire, s'ils étoient heureux & ramenoient le public; mais ces changements sont peu importants; ils ne touchent ni au fond ni au dénouement de l'ouvrage; ils ne le rendent pas plus intéressant; il n'en est pas moins d'un froid glacial: ainsi l'on n'en dira pas davantage.

3 *Janvier*. Extrait d'une lettre de Rennes, du 28 décembre 1784. Il n'y a rien encore de décidé sur la statue de *Louis XVI*, si elle sera équestre ou pédestre. Les députés nommés à la fin des états pour aller en cour, seront chargés d'en faire dresser le plan, qui sera présenté à la tenue prochaine.

Les présidents des ordres, le jour même où le vœu des états s'est formé, ont été chargés d'écrire aux ministres pour leur témoigner toute la reconnoissance des états, en les priant de mettre sous les yeux du Roi la délibération qu'on venoit de prendre.

3 *Janvier*. Un vieux adage dit : *Virtus mercedes ipsa sibi* : —— *La vertu est sa propre récom-*

penfe. On ne penfe plus de même ; on veut au-jourd'hui que les bonnes actions foient merce-naires ; on fonde des prix pour toutes.

Un particulier, ancien éleve de la commu-nauté de *Sainte - Barbe*, vient d'établir dans cette maifon un prix pour l'écolier qui, au jugement de tous fes condifciples, aura réuni dans le de-gré le plus éminent les qualités du cœur & de l'efprit, la fcience & la vertu.

Le 4 décembre dernier, jour de *Sainte - Barbe*, patrone de la communauté, on a ouvert le fcrutin, & le fieur *Jean - Baptifte Perrault*, du diocefe de Châlons fur Saône, véteran de rhé-torique, a été proclamé vainqueur, dans un exercice folemnel, auquel préfidoit le recteur de l'univerfité.

4 *Janvier.* On fait aujourd'hui que les nou-velles boutiques du Palais Royal ont été conf-truites économiquement aux frais du duc *de Chartres* ; que c'eft l'abbé *Beaudeau* qui dirige cet établiffement mefquin & peu digne d'un grand prince, ce qui fait dire que le Palais Royal n'eft plus *Palais* ni *Royal.* Indépendamment de ce ca-lembour, on a fait une chanfon qui, à force d'être plate, femble avoir beaucoup de fel, à quantité de gens, parce qu'elle peint au natu-rel la platitude du projet. Auffi fait elle for-tune, & fe chante - t - elle généralement.

Elle eft fur l'air : *Monfeigneur d'Orléans,* &c.

> J'ai vu dans un jardin,
> Un palais de fapin,
> Dont la folidité
> Fait la beauté :

A 6

Les toits , les murs & les montants ;
Sont faits de planches de bois blanc ,
Dont le plus ou moins de longueur
N'a pas un pouce d'épaiſſeur.
Mais vive la coupe des plafonds ,
Qui ſont de toiles à torchons !
De face on croit voir le bain
De Poitevin ,
Et de travers
Cinq chemins couverts ,
Dont trois cintrés en contre-bas ,
Les deux autres ſont plats :
Ceux-ci pour débaucher les paſſants ,
Ceux-là pour nicher les marchands.
L'humidité le pourrira ;
Un Lumignon l'enflammera ;
Ou bien le vent l'emportera ;
Mais jamais il n'enfoncera.
Il eſt poſé ſur les ſix rangs ,
De ces piliers à bonnets blancs ,
Que l'on prenoit l'hiver dernier
Pour des ruches en eſpalier.
Or donc , il ne craint aucun fléau ,
Hormis le feu , l'air & l'eau.

4 *Janvier*. Deux arrêtés ont été faits au parlement , les chambres aſſemblées à l'occaſion de l'édit d'emprunt.

Le premier , du 28 décembre , a ſervi de baſe aux repréſentations roulant ſur l'augmentation de la dette nationale qui , bien loin de diminuer sous le regne actuel, malgré la bonne volonté du Roi & son économie personnelle, s'est soutenue & est montée, suivant le calcul le plus modéré, jusqu'à douze cents millions ; sur l'illusion des préambules du ministre actuel des finances, promettant les plus belles choses, & le conduisant de maniere à ne pouvoir les tenir, faisant de légeres réductions ou suppressions d'un côté, & de l'autre chargeant l'état de fardeaux énormes par des emprunts élevés à un taux dont il n'y a pas encore eu d'exemple dans les crises les plus difficiles ; enfin sur l'emploi de ces emprunts destinés à payer les dettes de la guerre & appliqués à payer les dettes des freres de S. M. à acheter à grands frais des châteaux de plaisance, des forêts de chasse, tels que *Saint - Cloud* & *Rambouillet*.

Le Roi ayant répondu à tout cela que les fonds du dernier emprunt n'avoient été nullement distraits, mais appliqués utilement & spécialement à l'acquittement des dettes de la guerre ; en enrégistrant l'édit, afin de ne point augmenter les calamités de l'état par un discrédit national & étranger, le plus grand malheur pour une administration, on a pris un second arrété séparé de l'enrégistrement, par lequel le parlement a chargé le premier président, en tout temps & en tout lieu, de représenter au Roi que l'ordre & l'économie sont les seules bases d'une bonne administration, & les autres lieux communs de cette espece, déjà répétés cent fois inutilement.

Messieurs conviennent eux - mêmes que ce n'est qu'un arrêté de forme, dont le premier président ne fera jamais usage ; ils ne doutent pas qu'au lieu d'en parler au Roi, il ne le laisse dans son porte - feuille, pour aller à la chaffe, dont on fait qu'il eft fou.

5 *Janvier*. On fait que pour dédommager fans doute M. l'évêque d'*Autun* de toutes les fatires qui ont couru fur fon compte & effacer les mauvaifes impreffions que ces libelles pourroient laiffer dans l'efprit des peuples, on a fait entendre au Roi qu'il falloit le revêtir de quelque honneur éclatant, & qu'en conféquence il avoit été nommé cordon - bleu. Le premier jour de l'an il a été reçu commandeur de l'ordre. Aujourd'hui il a donné une audience folemnelle, où il a paru avec fa nouvelle décoration. L'églife s'étoit empreffée de le venir féliciter, & jamais il n'a eu tant de monde.

Il s'eft répandu dans l'affemblée deux pieces de vers à ce fujet, anonymes, parce qu'en effet elles ont autant l'air d'épigrammes que de madrigaux dont on leur a donné le titre. Voici le premier :

> *Marbœuf* ne s'étoit point encore
> Vu du cordon-bleu revêtu :
> *Louis* aujourd'hui l'en décore ;
> Il etrenne en lui la vertu.

Voici le fecond madrigal :

> Toi, que depuis long-temps balotte
> Momus au fourire m ruant,
> Te voilà, cher *Marbœuf*, commandeur cependant,
> Malg é les traits malins de fa troupe falote ;
> Ton vêtement m ft eft de l u life e :
> Meffieurs, de dent enc r un c p bi n acéré,
> Et vous ferez rougir, j'efpere, fa calotte.

Rien de plus burlefque, fans doute, que ce dernier; il eft digne de l'abbé *de Launay*. Auffi le conferve-t-on pour fon ridicule rare. Chacun s'eft empreffé de les copier, & ils ont été bientôt répandus dans tout Paris.

5 *Janv. Ma Converfion*, par M. D. R. C. D. M. F, c'eft-à-dire, par M. *de Riquetti*, comte de *Mirabeau* fils. Tel eft le titre de cet ouvrage qui, quoiqu'imprimé dès 1783, n'a commencé à percer que vers la fin de l'année derniere. Il eft en effet d'une nature à ne fe gliffer que lentement & dans les ténebres. Il eft précédé d'une *Epître dédicatoire à Monfieur Satan*. On peut juger par ce début quel doit être le fond du livre. Le frontifpice l'annonce également. On y voit l'auteur à fon bureau. L'*Amour* & les *trois Graces*, transformées en *trois Garces nues*, vers lefquels il fe retourne, femblent guider fa plume. On diroit que le *Diable*, en face, n'attend que le moment de recevoir l'hommage de cette production, & *Mercure* fe difpofe à la publier.

Au haut eft un médaillon où l'on lit : *Ma converfion*. Et au bas, pour légende : *Auri facra fames*. Cinq autres eftampes enrichiffent & développent le fujet.

La premiere roule fur le début du héros, qui commence par une financiere payant bien. Il eft peint l'excitant vigoureufement & ne voulant la fatisfaire que lorfque l'or paroît. Au bas on lit : *Voyez fon cul, comme il bondit !*

La feconde a pour titre : *la Dévote*, avec cette exclamation : *Ah ! mon doux Jefus !* C'eft le plaifir qui la lui arrache, on le juge à fon attitude avec fon amant. Un crucifix devant elle, un tableau de la Vierge caractérifent une dévote,

Agnès est la troisieme estampe , & le mot : *Je dechire la nue.* C'est une novice que le libertin introduit dans un couvent de débauche: en lui donnant une leçon de musique , elle se précipite elle - même toute en pleurs dans ses bras , & est enfilée.

Elle vit du pays sert de légende à la quatrieme. C'est une *Baronne campagnarde* qu'il éduque , & à laquelle il apprend toutes les postures & toutes les manieres de le faire.

La derniere estampe peint une orgie effroyable, où brille un moine. Elle est couverte d'un rideau qu'entr'ouvre le *Roué.* Plus bas est une autre orgie fort enveloppée qu'on suppose de tribades , d'après sa description , & le tout est terminé par ces mots : *Le rideau cache les mœurs.*

On ne sait si l'ouvrage est réellement de celui qu'indiquent les lettres initiales : mais malheureusement il est assez bien fait pour qu'on soit tenté de le croire.

6 *Janvier.* Il court un quatrain sur le cordon bleu de M. d'*Autun*, plus ingénieux, plus juste & plus caustique que les précédents :

A force d'en dire du mal ,
Voilà du cordon - bleu *Marbœuf* que l'on décore.
Aimables persiffleurs , quelques pamphlets encore ,
Et vous le ferez cardinal.

6 *Janvier.* On assure que M. *Necker*, avant de s'occuper du livre qu'il a composé sur l'administration des finances de la France , en avoit demandé permission au Roi & que S. M. lui avoit permis de s'y livrer. On est surpris en conséquence de ne point voir publier cet ouvrage ,

dont tout le monde parle fans l'avoir lu. Il eft exceffivement rare encore , & l'on ne connoît d'exemplaires que ceux envoyés en préfent. On eft allé en vain chez le fieur *Pankouke*, qu'on difoit chargé de fon débit. Il a déclaré en avoir déjà reçu quelques ballots , mais ne vouloir mettre en vente le livre que lorfqu'il en aura l'édition complete ; ce qui a fait courir le bruit que le gouvernement s'oppofoit à fa diftribution.

7 *Janvier*. La grande queftion du commerce des Colonies , libre ou non libre , qui agite depuis quelque temps les ports & les cabinets du miniftere , continue à faire un bruit étonnant. Voici les principales affertions des défenfeurs du régime prohibitif.

1. Les Colonies ont été créées par la métropole & pour la métropole.

2. Elles lui font utiles , parce qu'elles confomment le fuperflu de fes productions , & qu'elles lui fourniffent en échange les productions de leur crû.

3. Les agents de ces échanges font les négociants de la métropole.

4. Il n'y a pas une de nos Colonies qui ne fe foit formée & foutenue par les avances continuelles que lui a faites le commerce de France ; avances qui , en très - grande partie , font tombées en pure perte pour les négociants , par la mort ou l'infolvabilité des Colons.

5. Malgré cela le commerce de la France a profpéré , parce que ces pertes ont été couvertes des profits qu'a donnés fous le régime des loix prohibitives , la vente des productions du fel ou des manufactures du royaume dans les Colonies , & parce que le marché des denrées colo-

niale ayant été conftamment & exclufivement
maintenu dans les ports du royaume , les étrangers
ont été obligés d'y venir concurremment s'en
approvifionner , d'où il eft réfulté les plus grands
avantages pour les négociants françois en particulier & pour le royaume en général.

6. Le régime des loix prohibitives a donc procuré tout à la fois la profpérité des Colonies &
celle de la métropole.

7. On a cru en France devoir déroger à ces
loix prohibitives pendant la guerre , mais il
n'avoit pas encore été propofé de permettre l'entrée dans nos Colonies aux étrangers en temps
de paix.

8. Les nations étrangeres qui poffedent comme
nous des Colonies aux Antilles & fur le conti-
nent de l'Amérique , n'y ont jamais donné entrée en aucun temps, ni fous aucun prétexte, à
d'autres qu'aux nationaux ; ce qui fembleroit devoir être réciproque.

9. On propofe aujourd'hui l'entrée dans nos
Colonies pour les Anglo - Américains.

10. On ignore quelle eft la politique du gouvernement en accordant une auffi grande faveur
à ces nouveaux républicains , mais elle eft telle
qu'on ne peut l'apprécier que par le tort qu'en
recevra le commerce de France.

11. Par la nouvelle conftitution des Etats - Unis,
leurs ports étant ouverts à toutes les nations de
l'Europe indiftinctement, il eft clair qu'il feront
toujours munis de toutes les marchandifes que
ces diverfes nations croiront propres à être con-
fommées dans nos Colonies, où elles feront in-
troduites, foit par les Anglo - Américains eux-
mêmes , foit par les étrangers fous le pavillon

Américain , avec une profufion qui excluera tous les envois de la métropole.

12. C'eft ainfi qu'il a déjà été introduit , fous le pavillon Américain dans nos Colonies , des toileries blanches & peintes de Siléfie de Saxe, de Suiffe , &c. qui ont rendu invendables nos toiles de Bretagne , de Nantes , de Beauvais , de Cholet & du Béarn , &c. Si cela s'eft fait avant que la liberté de la navigation ait été formellement accordée , que fera-ce lorfqu'elle fera ouverte légalement?

13 Nous difons donc qu'ouvrir nos Colonies aux Anglo-Américains , c'eft les ouvrir indiftinctement à toutes les nations de l'Europe.

14. Cette concurrence eft fi dangereufe & fi fort à craindre pour le commerce de France , qu'on peut affurer que du moment qu'elle fera établie , on verra diminuer les armements dans tous les ports du royaume , & qu'enfin ils cefferont tout-à-fait , lorfque l'expérience aura appris aux plus hardis qu'il eft impoffible aux armateurs françois de fe mefurer dans ce genre avec les étrangers, par la raifon qu'en France nous faifons un commerce de luxe , & qu'ils font un commerce d'économie. C'eft un vice inhérent à la nature des chofes, auquel il eft impoffible de porter aucun remede. Cela tient à la richeffe du fol de la France , à la variété de fes productions & des jouiffances qui en font la fuite ; enfin , c'eft parce que nous fommes François & que c'eft notre maniere d'être.

15. On peut affurer que les Hollandois & les Danois qui ont des Colonies aux Antilles, & dans beaucoup de cas les Anglois pourroient nous ouvrir impunément leurs Colonies , fans craindre notre concurrence , & qu'à l'article des vins

près, il n'y en a pas un fur lequel ils n'euffent
fur nous l'avantage du bon marché. D'où il réfulte évidemment que s'il y a une nation en Europe qui ait un grand intérêt à conferver fes Colonies fous le régime des loix prohibitives, c'eft
la France.

16. Entre les maux innombrables que la cef-
fation ou la diminution du commerce de nos ports
avec nos Colonies à fucre caufera au royaume, il
faut placer fur-tout la perte certaine & inappré-
ciable des matelots ; celle de la plus grande partie des fortunes, la défertion de tout ce qui tient
aux conftructions & aux armements, l'abandon
d'une grande partie des manufactures, une émigration telle qu'il n'y en aura pas eu de pareille
depuis la révocation de l'édit de Nantes, & toutes
les calamités qu'amene fur les campagnes & le cul-
tivateur la non-vente de fes denrées.

17. Au furplus, les habitants des Colonies,
pour lefquels on s'expoferoit à tant de malheurs,
font les propriétaires des terres les plus favorifées
fur le globe. Ils ont acquis ces terres fous les loix
& à la condition du régime prohibitif qu'ils ne
ceffent d'éluder depuis trente ans. Ils retirent
quinze & jufqu'à vingt pour cent du revenu annuel de leurs terres, & par leurs demandes infa-
tiables ils veulent ruiner aujourd'hui les propriétaires de terres du royaume, qui ont bien de la
peine à porter le revenu des leurs à trois & quatre
pour cent.

18. Mais quelle eft la compenfation de ces
grands facrifices qu'on feroit aux Etats-Unis de
l'Amérique ? Jufqu'à préfent leur pavillon n'a
prefque pas paru dans nos ports depuis la paix.
Il flotte au contraire en grand nombre fur la Ta-

mife, où l'on eftimoit en juillet dernier qu'il y avoit pour plus de quatre millions de livres fterlings d'expéditions faites depuis la guerre en productions ou en fabriques Angloifes pour l'Amérique feptentrionale. Et cependant les Anglois ne reçoivent point leurs anciens fujets dans leurs Colonies.

19. Enfin, fi le fyftême du jour dure, il ne fe paffera pas trois ans avant qu'on en reffente les fâcheux effets. On les éprouvera quand on voudra armer une efcadre, lever les impôts dans les campagnes, ou que le Roi aura befoin des navires du commerce pour faire les tranfports des troupes ou d'approvifionnements, & Dieu veuille que nous n'ayons pas de guerre avec les Anglois.

8. *Janvier*. Suivant ce qu'on écrit de Boulogne, M. *Pilâtre*, après avoir donné des ordres à foixante ouvriers pour la conftruction d'une tente de quatre-vingts pieds carrés fur cent vingt-cinq pieds de haut, d'une galerie de cinquante-neuf pieds & d'un réchaud d'un pied, s'eft embarqué pour *Douvres*. Cette traverfée, ordinairement de trois heures environ, a été de cinquante-deux heures. Quoiqu'épuifé de faim, de foif & de travail, l'infatigable a'ronaute a voulu vifiter fur le champ les travaux de M. *Blanchard*, & il a gémi de voir tout difpofé en huit jours. Il n'attache plus aucune gloire à traverfer la Manche, s'il eft dévancé.

8 *Janvier*. L'ouvrage intitulé : *Ma Confeffion*, vrai pendant du *Portier des Chartreux*, par fes détails obfcenes, fes peintures chaudes, fon ftyle groffier, differe cependant de cet ouvrage, en ce que l'on n'y trouve pas l'unité de compofition de l'autre, où toutes les parties tendent au même

but de tenir le lecteur dans une érection con-
tinuelle par une fucceffion de tableaux toujours
enchériffant de luxure. L'auteur du *Portier des
Chartreux* eft un libertin qui, entraîné par la
fougue de fon tempérament, fe livre aux excès
fans nombre d'une paffion effrénée. L'auteur de
la *Confeffion* eft un homme à la mode, un prothée
qui prend cent formes différentes, fe monte à
tous les tons pour duper les femmes qu'il veut
rendre fes tributaires. Les perfonnages du premier
ne font choifis que dans une claffe inférieure &
obfcure ; ceux du fecond font pris dans les diverfes conditions, financieres, dévotes, femmes de
cour, abeffes, Agnès, femmes de province, filles
d'opéra, femmes à tempérament, femmes à fentiment, coquettes, prudes; il n'eft point d'efpece qu'il
ne paffe en revue & ne fubjugue : il fe fait payer des
unes, il féduit les autres, il perfiffle celles-là, il démafque celles-ci, aucune ne lui échappe; c'eft
une variété incroyable & d'héroïnes & d'incidents.
C'eft quelquefois l'onction de *Clariffe*, le piquant
de *Gil-Blas*, la fineffe de *Zadig*, l'atrocité des
Liaifons dangereufes, l'impiété philofophique du
Syftême de la Nature. Du refte, une foule de
portraits très-reffemblants; car la vérité eft la
premiere qualité du pinceau de l'auteur. Son héros
eft le prototype parfait de ceux du jour, de ce
qu'on appelle énergiquement un *Roué*. Tout ce
qu'on peut lui reprocher c'eft de l'avoir produit
trop en déshabillé, trop nu; d'avoir trop levé
le voile fur ces fcenes intérieures, qu'il faut
laiffer couvertes des ombres épaiffes où elles fe
paffent.

8 *Janvier. Les folies philofophiques par un
homme retiré du monde.* Deux parties très-courtes.

On attribue cet ouvrage à l'auteur des *Mémoires du vicomte de Barjac*. Seulement celle-ci est une féerie, c'est-à-dire, la production d'une imagination encore plus déréglée. Il prétend, dans un bout d'avis en tête, que sous cette apparence de frivolité on trouve des choses très-bien pensées ; que c'est l'avis d'un homme d'esprit. On pourroit lui appliquer justement le bon mot : Qu'il croit être profond & n'est que creux.

8 *Janvier*. Les bals de la Reine ont recommencé cet hiver pour la premiere fois le mercredi 27 décembre. S. M. ne s'y rend qu'à dix heures & ne danse point, à cause de sa grossesse. Ce retour d'un genre de plaisir uniquement destiné pour les femmes de la cour & auquel S. M. ne participe que des yeux, fait présumer avantageusement de la paix, puisque les premiers bruits de rupture avec son auguste frere l'avoient déterminée à rester dans la retraite & dans la douleur.

8 *Janvier*. Un M. *Dubucq*, ancien premier commis de la marine & l'homme de confiance autrefois du duc *de Choiseul* en cette partie, qui avoit déjà plaidé pour la liberté du commerce dans les Colonies, a cru devoir se mêler de nouveau de la querelle. Il a composé une espece de mémoire intitulé : *Le pour & le contre sur un objet de grande discorde & d'importance majeure.* Il y agite s'il convient à l'administration de céder part ou de ne rien céder aux étrangers dans le commerce de la métropole avec ses Colonies? Il en a fait imprimer des exemplaires en grand nombre qu'il distribue dans le public. Il se flatte d'avoir résolu le problème pour l'affirmative ; il s'en vante hautement & prétend qu'il n'y a point de réplique, & il a raison, car c'est un galimatias où l'on n'entend rien.

9 Janvier. Extrait d'une lettre de Boulogne sûr mer , du 4 janvier 1785.......« M. *Pilâtre de Rozier* qui étoit parti vers Noël pour se rendre à Douvres , est de retour ici. Arrivé seulement le 27 décembre au lieu du départ de son rival , il a vu avec douleûr que celui-ci étoit prêt & n'attendoit que le vent favorable. Effrayé lui-même du danger que court M. *Blanchard* , il a dit que si celui-ci passe seul, il y a six contre un à parier qu'il se noiera , & que s'il prend pour compagnon le docteur *Jefferies*, le danger augmente, & il parieroit dix contre un.

Le 29 au matin M. *Pilâtre* a quitté *Douvres* & est allé à *Londres* , sous prétexte de faire des acquisitions d'instruments dont il a besoin pour son cabinet de physique.

Quoi qu'il en soit, depuis son retour il paroît avoir mis de l'eau dans son vin ; il n'a plus la même intrépidité. Il convient que M. *Blanchard* , qui n'est pas aussi bon physicien que lui, a plus d'avantage par sa position, puisqu'il a des côtes immenses à attaquer & trois vents favorables , tandis que lui, *Pilâtre* , n'a qu'un point & qu'un air de vent pour lui.

M. *Pilâtre* prétend au surplus que l'enveloppe de son ballon est imperméable à l'air inflammable ; qu'il pourroit rester six mois dans les airs sans s'en embarrasser, & que si le vent ne le portoit pas à Londres , il se rendroit en Amerique. Tout cela, pure fanfaronnade. Le vrai est qu'il n'a pas assez prévu les difficultés, je ne dis pas de son voyage par les airs & au dessus d'une immensité d'eau , mais du local , de la saison & des circonstances. On croit qu'il remettra la partie au mois de mai. Ce qu'il y a de sûr,

c'est·

c'eſt que l'embarras ſeul d'élever là tente com-
mandée pour abriter une machine auſſi enorme
que ſa *Montgolfiere*, doit retarder au moins d'un
mois l'entrepriſe. Et puis comment l'expoſer ſur
les bords de la mer, où les vents les plus violents ſoufflent preſque continuellement dans l'hiver?

10 *Janvier.* On ſe reſſouvient des *Matinées du
Roi de Pruſſe* : on croiroit qu'une brochure très-
récente, puiſqu'elle eſt timbrée de 1785, ayant
pour titre : *Les Soirées Philoſophiques du Cuiſinier
du Roi de Pruſſe*, ſeroit deſtinée à leur ſervir de
pendant ou de parodie ; mais point du tout,
c'eſt un ouvrage ſur différents ſujets détachés
dans le genre des *Queſtions Encyclopédiques de
Voltaire*. On ſeroit même tenté de le lui attribuer, s'il n'y régnoit beaucoup plus de véritable
érudition, & s'il n'y étoit parlé d'événements
de la guerre derniere, poſtérieurs à ſa mort. On
eſt donc tenté de le croire plutôt de l'auteur
d'*Errotica Biblicn*. Quoi qu'il en ſoit, les ſoirées,
au nombre de dix - huit, forment autant de
chapitres. Ils roulent ſur des matieres fort intéreſſantes pour la plupart & vraiment philoſophiques. Le ton en eſt gai, leſte, comme dans
l'autre production ; & l'on y trouve cette ironie
continue, qui caractériſoit ſur-tout les œuvres
de ce genre du vieillard de Ferney.

10 *Janvier.* Outre le joli couplet ſur les tribades, on en chante un autre, qu'on peut regarder comme la réponſe. Ce ſont les femmes
qui parlent ; il eſt ſur le même air de *Figaro* :

> Il ſeroit moins de cruelles,
> On en vaincroit chaque jour,
> Si les hommes pour les belles,

Etoient fermes en amour :
Mais leur foibleſſe auprès d'elles,
Promettant peu de retour,
Les réduit au doigt de cour.

10 *Janvier*. Le courier de Boulogne , arrivé aujourd'hui , a annoncé que M. *Blanchard* & le docteur *Jefferies* étoient partis de Douvres dans leur aéroſtat & étoient arrivés peu d'heures après ſur la côte de France , où ils avoient deſcendu ſans nul accident. C'eſt un brouhaha incroyable dans Paris , & les enthouſiaſtes de la navigation aérienne parlent de ſe rendre en Amérique. Quoi qu'il en ſoit , voilà une époque bien mémorable pour ce nouvel art.

11 *Janvier*. On attribue à M. *de Champcenets* une chanſon ſur les ridicules du jour. Elle ne laiſſe pas que d'avoir de la vogue & vaut mieux que les autres du même auteur. Après les clubs, les muſées , les lycées, &c. il parle du *mariage de Figaro* , de Mlle. *Saint - Huberti* , des charlatans *Meſmer* & *Delon* , de Mlle. *Contat* , &c. Cette chanſon a ſix couplets , & eſt ſur l'air de la *Ronde de Richard*. Comme elle n'eſt pas exceſſivement méchante , il faut eſpérer qu'elle ſera bientôt répandue.

11 *Janvier*. Quelque choſe de plus intéreſſant pour l'homme de lettres philoſophe que tous les titres & dignités littéraires , c'eſt la découverte des intrigues & des menées qui y conduiſent. Alors il ſe conſole facilement de ne les point obtenir. Ce qui tout récemment a tranſpiré , au ſujet des deux places vacantes à l'académie françoiſe , eſt de cette nature.

A la mort de M. de *Pompignan* , l'abbé *Maury*

qui follicitoit depuis long - temps pour entrer dans cette compagnie, a redoublé d'efforts & de cabales. Il avoit un grand ennemi dans l'abbé *Arnaud.* Celui-ci, quoique fon compatriote, quoique de la même robe, avoit trouvé mauvais que l'abbé *Maury* fe fût adreffé à d'autres qu'à lui, n'eût pas voulu fe ranger fous fa banniere, & l'avoit fait exclure déjà plufieurs fois. Il étoit heureufement alité & mourant : il n'en a pas moins tenté en ce dernier inftant tout ce qu'il a pu pour fatisfaire fa haine. Voulant le faire efficacement, il a écrit à M. le contrôleur-général, afin de l'engager à fe mettre fur les rangs. Ce miniftre, avide de gloire de toute efpece, n'en étoit pas éloigné ; le bruit couroit même déjà qu'il auroit la place. C'eft le duc *de Nivernois* qui lui a déclaré être engagé en faveur de l'abbé *Maury*, avoir une grande prépondérance dans la compagnie, & lui a fait fentir qu'il n'oublieroit rien pour foutenir fon protégé, conféquemment pour l'exclure cette fois. M. *de Calonne*, piqué, lui a répondu qu'il n'avoit jamais fongé au fauteuil, & lui faifoit feulement part de la lettre qu'il avoit reçue. C'eft alors que les adverfaires de l'abbé *Maury* fe font retournés du côté de Me. *Target* & l'ont pouffé en avant pour contrebalancer le parti de l'autre candidat, qui cependant l'a emporté. A l'égard de Me. *Target*, outre ce qu'on vient de dire, ce qui fe paffe eft encore pire. Meffieurs conviennent que ce n'eft point un fujet académique ; qu'il n'eft nullement homme de lettres ; qu'il écrit mal ; qu'il ne fait point fa langue ; qu'il n'eft pas même le premier orateur du barreau. Mais ils s'écrient que c'eft leur ami ; qu'ils vivent avec lui, qu'ils y foupent tous les jours & que cela doit entrer pour beaucoup dans le choix. D'ailleurs, qu'après avoir servi de simulacre aux ennemis de l'abbé *Maury* lorsqu'on vouloit l'exclure, ce feroit jouer trop cruellement cet illustre avocat, aujourd'hui que favorisé par les circonstances il se trouve une autre place vacante pour le dédommager, de lui donner l'humiliation d'un refus. En conséquence, depuis l'élection de l'abbé *Maury*, Messieurs annoncent leur vœu de la manière la plus illégale & la plus indécente. Ils déclarent hautement qu'il sera élu le jeudi 13 de ce mois, & le candidat, non moins indiscret, s'en vante & en reçoit les félicitations d'avance. De ces diverses relations l'on conclut assez naturellement que l'académie n'est plus qu'une pétaudiere sans pudeur & sans dignité.

11 *Janvier.* Quoique le livre de M. *Necker* n'ait encore aucune publicité légale, il en paroît déjà une critique. On en envoya, il y a quelques jours, des exemplaires au salon. C'est un club qui a pris ce nom. Il est sur-tout composé de joueurs & de grands seigneurs. M. le duc *de Liancourt* ayant lu quelque chose du pamphlet contre M. *Necker*, le jeta au feu & proposa de faire un holocauste à l'ex-ministre des finances, des autres exemplaires. Un M. *Aubert* s'y opposa fortement. Il reprocha la partialité au duc, qui lui dit qu'il pourroit en faire autant du livre de M. *Necker* ; que les avis étoient libres. Quelqu'un, pour calmer cette fermentation & égayer la scene, répandit le quatrain suivant :

> Nargue d'hier, vive aujourd'hui,
> Fi de *Necker*, honneur à *Calonne :*
> A droite il prend, à gauche il donne ;
> L'honnête homme il n'a rien pour lui.

Et chacun de rire , de tirer le crayon & de copier. On assure que M. *de Calonne* a plaisanté lui - même de cette boutade.

On parle au surplus d'une chanson en sa faveur qui, contre l'ordinaire des éloges , est extrêmement jolie & piquante.

12 *Janvier.* M. le comte *de Mirabeau* voyant sa requête rejetée du conseil , tourmenté par sa femme , abandonné par sa famille , craignant le ressentiment du garde - des - sceaux, poursuivi par ses créanciers & par la misere, avoit pris le parti, depuis quatre ou cinq mois , de passer en Angleterre , où sa plume pouvoit au moins lui procurer des ressources. On n'en parloit plus depuis ce temps. Le bruit court aujourd'hui que dans un excès de désespoir il s'est brûlé la cervelle à Londres. Cependant la nouvelle n'est pas encore assez certaine pour ne pas se flatter qu'elle soit fausse.

12 *Janvier.* L'on est toujours étonné de voir répandre des larmes sur le théâtre d'arlequin. C'est cependant ce qui vient encore d'arriver hier à la premiere représentation du drame *des deux Freres*, en deux actes & en vers. Il est tiré d'une historiette romanesque de M. *Imbert*, & comme l'auteur malgré la sorte de succès que la piece a eu, ne se nomme pas encore , on présume que le drame pourroit bien être du même pere.

12 *Janvier.* M. *Blanchard*, le docteur *Jefferies*, & M. *Pilâtre de Rozier* sont arrivés hier ensemble de Boulogne à Paris. On assure que les ordres du dernier portoient de ne passer la mer qu'autant qu'il ne seroit pas dévancé. Son rival ayant été plus heureux, il n'a plus rien à faire & ramene son ballon.

12 *Janvier.* Le bruit général de l'opéra hier étoit qu'on avoit arrêté M. *de Champcenets*, sans qu'on dît où il étoit enfermé. On assuroit que la cause de sa détention provenoit de toutes ces chansons satiriques qui courent, dont on lui attribue une grande partie.

13 *Janvier.* M. *Blanchard* est parti de Douvres le vendredi 7 janvier à une heure après-midi, par un vent de nord quart d'ouest à-peu-près. Il est arrivé au-dessus des côtes de France entre Calais & Boulogne ; ayant laissé Calais à une lieue sur la gauche à trois heures précises, & à trois heures trois quarts il a pris terre à deux lieues & demie du rivage au-delà de la forêt de Guines , vers la pointe d'Ardres.

13 *Janvier.* On n'a pas manqué de consigner dans un couplet l'époque de la translation des *Variétés* au Palais-Royal. Il est toujours sur l'air de *Grégoire* :

> Que le grand héros d'Oueslant,
>> Toujours avide d'argent ,
>> Pour augmenter sa recette ,
>> Aux *Pointus* (1) donne retraite,
>> De *Jeannot* soit le soutien,
>>> C'est bien,
>>> Très-bien ;
> Ce nom soutiendra le sien.
> Dans son palais, dira l'histoire;
>> Il eut la foire ,
>> Il eut la foire !

---

(1) C'est le titre de différentes pieces des *Variétés*, comme *Jérôme pointu* , &c.

14 Janvier. Extrait d'une lettre de Calais, du 9 janvier... M. *Blanchard* ayant éprouvé par une *Montgolfiere* lancée avant son départ que le vent étoit bien fait & portoit vers Calais, s'est embarqué avec le docteur, malgré l'augmentation du poids qui en devoit résulter. Ils ont débarqué heureusement sur notre côte à quelque distance de cette ville. Dès le soir les officiers municipaux ont envoyé prendre les voyageurs dans une voiture à six chevaux. Les ordres étoient donnés par le commandant pour que les portes leur fussent ouvertes à quelque heure de nuit que ce fût, & quoiqu'il ne fût que deux heures du matin lorsqu'ils entrerent dans la ville, ils trouverent une foule de curieux qui crioient sur leur passage : *Vive le Roi, vivent les voyageurs aériens !* Ils descendirent chez l'un des officiers municipaux, où ils coucherent.

Dès le lendemain matin le pavillon françois fut planté sur la porte de M. *Blanchard* ; le drapeau de la ville fut hissé sur les tours, & les carillons qui annoncent, suivant l'usage, les événements importants, furent mis en jeu. Bravant une puérile étiquette, dans leur enthousiasme le corps municipal & tous ceux des régiments qui composent la garnison, se rendirent le matin de bonne heure chez les voyageurs pour les complimenter. A dix heures on leur apporta les vins de ville & on les invita à venir dîner le jour même à l'hôtel - de - ville.

Avant le dîner, le maire présenta à M. *Blanchard* une boîte d'or, sur le médaillon de laquelle étoit gravé son aérostat dans le moment de la descente. Vous voyez que nous allons vîte en besogne. Le hasard lui avoit fait heureusement rencontrer une boîte à la mode, c'est-à-dire, au *ballon*. Dedans étoient des lettres qui accordoient à M. Blanchard le titre de citoyen de Calais. Il est à espérer que nous ne rougirons pas de celles-ci comme de celles accordées au pauvre *du Belloy*.

De pareilles lettres furent offertes au docteur *Jefferies*, qui eut plus de sens commun que nos officiers municipaux, & en sa qualité d'Anglois ne crut pas devoir les accepter.

Enfin l'aérostat ayant été placé dans la principale église pour être mieux exposé aux regards du peuple, le corps de ville demanda, pour dernier honneur aux voyageurs, d'y laisser leur ballon déposé à perpétuité, ainsi que le fut autrefois en Espagne le vaisseau de *Christophe Colomb* ; & il fut arrêté qu'au lieu de la descente il seroit élevé une pyramide de marbre pour en perpétuer la mémoire. Dieu veuille qu'elle n'ait pas le sort du monument qu'on devoit construire sur le bassin les Tuileries en l'honneur de M. *Charles* !

Nos poëtes n'ont pas manqué de s'exercer, & voici un quatrain de M. *Rigaut de Robinoy*, notre ancien maire, à l'occasion des deux voyageurs, l'un François & l'autre Anglois :

Deux peuples divisés par l'empire des mers,
Ne font aujourd'hui qu'un, en franchissant les airs :
Présage fortuné de l'union sincere
Qui va régner entre eux pour le bien de la terre !

Flatterie aussi fausse que platement énoncée. Elle est d'autant plus ridicule en ce moment que nos lettres de Paris annoncent des bruits d'hostilités commises par les Anglois contre nous aux Indes : mais il n'est pas étonnant que les ballons qui ont

tourné la tête de vos philofophes, tournent celles
des pauvres provinciaux.

14 *Janvier*. Il paroît que M. le duc *de Chartres* eft la fable même de la cour. On raconte que
la Reine ayant témoigné fa furprife de ne le point
voir à fon bal des mercredis, le comte *d'Artois*
avoit dit : « Madame, ne vous étonnez pas ;
» vous ne l'aurez guere les jours ouvriers :
» *Notre Coufin eft aujourd'hui en boutique.* »

15 *Janvier*. Le *Mémoire des négociants de Nantes
contre l'admiffion des étrangers dans nos Colonies*,
fe répand imprimé & contient dix - huit pages
de grand *in - folio*.

Après un préambule éloquent & foutenu des
citations les plus refpectables, le rédacteur énonce
les différents motifs que les Colons ont fait valoir
en leur faveur.

1°. La crainte exagérée d'une difette, prétexte
fous lequel ils ont fouvent obtenu des généraux
des permiffions dont la durée a été quelquefois
d'un an, d'introduire des vivres de l'étranger.

2°. L'impoffibilité de tirer de France les bois de
conftruction & les merrains.

3°. Le befoin que les Colonies ont de beftiaux,
de poiffon falé & de morue, & l'abandon du
commerce fur ces articles.

4°. La néceffité de leur fournir un débouché
pour leurs taffias & firops, dont l'entrepôt n'étoit
permis en France que pour la traite des noirs.

5°. Enfin, l'importation des noirs de traite
étrangere, fous prétexte que le commerce de
France ne fourniffoit pas la quantité néceffaire à
la confommation.

L'on reprend toutes ces objections & on les
détruit en détail. On finit par expofer au contraire

la demande du négociant pour réparer des pertes énormes que le commerce ne peut plus supporter, pour le soutenir, le ranimer & rendre à la navigation sa force & sa splendeur. Elles sont contenues :

1°. La suppression générale des entrepôts accordés aux étrangers, même de ceux de Sainte-Lucie & du Môle Saint-Nicolas.

2°. L'exécution des loix prohibitives.

3°. L'établissement d'une nouvelle banque oblige les Colons à payer exactement leur dette & les intérêts.

4°. La permission d'interposer en franchise les taffias à la destination de l'étranger.

5°. Le retrait des passe-ports accordés aux étrangers pour l'introduction des nègres dans quelques parties de nos Colonies.

Ce mémoire semble lumineusement écrit & bien au-dessus du galimatias de M. Dubuisson.

11 Janvier. Les remontrances annoncées du parlement de Bordeaux au sujet des évocations ne doivent point en effet être bien agréables au conseil, qu'elles traitent fort mal. De plus, elles roulent sur une matière déjà si rebattue, qu'elles ne peuvent contenir rien de très-neuf quant aux principes. Il est seulement question de cas particuliers, où l'interruption de la justice est d'autant plus étrange qu'elle porte sur une des classes du peuple la plus indigente & la plus utile, qu'elle soustrait au supplice un citoyen coupable, assez accrédité.

Un article particulier de ces remontrances concerne le vicomte de Noé où le parlement après avoir tracé en bref tout ce qu'a d'illégal, de vexatoire & de monstrueux la procédure exercée contre ce maître, rend raison de son refus, tandis fur ce que le parlement de Paris, placé plus près du trône, nanti par appel de l'affaire, étoit plus en état d'éclairer bientôt la religion du roi furprife.

Toutes ces remontrances font remplies d'une grande éloquence ; elles font écrites avec rapidité, concifes & très - patriotiques.

15 *Janvier. L'Avis au Public*, pamphlet dont les enthoufiaftes du livre de M. *Necker* ont jugé à propos de lui faire un holocaufte au falon, n'entre dans aucune difcuffion de l'ouvrage. On y avertit feulement qu'il eft compofé des déblais, des matériaux qui ont fervi à l'édification de fon *Compte rendu* ; qu'on y trouve encore le fédiment des rapfodies économiques qu'il a jadis exhalées dans fes *notes fur Colbert*, & dans fes *Differtations fur la farine*, faifant la clôture de fon fublime ouvrage de la *Légiflation & du commerce des grains* ; que du refte fes tableaux font fouvent inexacts & quelquefois infideles ; que la plupart de fes principes font juftes en eux - mêmes, mais auffi connus de tout le monde & de tout temps. On le plaifante enfin fur fon inftruction fi modefte, où pendant 160 pages il entretient le public de fes regrets de ne pouvoir plus lui être utile ; regrets qui s'annoncent dès l'épigraphe, qu'il a tronquée afin de la rendre plus jufte. Cette fatire eft cruelle, en ce que malheureufement elle eft vraie & qu'on juge l'homme par fes propres paroles.

15 *Janvier.* Le parlement de Rennes rentré a foutenu l'ouvrage de la chambre des vacations ; il a maintenu fes arrêts & en a rendu de nouveaux fur le tabac. Malgré la précaution du gouvernement qui craint la fermentation que cette façon de févir pourroit occafionner, & la ligue qui

pourroit fe former entre les confommateurs pour
ne plus ufer d'une denrée pernicieufe , il a percé
dans Paris un arrêt de cette cour rendu les chambres affemblées , le 17 décembre. Il ordonne que
les trente - fept barils de tabac , dépofés au
greffe des dépôts de la cour , & celui renfermé
dans deux boîtes de fer - blanc , feront brûlés dans
le jour au bas du cours de la ville , & tarde de faire
droit fur les autres tabacs faifis dans différents
bureaux de la province , lefdites faifies néanmoins
fubfiftantes , &c.

Comme en outre que les procès - verbaux de
cette expédition & des précédentes feront adreffés
au fecretaire d'état , ayant le département de la
province , & qu'il lui fera écrit pour le prier de les
mettre fous les yeux du feigneur Roi , & que les
copies en feront envoyées à M. le garde-des-fceaux,
à l'effet de repréfenter à S. M. la néceffité où a
été fon parlement de pourvoir à la fureté publique en anéantiffant des tabacs auffi dangereux, &
d'obtenir de fon amour pour fes peuples la réforme
la plus prompte des abus qui fe font introduits
dans la préparation , la vente & la diftribution
des tabacs ; déclarant ladite cour que l'intérêt de
l'humanité lui a prefcrit la défenfe portée par
fes arrêts des 12 & 15 octobre dernier (dont elle
ne peut fe départir) de continuer la diftribution
du tabac en poudre.

Du refte , *Nicolas Salzard* , adjudicataire - général des fermes unies de France , eft condamné
dans tous les dépens.

16 *Janvier*. Tout le monde s'accorde à dire
aujourd'hui que M. *de Champcenets* eft enfermé
au château du Ham , où il a déjà été. Il paroît

que c'est sa famille qui a de nouveau sollicité la lettre de cachet pour prévenir un traitement plus sévere. Sa famille est d'autant plus furieuse contre lui, que dans une chanson il plaisante sur son pere & trouve qu'il vit trop long-temps. Comme on le juge incapable de résipiscence on lui a déjà ôté le gouvern ment des Tuileries, qu'on a fait passer à son frere. On croit qu'il pourroit bien perdre aujourd'hui son emploi dans le régiment des Gardes.

. 16 *Janvier*. Il y a une grande fermentation à la caisse d'escompte ; les actionnaires n'ont pu s'en-tendre dans l'assemblée-générale du 12 de ce mois. Pour fixer le dividende il a fallu nommer des commissaires qui doivent rendre compte dans une autre séance indiquée au 19.

Il paroît que le sieur *Panchaut*, profitant de l'autorité du contrôleur-général dont il a l'oreille, voudroit se rendre maître de cette caisse & la gou-verner ; ce qui déplaît au grand nombre, qui sus-pectent la probité de ce négociant, auquel on reproche déjà plusieurs banqueroutes. Il cherche de son côté à prévenir les esprits par des écrits. Il en paroît trois de cette espece qui ont été envoyés auparavant aux actionnaires les plus prépondérants, & il passe pour en être l'auteur.

16 *Janvier*. Dans l'assemblée du 13, les acadé-miciens électeurs de l'académie françoise ont nommé Me. *Target*, ainsi que c'étoit prévu & annoncé.

17 *Janvier*. Depuis quelques jours on parloit du sieur *Radix de Sainte-Foy* comme rentré en grace auprès de son ancien maître. Rien de mieux constaté aujourd'hui. M. le comte *d'Artois* lui a

témoigné publiquement combien il étoit fâché
des perfécutions que ce bon ferviteur avoit éprou-
vées. En conféquence il lui a fait expédier un
brevet de directeur-général de fes domaines &
bois, dont le préambule contient les plus grands
éloges de l'adminiftration de M. *de Sainte-Foy*.
Non-feulement on lui reftitue la penfion de
8000 liv. que M. *Necker* avoit fait rayer, parce
qu'il en avoit été rembourfé, mais on lui paie
les arrérages, & l'on y ajoute quatre mille francs
de plus. Enfin on lui donne cent mille francs,
d'autres difent même quarante mille écus, pour
indemnité des frais de fon procès. En outre il eft
nommé miniftre du duc des *Deux-Ponts* à Londres.
On attribue tant de faveurs à fa maîtreffe, madame *de Saint-Alban*, qui a plaidé fa caufe
avec tous fes charmes auprès de S. A. R. & l'a
féduite par fon éloquence.

Auffi M. *de Sainte-Foy* eft plus infolent que
jamais; il fe montre avec affectation. Il fe
promenoit l'autre jour à Paris dans un cabriolet
doré avec un jockey derriere. Il crioit fans ceffe:
gare! gare! & avoit l'air d'un triomphateur dans
fon char de victoire. Tous les *Roués* font enchantés
& lui applaudiffent.

17 *Janvier*. M. Pilâtre de Rozier déclare que
le gouvernement lui a donné de nouveaux ordres;
qu'il doit retourner inceffamment à Boulogne,
pour en partir dans fon aéroftat, & reporter en
Angleterre M *Blanchard* & le docteur *Jefferies*.

17 *Janvier*. Les fix couplets de M. *de Champcenets*, ou du moins qui lui font attribués, concernant les ridicules du jour, deviennent très-
recherchés depuis le bruit de fa détention,

Cette nouvelle leur donne de l'importance, & les voici :

Air : *de la Ronde de Figaro.*

Que maintenant dans Paris ,
Nos héros , nos beaux efprits
Forment mille compagnies ,
Salons , clubs , académies ,
Et que je ne fois de rien ,
  C'eft bien,
  Très – bien ,
Cela ne m'étonne en rien ;
Je ne penfe comme perfonne ,
  Et je chanfonne.

Qu'au feul nom de *Figaro*
J'entende crier : *bravo !*
Et que tout ce coq-à-l'âne ,
Son procès & fa Sufanne.
Caufent un bruit général ,
  C'eft mal ,
  Très – mal ,
Mais cela m'eft bien égal :
Je penfe comme mon grand – pere ;
  J'aime mieux *Moliere.*

Que par efprit de parti ,
On claque *Saint -Huberti* ,
Qui n'a pour toute maniere ,
Qu'une tête minaudiere ,
Avec un fauffet difcord ;

C'eft fort ,
Très – fort.
Mais ç'a m'eft égal encor,
Moi , je hais la voix glapiffante,
J'aime qu'on chante.

Que le charlatan *Mefiner* ,
Avec un autre *frater* ,
Guériffe mainte femelle ;
Qu'il en tourne la cervelle,
En les tâtant ne fais où ,
C'eft fou ,
Très-fou ;
Et je n'y crois pas du tout :
Mais je penfe qu'il magnétife
Par la fottife.

Que la bégueule *Contat*
Mette en fort mauvais état
La jeuneffe & la finance
D'un étranger d'importance ,
Qui ne vouloit que la voir ,
C'eft noir ,
Très - noir ;
Mais c'eft fimple à concevoir :
Elle penfe comme fa mere ,
Elle eft trop chere !

Quoiqu'à dire fon avis
On trouve mille ennemis ,
Et qu'avec un peu d'adreffe,

d'impudence & de careffe,

On jouiffe d'un grand éclat,

C'eft plat,

Très - plat ;

Et je n'en fais nul état :

Moi, je penfe qu'il faut tout dire

Et j'aime à rire.

18 *Janvier.* Le fieur *Pankouke* a mis en vente depuis quelques jours le livre de M. *Necker*, intitulé : *de l'Adminiftration des finances de la France*, en trois volumes affez bien fournis. Les colporteurs en vendent fecrétement une autre édition qu'ils prétendent meilleure, en ce que celle du libraire françois a des cartons. C'eft ce qu'il faudroit vérifier en les confrontant. En attendant, on s'entretient beaucoup de l'ouvrage, fur lequel les avis font fi partagés qu'on ne peut fe décider qu'après foi-même. Le feul point où tout le monde s'accorde, même les admirateurs les plus fanatiques de l'auteur, c'eft qu'il y regne cet amour-propre exceffif dont étoit infecté fon *Compte rendu*; c'eft qu'il y témoigne à chaque page le regret le plus vif & le plus amer de n'être plus à la tête du contrôle-général.

18 *Janvier.* Le conte de M. *Imbert*, dont eft tiré prefque fans aucun changement le drame *des deux freres*, a pour titre: *le Modele des freres*, & peut fe lire dans le *Mercure* du 25 octobre 1783. En général, la naiffance de l'un des deux eft vicieufe, mais on l'ignore, ainfi que lui. La mere offre de faire cette révélation : affaut de tendreffe entre eux pour que ce fecret refte toujours enveloppé des ombres du myftere, & pour partager

également leur fortune. On juge à cette foible esquisse que c'est le sujet d'*Heraclius* traité bourgeoisement. Quoi qu'il en soit du peu de mérite de l'auteur, en supprimant quelques longueurs, on a rendu plus intéressant le drame qui a eu un succès décidé à la seconde représentation. On a demandé le poëte: M. *Granger* est venu dire qu'il étoit absent de Paris, & qu'il s'appelloit monsieur *Milcent*.

18 *Janvier*. On continue à s'occuper très-sérieusement de l'amélioration des laines en France. Un mémoire de M. *d'Aubenton* lu à l'académie des sciences le 23 août dernier, où il rend compte des nouveaux progrès de sa doctrine & de ses expériences, a frappé le ministere de plus en plus, & non-seulement M. *de Calonne*, que cette matiere regarde comme contrôleur-général, s'efforce d'y concourir de tout son pouvoir, mais M. le comte *de Vergennes*, convaincu de la nécessité pressante de perfectionner les laines de France pour le bien du commerce, fait dans ses terres soigner ses troupeaux par un berger formé dans la bergerie de l'académicien.

On a fabriqué à la manufacture royale du château du Parc, depuis le drap fort, fait avec les laines améliorées de M. *d'Aubenton*, qui avoit bien réussi, des draps souples. La mauvaise saison de l'hiver n'avoit pas permis de les filer d'abord assez fines, & de les fouler assez pour avoir des draps souples.

Le manufacturier a jugé que les nouveaux draps étoient aussi doux que ceux fabriqués avec la plus belle laine d'Espagne. Il a reconnu dans chacune des opérations successives de la fabrique que la laine améliorée avoit un nerf particulier,

c'eft-à-dire, plus fort & plus fenfible que celui
de la laine d'Efpagne : obfervation qui n'avoit
point échappé d'abord en fabriquant du drap
fort.

19 *Janvier*. Les trois écrits attribués à monfieur *Panchault* font : 1°. *Dialogue fur la caiffe*
d'efcompte, entre un Parifien & un Lyonnois,
décembre 1784; 2°. Caiffe d'efcompte, obfervations
relatives à la fixation du prochain dividende, 6
janvier 1785 : 3°. Les dividendes de la caiffe
d'efcompte feront-ils fixés à 130 liv. ou à 180 liv.
pour le femeftre des fix derniers mois 1784? On
croiroit trouver dans ces pamphlets de grands
éclairciffements, & voici le peu de faits à ex-
traire de ce bavardage très-ennuyeux.

Le prix des actions de la caiffe d'efcompte dans
l'origine de la valeur intrinfeque de 3,000 liv.
& depuis la crife d'octobre 1783, à 3,500 liv.
eft monté aujourd'hui jufqu'à 8,000 livres.

On convient généralement que la caiffe, à
l'expiration du femeftre dernier aura gagné onze
cents mille livres, dont il faut déduire pour les
frais de régie 100,000 livres. Refte un million,
ce qui donneroit un dividende de 200 livres pour
chaque action. C'eft ce qu'avoit calculé l'auteur
d'une brochure intitulée: *Obfervations fur la caiffe*
d'efcompte, qu'on ne nomme pas. Il s'eft trompé
à entendre le Lyonnois. Outre les frais de régie,
il faut encore déduire une non-valeur des lettres
de change en fouffrance, eftimée au moins
130,000 livres, & puis l'intérêt des lettres de
change non échues, montant à 48 millions &
formant un *déficit* de 240,000 livres; enfin les
non-valeurs qui peuvent fe diminuer fur cette
autre quantité d'un huitieme pour cent, c'eft-à-

dire , 60,000 livres : ce qui réduit le million fagement établi à un bénéfice net & imperturbable
de 570,000 livres , & le dividende à 114 liv.

Suivant la feconde brochure , les actionnaires fe
réduifent à demander 180 livres. On veut leur
prouver qu'il eft encore trop fort. On y fait le
tableau des bénéfices toujours croiffant par l'utile
prévoyance de laiffer toujours des fonds en arriere.
Depuis juillet 1777 jufques & compris juillet
1783 , il y a eu treize dividendes ; favoir , 75 liv.
80 liv. 80 liv. 80 liv. 85 liv. 90 liv. 100 liv.
100 liv. 105 liv. 110 liv. 120 liv. 120 liv. &
130 liv.

Ce dernier eft le plus fort , & cependant les bénéfices apparents du femeftre de juillet 1783 ,
montoient à 1,109,000 liv.

Dans la troifieme brochure , ce ne font plus
des fpéculations , mais des faits. La fomme des
efcomptes durant les fix derniers mois 1784 , eft
décidément de 1,150,000 livres ; en déduifant
de ce capital les frais de régie & les non - valeurs
connues fur l'eftimation du Lyonnois , refteroit
une fomme de 910,000 livres , qui donneroit en
effet un dividende de 184 livres ; mais il feroit
abufif d'après ce qu'on dit , & l'on doit fe contenter
d'un dividende de 130 livres de bénéfice , vraiment réalifé & acquis , puifque fuivant l'eftimation
la plus jufte , il ne pafferoit pas 136 liv. d'après les
principes pofés dans la premiere brochure.

Le réfultat vraiment clair de ces écrits , c'eft
qu'il y a une lutte entre les chefs de la caiffe d'efcompte & les fimples actionnaires ; que les premiers , fe prévalant de l'autorité qui les foutient ,
voudroient réduire les derniers au moindre bénéfice poffible & attirer tout le refte à eux.

19 *Janvier*. Voici une critique raccourcie du livre de M. *Necker* en ftyle lapidaire, qui la fait reffembler affez à une épitaphe :

Ton introduction ,
Sans prévention ,
N'eft qu'une vifion ;
C'eft le fruit de l'ambition ,
De la paffion ,
De la prétention.
Cette orgueilleufe déclamation
Fixe pendant un temps l'attention ;
Mais la réflexion
Détruit l'opinion
Que veut établir la fiction.
Je vois s'évanouir l'illufion :
Chacun condamne ton intention ;
Et l'indignation
Succede à ta réputation.

19 *Janvier*. La réponfe des tribades n'eft pas reftée fans réplique. Voici un couplet à ce fujet, enfanté vraifemblablement dans quelque fouper de filles. C'en eft une qui parle & une des plus dévergondées. Il porte à la fois fur une héroïne de chaque genre :

Que la tribade *Raucourt*,
Trouvant un homme trop lourd,
De fa brûlante matrice
Se faffe frotter l'orifice,
Par quelque doigt feminin,

C'eſt bien ,
Très - bien ;
Cela ne nous bleſſe en rien :
Moi, je penſe comme *Adeline* ;
J'aime la pine,
J'aime la pine.

19 *Janvier*. Les Italiens , ſuivant leur réglement, devant toujours avoir en train une piece à
ariettes, aujourd'hui que *Richard* tire à ſa fin ,
lui ont ſubſtitué avant - hier *Alexis & Juſtine*.
Celle - ci eſt en deux actes & en proſe. La muſique de M. *Dezaides* a fait beaucoup de plaiſir. Il
y a cependant quelques contreſens qui ont révolté.
Quant au poëme, il eſt très - mal fait. Le ſecond
acte ſur - tout eſt très - ennuyeux.

La dame *Dugazon* a fait beaucoup d'impreſſion
dans le rôle de *Juſtine* , & le public l'a demandée
à la fin ; honneur dont n'avoit encore joui aucune
actrice à ce théâtre, ni même à d'autres.

19 *Janvier*. Extrait d'une lettre de Vienne, du
27 décembre 1784. .... Le pape vient d'excom-
munier M. *Eybel* , l'auteur de l'ouvrage fameux & hardi : *Qu'eſt - ce que le Pape ?* &
d'autres écrits contre les moines. Sa ſainteté,
dit - on, s'eſt décidée à lancer cet anathême , qui
n'a pas fait la moindre ſenſation ici , ſur l'avis
de pluſieurs évêques ; ils ont jugé la doctrine de
M. *Eybel hétérodoxe* ; ce qu'il ne nie pas.

M. *Blumaker*, qui a fait des poéſies fugitives
ſur le même ſujet, eſt menacé du même ſort,
& ſe réjouit d'avance de la célébrité qu'il aura.

19 *Janvier*. M. *Blanchard* & le docteur *Jefferies*,
ayant été ſe faire voir hier à l'opéra, y ont été

applaudis. Malheureusement c'étoit un mardi ;
on jouoit *Diane & Endymion* ; il y avoit peu de
monde ; ils sont venus trop tôt ; leurs partisans
n'étoient pas en assez grand nombre , ni assez
chauds ; en sorte que l'explosion a été foible &
ressembloit à des battements mendiés.

20 *Janvier*. La faculté de droit de Paris compte
parmi ses anciens membres distingués , un *Jean
d'Artis* , jadis antécesseur , docteur d'un savoir
éminent , & d'ailleurs auteur de fondations utiles
à la compagnie. En conséquence, par une délibération unanime du 9 décembre dernier l'assemblée
est convenue d'admettre à titre d'honneur , le fils
de M. *d'Artis* , procureur au parlement , de la
famille du grand homme en question , prêt à
entrer dans la carriere du droit, ainsi qu'à perpétuité , tous ceux qui porteront ce nom illustre,
à titre de parents.

20 *Janvier*. M. le baron *de Breteuil* dimanche
dernier a déclaré à quelques académiciens dînant
à sa table , que la veille, le roi avoit accordé au
sieur *Blanchard*, une gratification de cinq cents
louis, & une pension de 1,200 liv.

21 *Janvier*. M. le duc *de Penthievre* , désolé de
se voir en scene depuis si long-temps par les
Factums dont le comte *d'Arcq* ne cessoit d'inonder
la France, a cru ne point blesser sa conscience en
invoquant à son secours l'autorité contre un
mauvais sujet, quoique son frere naturel , suivant
la notoriété publique. Il a obtenu un arrêt du
conseil qui évoque l'affaire , c'est-à-dire , qui
vraisemblablement la rend interminable. En outre ,
il a fait signifier par M. le garde-des-sceaux,
défenses à tous les imprimeurs de prêter leur
ministere à aucun mémoire dans cette cause. Tout

cela ne laiffe pas que de produire un mauvais effet contre le prince , ou plutôt contre fon confeil & fes cafuiftes qui l'ont porté à priver ainfi fon adverfaire de tout moyen de recourir à la juftice & d'inftruire le public.

21 *Janvier.* Les affemblées de chambres ont recommencé à l'occafion du grand-aumônier & de fon affaire des Quinze-vingts, le mardi 11 janvier. M. d'*Epremejnil* a dénoncé huit nouveaux faits qui ont paru mériter l'attention de la cour , & fur lefquels elle a ordonné qu'ils fuffent communiqués à la huitaine.

Le mardi 18 , Me. *Séguier* a repris les faits dénoncés , a dit qu'il s'étoit procuré les renfeignements néceffaires , & qu'il n'y voyoit rien qui méritât l'attention de la cour. Sur quoi les chambres indignées de cette partialité manifefte, fans faire attention au dire de Me. *Séguier* , fans même ordonner (humiliation rare & très-grande pour les gens du Roi) qu'il en fût fait regiftre , ont rendu également arrêt pour qu'il fût informé des faits dénoncés , afin de les joindre aux nouvelles remontrances & d'en faire partie , s'il y avoit lieu.

Le parlement fe reffouvient avec douleur que le Roi dans fa réponfe à fes dernieres remontrances lui a reproché qu'il apportoit des faits faux au pied du trône , & veut fe mettre fans doute dans le cas de pouvoir convaincre juridiquement le monarque.

21 *Janvier.* Le fieur *Panchault* , malgré fes déclamations dans l'affemblée des actionnaires & malgré les pamphlets , craignant que fon avis de réduire le dividende à un taux bien moindre que ne le défiroit le grand nombre des actionnaires

naires, ne prévalût pas, a fait intervenir l'autorité, & il a été rendu le 16 un arrêt du conseil, concernant la fixation du dividende conforme à ses vues: arrêt qui, ayant été lu à l'assemblée du 19, a révolté & causé de grands débats. Cette affaire est très-grave & mérite de plus grands détails.

21 *Janvier*. Voici de nouveaux couplets attribués à M. *de Champcenets*, peignant assez bien nos *Roués* de cour & de ville. Le dernier contenant une plaisanterie atroce contre les peres, auroit été bien propre à mettre le sien en colere & le porter à l'acte de violence exercé envers son fils. Ces couplets, au nombre de quatre, sont sur l'air: *On compteroit les diamants*, &c.

De *Louvois* suivant les leçons,
Je fais des chansons & des dettes:
Les premieres sont sans façons,
Mais les secondes sont bien faites.
C'est pour échapper à l'ennui,
Qu'un homme prudent se dérange,
Quel bien est solide aujourd'hui!
Le plus sûr est celui qu'on mange. (*bis*)

Eh! qui ne doit pas maintenant!
C'est la chose la plus constante;
Et le plus petit intrigant
De cent créanciers se vante.
En vain ces derniers sont mutins:
Jamais leur nombre ne m'effraie;
Ils ressemblent fort aux catins,
Plus on en a, moins on en paie. (*bis*)

Tome XXVIII. C

Le courtisan doit sa faveur
A quelque machine secrette :
La coquette doit sa fraîcheur
A quelques heures de toilette.
Tout s'emprunte, jusqu'à l'esprit ;
Et c'est, dans ce siecle volage,
Ce qu'on a le plus à crédit
Et ce qui s'use davantage.   (*bis*)

Mais avec un peu de gaîté,
Tout s'excuse, tout passe en France :
Dans les bras de la volupté
Comment songer à la dépense ?
Vieux parents, en vain vous prêchez ;
Vous êtes d'ennuyeux apôtres :
Vous nous fîtes pour vos péchés,
Et vous vivez trop pour les nôtres. (*bis*)

22 *Janvier*. Hier l'affaire des bénédictins a
repris aussi au parlement. Il a été dénoncé aux
aux chambres assemblées un arrêt du conseil, qui
confirme & canonise tout ce qui a été fait. Sur
quoi ordonné qu'il seroit remis aux commissaires
chargés des remontrances nouvelles, pour en faire
partie.

22 *Janvier*. M. *de Calonne* a fait au sieur
P. *ât e de Rozier*, de vifs reproches d'être revenu.
Il lui a dit que le gouvernement n'avoit pas
dépensé 40, 00 liv. simplement pour le faire voyager sur les côtes de Picardie ; qu'il falloit faire
usage de sa machine, traverser la mer, ou du
moins le tenter. — En conséquence le sieur *Pilâtre*
est reparti hier.

22 *Janvier.* Voici la chanson en l'honneur de
M. *de Calonne*, que ses ennemis voudroient faire
passer pour une ironie ; ce qui la rend assez rare.
Cependant l'auteur semble de bonne foi : on en
jugera.

Elle est en cinq couplets sur l'air : *Que le
Sultan Saladin*, &c.

> Qu'on aime tant qu'on voudra
> Les ballons & l'opéra ;
> Qu'on parle de politique,
> Du fluide magnétique.
> Sans s'intéresser à rien,
> C'est bien,
> C'est bien,
> On n'est pas François pour rien ;
> Mais moi qui bonnement raisonne,
> J'aime *Calonne.* (*bis*)

> Demandez au Roi *Louis*,
> S'il n'est pas de mon avis :
> Il dira : ma bourse est pleine ;
> *Calonne*, sans soins ni peine,
> Me rend riche & généreux,
> Corbleu,
> Morbleu,
> Malheur à ses envieux !
> Chantez le refrein que je donne :
> J'aime *Calonne.* (*bis*)

> L'amour, ce malin enfant,
> Dit qu'il est un peu friand :
> Est-ce un crime, je vous prie,
> Que d'aimer la sucrerie !

C 2

Henri-Quatre l'aimoit bien,
C'eft bien,
C'eft bien,
J'entends ce petit vaurien,
Qui dit à la race Bourbonne :
Aimez *Calonne*. (*bis*)

Ô François , mes bons amis !
Trop aimables étourdis ,
Jadis dans votre délire ,
Ce *Calonne* qu'on admire ,
N'étoit , ma foi , propre à rien.
Eh bien !
Eh bien !
Béniffez votre deftin ;
Tout, jufqu'à la gente Bretonne ,
Aime *Calonne*. (*bis*)

Feu *Necker* , dans fon métier ,
Se croyoit un grand forcier ;
Mes amis , cela peut être :
Mais *Calonne* eft bien fon maître,
Soit dit fans être flatteur ,
D'honneur ,
D'honneur ,
Car il eft un enchanteur :
C'eft le mot qu'a dit *Antoinette* ,
Qu'on le répete. (*bis*)

23 *Janvier*. Extrait d'une lettre de Bordeaux,
du 15 janvier.... « Notre archevêque , témoin
des merveilles de l'abbé *de l'Epée* , a imaginé de

lui adreſſer M. l'abbé *ſiccard*, eccléſiaſtique de ce dioceſe, homme très - ſavant dans la métaphyſique des langues & exercé à l'éducation de la jeuneſſe pendant ſon ſéjour à l'oratoire, dont il a été membre. Quand cet éleve aura été formé ſuffiſamment, M. *de Cicé* ſe propoſe de lui faire ériger, par lettres - patentes, à Bordeaux, une chaire d'éducation pour les ſourds & muets de naiſſance. »

23 *Janvier.* Le différend élevé à la caiſſe d'eſcompte au ſujet du dividende qui ſembloit devoir ſe déterminer tout uniment, comme il eſt d'uſage, dans les aſſemblées libres, à la pluralité des voix, a été le prétexte de l'arrêt du conſeil annoncé, en ce qu'il réſoud les doutes des actionnaires ſur les principes qui doivent régler la fixation du dividende. En conſéquence il maintient l'article XVI de l'arrêt du conſeil d'établiſſement de la caiſſe, du 24 mars 1776, dont le ſens clair eſt que le dividende ne ſe calculera que ſur les bénéfices faits & réaliſés dans le ſemeſtre écoulé.

Les actionnaires en général ont été fort ſcandaliſés de cet arrêt : ils ſe ſont récriés contre le deſpotiſme qui s'introduiſoit dans leurs délibérations. Le ſieur *Panchault* a voulu pérorer pour le ſoutenir, mais M. *Cottin* l'a repouſſé vertement. Celui-là avoit amené à ſon ſecours le ſieur *de Beaumarchais*, qui a repris la parole. M. *van den Yver* lui a répliqué & lui a fait voir qu'il n'y entendoit rien. Enfin les mécontents ont réſolu d'adreſſer au Roi des repréſentations ſur le tort que pourroit cauſer cet arrêt au crédit de la caiſſe.

Le ſieur *Panchault* craignant cet éclat en a prévenu le contrôleur-général, qui a mandé les

députés nommés pour se transporter à Versailles.
Ce ministre les a réprimandés vertement ; il leur
a dit qu'ils n'étoient point des cours souveraines ;
qu'il n'appartenoit qu'à celles-ci de méconnoître
un arrêt du conseil, une loi émanée du propre
mouvement de S. M., de ne point l'exécuter,
d'y résister & de faire des représentations ; que,
fussent-ils quarante, il les feroit arrêter tous,
s'ils donnoient suite à leur délibération. Les députés n'ont rien répondu, ont fait une grande
révérence à M. de *Calonne*, sont remontés en
carrosse & partis sur le champ pour Versailles. Ils
ont remis leur mémoire au comte *de Vergennes*
& à tous les ministres, qui leur ont déclaré
ne pouvoir rien dans cette affaire, & qu'ils eussent
à se pourvoir pardevers le ministre de la finance.
Le chef du conseil-royal des finances ne leur a
pas donné plus de solution. Il a seulement écrit
une lettre à M. le contrôleur-général & l'a prié
de faire attention à leurs plaintes.

Cependant il se passoit à la bourse une scene
affreuse. Un des acolytes du sieur *Panchault* est
le sieur *Clavière*. Le sieur *Poura*, banquier de
Lyon, parloit à un de ses amis dans l'assemblée &
s'expliquoit en termes très-énergiques sur le sieur
Panchault & ses adhérents. Le sieur *Clavière* l'entend, vient à lui, l'apostrophe & lui donne, les
uns disent, un coup de poing ; d'autres, un
soufflet, peu importe Toute la bourse indignée
s'assemble autour de l'assaillant & l'étouffoit à
force de le presser, lorsqu'il crie miséricorde, &
l'on vient à son secours. Cependant le sieur *Poura*
est allé faire sa déposition chez un commissaire,
rendre une plainte, & il en résulte aujourd'hui
un procès criminel contre le sieur *Clavière*.

Ces tracafferies prouvent ce qu'on a dit & écrit cent fois, que tout établiſſement de cette eſpece eſt impraticable en France, parce que l'autorité veut ſe mêler de tout & gâte tout ; parce que la liberté des ſuffrages, qui eſt l'ame des délibérations, n'y eſt preſque jamais, ſur-tout dans les inſtants critiques ; qu'il s'y gliſſe toujours des intrigants qui gagnent le miniſtere, le font agir en leur faveur & s'enrichiſſent en ruinant la ſociété, ainſi qu'il eſt arrivé à la compagnie des Indes.

24 *Janvier.* Un M. *Morel* qui, en ſa qualité de bras droit de M. *de la Ferté* dirige l'académie royale de muſique, a la manie de faire des poëmes & profite de ſon crédit pour employer les meilleurs muſiciens & faire jouer ſes ouvrages excluſivement aux autres, en ſorte qu'il occupe la ſcene preſqu'à lui ſeul. C'eſt aujourd'hui *Panurge dans l'iſle des Lanternes*, comédie opéra en trois actes dont il s'agit, & qui doit ſe jouer demain pour la premiere fois. La muſique eſt du ſieur *Gretry*. Il y a d'excellentes choſes dans celle-ci, mais les paroles ſont déteſtables : du moins elles ont paru telles aux répétitions. Il faut ſavoir que dans un ballet il y a un perſonnage qui tient un tambour & un autre qui bat ſans relâche deſſus avec un fouet. C'eſt ce qui a donné lieu à l'épigramme ſuivante :

> Que nous indique la rage
> De ce vigoureux fouailleur !
> C'eſt le Dieu du goût, je gage,
> Et le tambour eſt l'auteur.

24 *Janvier.* Extrait d'une lettre de Langres, du 18 janvier...... La ville de Caſtres n'eſt pas

la feule qui jouiffe de l'avantage d'avoir un cours gratuit pour les accouchements. La nôtre en a depuis plufieurs années l'obligation à M. *Rouillé*, intendant de Champagne, & vous voyez qu'il n'y a pas mis grande oftentation, puifque le pub ic l'ignoroit & attribuoit à M. l'évêque de Caftres une idée patriotique due à notre com-miffaire départi. Il eft vrai qu'il a été très-heu-reufement fecondé par le zele du corps munici-pal & par les talents de M. d'*Arantieres*, méde-cin du Roi en cette ville. Nous avons auffi des prix. Il eft forti dejà de notre école des fages-femmes en état de prévenir, dans les accouche-ments les plus difficiles, les accidents auxquels les meres & les enfants ne font que trop fouvent expofés.

24 *Janvier.* Un fieur *Jean-André Benin Berg-ftraffer*, profeffeur & membre honoraire de plu-fieurs académies, écrit de Hanau, en date du 21 décembre 1784, qu'il s'engage de réfoudre le problême fuivant:

« Il s'agit de dicter dans un camp de deux
» cents mille hommes plus ou moins, un ordre
» à tous les généraux à la fois, & précifément au-
» tant que chacun en doit favoir, & d'une ma-
» niere peu difpendieufe; ce qui pourra fe faire
» de jour & de nuit, & avec plus de vélocité qu'un
» aide de-camp ou un courier rapide à cheval,
» n'eft en état de le communiquer, & cela fui-
» vant une méthode qui affure à chacun le fecret,
» non-feulement contre le traître, mais auffi con-
» tre ceux à qui la folution dudit problême feroit
» parfaitement connue. »

Comme il s'agit d'argent & d'une foufcription pour avoir fon fecret, on ne peut encore rien fta-

tuer fur ce bon Allemand , qui pourroit bien être
un charlatan & un impofteur comme tant d'autres. Du refte, il prétend avoir dévancé M. *Lin-*
guet & tous les autres *arcaniftes* de ce genre,
puifque fon ouvrage étoit achevé dès 1780.

2ʃ *Janvier. Mot de l'énigme du dividende des*
actions de la caiffe d'efcompte, ou *Explication de*
tout ce qui a été imprimé récemment à ce fujet.
Dans ce pamphlet, très-court, on attribue à
l'avidité de trois intrigants les troubles qui agitent aujourd'hui les affemblées des actionnaires.

Le premier eft le fieur *Panchault*, fondateur
de la caiffe, banquier Anglois, qui a fait à Paris
fucceffivement trois banqueroutes occafionnées par
de fauffes fpéculations dans les fonds publics.

Le fecond, le fieur *Cazenove*, qui en a fait deux
à Amfterdam par la même caufe.

Le troifieme, le fieur *Claviere*, qui a joué
un rôle à Geneve durant les troubles de la république.

Ces trois meffieurs ont voulu agioter fur les
actions & les dividendes, & l'on raconte à ce
fujet leurs manœuvres, dont le développement
exigeroit un trop long détail. Il fuffit de favoir
qu'il s'enfuit de leur agiot qu'ils ont un intérêt
fenfible de faire accorder un dividende le moins
fort poffible pour ce femeftre.

De-là tous leurs écrits, toutes leurs menées,
tous leurs efforts, qui leur produiroient un bénéfice de plufieurs millions s'ils réuffiffoient ; mais
il refulte au moins de cette découverte que leurs
paris doivent être annullés.

Il faut voir comment tout cela tournera dans
l'affemblé générale du mercredi 26, où les commiffaires nommés par les actionnaires doivent rendre compte de leur travail.   C ʃ

Afin d'étourdir le public fur ces débats, on a
affecté de faire imprimer dans le *Journal de Paris*,
le discours prononcé par le préfident de la caiſſe
d'eſcompte dans l'aſſemblée du 12. Vrai galimæ-
tias, vrai chef-d'œuvre de ridicule, où, à travers les fentiments patriotiques dont il ſe pare,
perce l'eſprit de cupidité qui l'anime.

Auſſi le public ne femble pas avoir pris le
change, & tous ces jours-ci on a retiré beaucoup d'argent. Si cela dure, la criſe de 1783 pourra
bien ſe renouveller.

25 *Janvier*. Madame *de la Rure* eſt fille d'un
ancien apothicaire de la Reine, nommé *Martin*.
Elle avoit été très-bien élevée; elle avoit des talents, & dans ſon temps étoit la premiere vir-
tuoſe pour le clavecin; ce qui l'avoit rendue célebre dans Paris. Elle a aujourd'hui ſoixante-quinze
ans; veuve d'un ſous fermier depuis nombre
d'années, il ne lui reſte qu'un fils, officier aux
gardes, qui, en conſéquence, ſe qualifie de marquis *de la Rure* & mange ſon bien avec des filles.
La mere, déſolée, a pris le parti de ſe marier:
elle a épouſé un garde du-corps, le plus beau
cavalier de la compagnie écoſſoiſe, âgé de trente-
trois ans ſeulement. C'eſt lui qui, dans le fameux bal donné à l'occaſion de la naiſſance de
M. le Dauphin, a eu l'honneur de danſer avec
la Reine. Il ſe nomme aujourd'hui comte *de*
Moret.

Après la noce, madame la comteſſe *de Moret* a
dit à ſon nouvel époux qu'elle ſentoit bien n'être
plus en état de lui inſpirer aucun déſir; qu'elle
n'attendoit de lui que de l'amitié & de bons
traitements; qu'en conſéquence elle lui avoit fait
préparer un appartement particulier où il pou-

voit fe retirer. M. *de Moret* lui a répondu qu'il ne comptoit pas fur une fi prompte féparation. Il lui a demandé la permiflion d'ufer de fes droits & de paffer la nuit avec elle , & l'anecdote eft qu'il a très-bien fêtoyé fa douce amie. Prodige qui paffe de bouche en bouche & amufe les cercles aujourd'hui.

26 *Janvier. Le mariage de Figaro* eft à fa foixante-onzieme repréfentation & ne finit pas ; ce qui a donné lieu à la boutade fuivante , dont tout le mérite eft dans l'à-propos. Il faut fe rappeller que le fecond titre de cette parade eft *la folle journée.*

> Pourquoi crier tant haro
> Sur l'éternel *Figaro !*
> Chez nous , la folle journée
> Doit être au moins d'une année.

26 *Janvier. Panurge* , malgré la mauvaife opinion que l'on en avoit affez généralement , a été repréfenté hier avec une grande affluence de fpectateurs. Rien de fi plat en effet que le poëme , bouffon fans être gai , ridicule fans faire rire , rempli de prodiges fans exciter la curiofité. La mufique , au contraire , n'a pas été trouvée auffi excellente qu'on fe l'étoit imaginé ; rien d'extrèmement piquant. On reproche au fieur *Gretry* un manque abfolu de goût en travaillant fur un fond auffi puerile & auffi miférable. Du refte , des danfes charmantes , des décorations riches & multipliées à l'infini. En u· mot, tous les acceffoires du luxe, propres à éblouir les yeux des fots.

27 *Janvier.* Relation de la féance publique

de l'académie françoife, tenue pour la réception
de M. l'abbé *Maury*.

Le récipiendaire a paffé beaucoup de temps à
compofer fon difcours. Il avoit de grandes difficultés à vaincre. Il fuccédoit à M. *de Pompignan*; il devoit en faire l'éloge, il le vouloit
& y trouvoit une matiere abondante. Elle lui
avoit fait naître des idées heureufes ; il fe propofoit des digreffions fur chacun des ouvrages de
ce littérateur très-varié; tout cela lui rioit infiniment. D'un autre côté, à peine auroit-il prononcé le nom de *Pompignan*, & c'étoit rappeller
à l'inftant à l'affemblée le ridicule verfé par *Voltaire* à fi grands flots & pendant fi long-temps,
fur ce perfonnage; chacun des fpectateurs ne
manqueroit pas de réciter à fon voifin ces deux
vers très-plaifants & qui font devenus proverbe :

On ne fait de *Céfar* où la cendre repofe,
Et l'ami *Pompignan* croit être quelque chofe !

Enfin, comment omettre la réception de fon
prédéceffeur à l'académie, & comment en parler ?
Comment rappeller ce jour qui devoit être un des
plus heureux de fa vie & qui en empoifonna tout
le refte; ce jour où il parut pour la premiere
& la derniere fois parmi fes confreres ? Que dire
de fon difcours qui lui valut auffi-tôt tant
d'ennemis & de farcafmes; qui l'obligea de faire
divorce pour jamais avec la compagnie dont il
avoit follicité l'adoption ? Enfin un miniftre de
l'Evangile pouvoit-il blâmer le zele apparent du
récipiendaire pour la religion, qui lui infpira fa
fortie mémorable & violente contre la philofo-
phie & les philofophes modernes ? Ofercit-il

l'approuver devant la plupart de ceux qui en
avoient alors témoigné leur indignation, qui
avoient lâchement refufé à leur nouveau confrere la fatisfaction qu'il exigeoit de l'opprobre,
dont l'un d'entre eux l'avoit couvert & des ou-
trages qu'il en recevoit journellement? Une pofition auffi critique embarraffoit l'abbé *Maury* : il
l'avoit témoigné à fes amis ; le bruit s'en étoit
répandu dans le public, & l'on s'étoit empreffé
de voir comment il s'en tireroit. C'eft au milieu
de ces anxiétés devenues celles de l'auditoire qu'il
a commencé.

Dans fon début très-adroit, très-intéreffant
& d'un genre neuf, M. l'abbé *Maury* n'a point
diffimulé l'obfcurité, la pauvreté de fa naiffance ;
il s'eft peint comme un être ifolé, fans parents,
fans amis, fans fecours, fans guides, ne fuivant
que fon ardeur de la célébrité. De-là, l'énumération de fes progrès fucceffifs ; l'étalage naturel de fes titres littéraires, de fes éloges, de fes
panégyriques, de fes difcours oratoires, de fes
fermons. De-là la filiation de fes liaifons avec
grand nombre d'académiciens devenus fes amis,
& défirant l'avoir pour confrere. De-là, une
tranfition fur l'académie & fur fon fondateur le
cardinal de *Richelieu*. De-là il s'eft plus particuliérement étendu fur fon prédéceffeur & eft
proprement entré en matiere. Dans les détails
nombreux que lui a fournis fon fujet, malgré
fa longueur, il a conftamment foutenu l'attention générale par des préceptes d'un goût fain,
par des tournures piquantes, par une foule d'images
ingénieufes, belles & grandes. D'ailleurs on fentoit
que ces fréquents écarts étoient autant de délais
qu'il prenoit pour ainfi dire, afin d'éviter d'en

venit à l'endroit délicat ; moyen adroit de soutenir & de reveiller sans cesse la curiosité. Il a fallu
pourtant y arriver, & l'on doit avouer que ce
n'est pas le point de son discours le mieux traité.
Il a terminé par les éloges de *Louis XVI* & de
Louis XIV.

M. l'abbé *Maury* qui n'échappe aucune occasion d'offrir, lorsqu'elle se présente, quelque grain
d'encens aux Mécenes qui peuvent lui être utiles,
n'a pas manqué dans l'éloge de *Louis XVI*, de
faire figurer le marquis *de Chatelux*, l'un des
quarante, qui a fait la guerre chez les Etats - Unis,
a écrit sur ces peuples, & leur a procuré tout récemment, de la bibliotheque du Roi, une collection précieuse de livres envoyés par S. M. en
présent à deux universités de ces contrées.

Quant à *Louis XIV*, il l'a célébré d'une maniere grande & vraiment sublime, & l'a peint
s'offrant aux yeux de la postérité entouré de cette
foule de grands hommes dans tous les genres
qui ont illustré son regne & qu'il suffit de nommer pour en faire connaître le mérite.

Telle est la marche du discours du récipiendaire, qui doit faire époque & être du petit
nombre de ceux surnageant sur cette énorme com-
pilation de bavardages oratoires dont est composé le recueil de l'académie françoise.

C'eût été M. l'archevêque de Toulouse qui, en
qualité de directeur du trimestre, auroit dû répondre a l'abbé *Maury* ; mais ce prelat étant
absent, le chancelier ou le vice-directeur l'a rem-
placé. Il s'est trouvé etre le duc de Nivernois, &
le public n'a pas été fâché du hasard. Il aime
ce seigneur, & son ton leste lui plait. Il a mer-
veilleusement contrasté avec le ton oratoire & un

peu emphatique de M. l'abbé *Maury*. D'ailleurs
M. *de Nivernois*, dans sa briéveté, n'a pas laissé
que de rassembler plusieurs anecdotes précieuses à
conserver. L'une à la gloire de M. *de Pompignan*,
pour avoir, dans une séance publique de la cour
des aides de Montauban, dont il étoit membre,
prononcé un discours sur les impôts, que le génie
fiscal fit envisager comme trop fort & propre à
exciter de la fermentation dans l'esprit des peuples.

Les deux autres concernent l'abbé *Maury*. Dans
la premiere, dont celui-ci avoit déjà fait mention, dont le souvenir en effet étoit mieux placé
dans sa bouche que dans celle du représentant
de la compagnie, il s'agit de l'abbaye qu'elle
sollicita pour lui, lorsqu'il eut prononcé devant
elle le panégyrique de saint Louis & entraîné son
admiration. Dans la seconde, le directeur, en
reprenant une phrase du discours du récipiendaire,
où il observa que *Louis XVI* est le premier Roi
qui ait eu l'idée patriotique de décerner des sta-
tues à ses sujets, dont beaucoup en ont été plus
dignes que les monarques, félicite l'abbé *Maury*
d'en avoir procuré une à *saint Vincent de Paule*,
le fondateur des lazaristes. En effet, chargé de
prononcer son panégyrique, ce prédicateur le re-
présenta non-seulement comme un saint, mais
comme un homme d'état digne de figurer parmi
les grands hommes & illustrant la France, sa
patrie. Cette idée frappa, & il fut arrêté que
saint Vincent de Paule auroit une statue & seroit
placé dans le *Muséum* qu'on établit au Louvre.
En sorte, (ajouta M. *de Nivernois*, en apostro-
phant le récipiendaire, auquel le directeur parle
toujours directement) *que vous avez plus fait
pour lui que sa canonisation*. Phrase qui, prononr

cée plus gravement, auroit paſſé pour impie, mais qui a gliſſé à la faveur de la gaieté, de la légéreté du débit de l'orateur. Elle auroit ſcandaliſé dans une autre bouche, & n'a ſemblé qu'un perſifflage dans la ſienne. Les abbés, les théologiens, les moines, les évêques, les cardinaux, tout le clergé, qui abondoit à la réception d'un de ſes membres, d'un prédicateur fameux, a ſouri & même a battu des mains.

Après ces diſcours d'uſage, M. *Gaillard* a repris la parole & propoſé de lire quelques articles dont il eſt chargé pour inſérer dans *la nouvelle Encyclopédie*. Il a commencé par celui de *Démoſthene*. On étoit déjà fatigué d'entendre de la proſe; des vers auroient mieux réveillé. D'ailleurs tout le monde s'eſt apperçu que le morceau ne contenoit rien de neuf. Enfin M. *Gaillard* débitoit ſon ouvrage d'un ton qui a excité le rire de quelques malins. L'ennui a gagné; il s'eſt élevé des murmures dont le lecteur s'eſt apperçu. Son amour-propre a ſouffert; il a voulu faire bonne contenance; il avoit copieuſement dîné En peu de temps il s'eſt trouvé mal. On lui a apporté un verre d'eau; on lui a paſſé des flacons de diverſes eaux ſpiritueuſes. Tous ces ſecours n'y faiſant rien, il a fallu le tranſporter dans la ſalle voiſine & clorre la ſéance.

Ce contre-temps a empêché d'entendre un morceau de M. *Marmontel*, ſur *l'autorité de l'uſage*, dans lequel on aſſuroit qu'il y avoit d'excellentes choſes. Malgré les regrets qu'en ont réſulté, peut-être eſt-il heureux pour le ſecretaire qu'il ait été dans le cas de ne le point tirer de ſon porte-feuille & de le garder pour une occaſion plus favorable.

27 *Janvier.* On peut se rappeller l'anecdote historique d'un jeune officier Anglois nommé *Asgyl* , que les Américains ont tenu long - temps entre la mort & la vie , & dont les gazettes ont parlé si amplement. Un M. *Mayer* en a déjà fait un roman ; M. *de Sauvigny* a imaginé de construire un drame dessus. Il a cru que ce sujet moderne & intéressant produiroit beaucoup d'effet. Mais, obligé par la police de déguiser les noms de ses personnages & de changer le lieu de la scene, il a d'abord privé l'ouvrage de son premier mérite ; ensuite le défaut d'étoffe forçant le poëte d'imaginer des incidents pour alonger sa fable , il n'en a pas trouvé d'heureux & il a gâté ses caracteres en les affoiblissant. Malgré cela il n'a pu traiter son sujet qu'en quatre actes , & ils ont encore paru de beaucoup trop long hier à la premiere représentation. D'ailleurs il auroit fallu au moins la soutenir par une versification forte & pleine d'énergie , & c'est par où peche le plus le nouveau drame tragique, aussi pauvre de coloris que de fond.

27 *Janvier.* Extrait d'une lettre de Bordeaux, du 4 janvier. Il paroît que la présence de messieurs *Boutin* & *de Boisgibault* , commissaires du Roi pour , en l'absence de M. *Dupré de Saint - Maur,* faire les fonctions de ce commissaire départi , loin de concilier les esprits , n'a servi qu'à les aliéner. Ils ont rendu le 19 octobre dernier une ordonnance qui a été dénoncée le 19 novembre aux chambres assemblées. Cette ordonnance a pour objet le rachat des corvées; elle tend à faire exécuter le plan du commissaire départi , dont le parlement a développé les abus en résultants , dont il a porté au pied du trône les preuves les plus multipliées.

Le Roi par ſes lettres-patentes du 17 mai précédent, a promis *qu'il feroit connoître, dans la forme
accoutumée, ſes intentions ſur tout ce qui concerne
les travaux des grands chemins* : cependant l'ordonnance des commiſſaires prévient les volontés
du monarque & va toujours en avant.

Dans la dénonciation qui eſt imprimée & par-
venue ici, on diſcute le ſens de cette ordonnance,
de ſes diverſes diſpoſitions & l'on en fait voir le
vice & le danger.

Auſſi la cour a arrêté que le bureau des commiſſaires, établi au ſujet des corvées, s'aſſem-
blera inceſſamment, qu'il écrira aux lieutenants-
généraux, ou autres officiers des ſénéchaux, ou
même à toutes les autres perſonnes qu'il croira
néceſſaire pour avoir des renſeignements, ſoit
en particulier ſur l'exécution de l'ordonnance
du 9 octobre, ſoit en général ſur tout ce qui
concerne le régime actuel des corvées dans la généralité de Guienne, telle qu'elle exiſtoit avant
le dernier démembrement fait par le Roi.

Arrêté en outre que tous meſſieurs les officiers
de la cour ſont invités de vouloir s'occuper per-
ſonnellement de ſe procurer leſdits renſeignements
& de les adreſſer au bureau.

Le bureau enfin devoit rendre compte de l'objet
dont il eſt chargé, le vendredi 7 janvier, aux
chambres aſſemblées.

2.8 *Janvier.* La loi contre le vol domeſtique
en France eſt claire, préciſe & ſi rigoureuſe dans
tous les cas, qu'elle devient ſouvent injuſte. Elle
prononce toujours ſans exception la peine de mort.
M. *Dupaty,* préſident de tournelle de Bordeaux,
s'eſt trouvé trois fois dans le cas d'invoquer le
ſecours du légiſlateur & de faire adoucir l'arrêt.

Il a déterré une lettre du garde-des-sceaux *d'Ar-menonville*, écrite en 1724 au conseil souverain de Colmar & déposée dans les archives de ce tribunal, où en interprétant cette loi, le chef de la justice déclare que l'intention du Roi n'a pas pu être de punir également le plus léger vol & le plus grave, sur-tout quand les circonstances sont en faveur de l'accusé. M. *Dupaty* enchanté de cette découverte, pour la faire connoître aux magistrats, a écrit lui-même une lettre sur la matiere que rapporte le journal encyclopédique. M. *Mars*, rédacteur de la *Gazette des Tribunaux*, s'en est emparé & l'a inserée dans quelque numéro. Le procureur-général scandalisé qu'on infirmât ainsi une loi en vigueur, a fait supprimer cette gazette & interdire le censeur *Coquelay de Chauffepierre*. Heureusement M. *Dupaty* a l'oreille du garde-des-sceaux & travaille, comme on a dit, sous ses auspices à la réforme de la justice criminelle; il a fait arranger l'affaire, & l'auteur & le censeur viennent d'être rétablis.

28 *Janvier*. Le livre de M. *Necker* est toujours rare. Un libraire en a profité pour faire une spéculation. Il a imaginé de contrefaire séparément l'*Introduction*. Afin de donner à ce larcin un air d'honnêteté, il l'a enrichie de notes. Quelques-unes, & c'est le très-petit nombre, contiennent des faits & des anecdotes vraiment utiles & qu'il faut savoir; quelques autres ne font pas justes; il en est de trop fines pour le gros du public; mais la plus grande partie en est très-commune, & s'offrant d'elle-même à l'esprit de tout lecteur devenoit inutile.

Dans la conclusion, le critique reprend un ca-

ractere d'impartialité & réfume affez bien ce chef-
d'œuvre aux yeux des enthoufiaftes aveugles de
M. *Necker*.

Suivant lui, malgré l'expreffion de beaucoup
de fentiments louables, on ne peut s'empêcher
d'y remarquer d'abord un abus de confiance que
rien ne peut excufer ; enfuite un excès de vanité
dont il n'y a pas d'exemple, & par-tout les efforts
mal déguifés d'une ambition au défefpoir. Son
ftyle, qui a des charmes malgré fes incorrec-
tions, qui eft noble quand il n'eft pas emphatique, qui eft chaud quand il n'eft pas entortillé,
qui a du mouvement oratoire quand il n'eft pas
pédantefque ou myftique, devient fatigant &
monotone par un égoïfme continuel. Il y a des
beautés de détail dans ce morceau, il y a de
grandes vérités ; mais elles perdent, les unes de
leur prix, les autres de leur intérêt ; parce qu'on
voit trop clairement qu'elles fe rapportent toujours à un violent amour de foi-même.

On attribue cette critique à M. *Loifeau de
Berenger*, fermier-général & frere d'un *Loifeau*,
avocat, qui a eu de la réputation dans fon temps,
& fans doute en auroit eu davantage s'il n'é oit
mort à la fleur de l'âge.

28 *Janvier*. Le maréchal *de Segur*, attaqué de
la goutte depuis quelque temps, s'eft trouvé en
état d'aller au confeil : le Roi en entrant l'ayant
vu debout, l'a pris par l'épaule, & lui a dit : « Je
» vous foutiens ; mais affeyez-vous, vous crez
» plus furement. » Ce mot a paru charmant dans
la bouche de S. M. & dans la circonftance où
l'on parloit de la difgrace de ce miniftre. On
ajoute que S. M. a chargé M. *de Vergennes* de é-
clarer qu'elle ignoroit pourquoi on faifoit cou-

rir de pareils bruits , qu'elle étoit contente des
fervices de M. *de Segur* & entendoit le conferver.

·29 *Janvier*. Bien des gens penfent qu'il en
feta de *Panurge* comme du *Mariage de Figaro* ;
que tout en difant de cet opéra beaucoup de mal
qu'il mérite , on s'y portera en foule à caufe de
la mufique. Quoi qu'il en foit , il court fur ce
fpectacle un calembour fanglant contre l'auteur
du poëme , qui fait fortune. La fcene étant dans
l'ifle des Lanternes , le théâtre eft éclairé par
des lanternes : on dit qu'elles font de papier ,
parce que M. *Morel* ne fait pas faire de verres
(de vers), & l'on en cite une quantité qu'on a
retenus pour leur platitude & leur ridicule ; ils
font en quelque forte proverbe.

29 *Janvier*. Voici une poliffonnerie née de la
piece des *Docteurs Modernes* ; quoiqu'elle roule fur
une idée mille fois rebattue elle plaît encore ,
fur-tout quand elle eft chantée. Elle eft fur l'air
du *Vaudeville de Figaro* & contient dix couplets;
ce qui eft trop long de beaucoup pour une facétie
femblable.

> Il eft un Dieu tutélaire ,
> Un docteur couru , fêté ,
> Dont le gefte falutaire
> Eft un figne de fanté :
> Aux femmes il a fu plaire ,
> Et par un accord flatteur ,
> Toutes veulent le docteur.   (*bis*)

> Pour elles difcret , habile ,
> Il réuffit chaque jour ;
> Le docteur eft à la ville ,
> Le docteur eft à la cour ;

D'une cure difficile
Pour abréger la lenteur,
Il ne faut que le docteur.   (*bis*)

Le docteur qui regne en France
Est moins favant qu'on ne croit,
Il n'a pas grande fcience,
Pourtant il eft maître en droit ;
Et c'eft pour cela , je penfe ,
Que bien des femmes d'honneur
Ont du goût pour le docteur.   (*bis*)

Le docteur flatte , intéreffe
Les femmes dans tous les temps ;
Il gouverne avec adreffe ,
Et leur efprit & leurs fens :
On fait naître la tendreffe
Dans un foible & jeune cœur
En lui montrant le docteur.   (*bis*)

Docteur chéri d'une belle ,
Par lui près d'elle on peut tout.
Nes amis , d'une cruelle
Voulez - vous venir à bout ?
Laiffez dire la rebelle ,
Et bravant fa fombre humeur
Faites-lui voir le docteur.   (*bis*)

O maris ! qui de vos femmes
Voulez conferver le cœur ,
Employez près de ces dames,
Non les foupirs , la longueur :

Pour commander à leurs ames
Il n'eſt qu'un moyen vainqueur,
L'entremiſe du docteur.   (*bis*)

Pour la paix de ſon ménage
Orgon ſe ſervoit de lui ;
L'épouſe fut douce & ſage
Très-long-temps ; mais aujourd'hui
Elle crie, elle fait rage,
Et pourquoi ! C'eſt qu'au barbon
Le docteur a fait faux-bon.   (*bis*)

Vieilles, jeunes, laides, belles,
Toutes aiment le docteur,
Et toutes lui ſont fidelles ;
Toutes ! non ! c'eſt une erreur :
On dit qu'il en eſt entr'elles
Dans la crainte de malheur
Qui ſe paſſent du docteur.   (*bis*)

Quoiqu'on diſe & qu'on plaiſante
Sur cet être ſéducteur,
Par-tout on offre, on préſente,
On introduit le docteur.
Il répond à notre attente
Et nous ſert avec ardeur,
Tout ſe fait par le docteur.   (*bis*)

Sexe aimable, fait pour plaire,
A qui j'offre mes couplets ;
Si cet éloge ſincere

Près de vous a du fuccès,
J'en demande le falaire ;
Belles , fouffez que l'auteur
Vous préfente le docteur.   (*bis*)

29 *Janvier* Les commiffaires députés des actionnaires de la caiffe d'efcompte font retournés
le dimanche 23 à Verfailles & ont porté leurs repréfentations en forme de requête au Roi , qui
a daigné les recevoir par l'entremife de M. le
comte *de Vergennes* , comme chef du confeil des
finances. Ils y avoient établi que depuis trois mois ,
& notamment dans les derniers jours de décembre , il s'étoit fait fur les dividendes des actions
de la caiffe un trafic tellement défordonné , qu'il
s'en étoit vendu quatre fois plus qu'il n'en
exifte réellement ; qu'ils croyoient de leur devoir de dénoncer à S. M. un abus qui pouvoit
compromettre la fortune de fes fujets & le feul
principe des difcuffions facheufes élevées parmi
les actionnaires , lefquelles cefferoient indubita-
blement par la févérité qu'ils fupplioient fa
majefté d'employer pour profcrire & annuller des
conventions également contraires à la bonne foi ,
au bon ordre & au crédit public.

En même temps il a été mis fous les yeux du
Roi une grande quantité de marchés en preuve des
faits allégués.

Il réfultoit de ces marchés que , foit de la part
des vendeurs , foit de celle des acheteurs , on
avoit voulu fe prévaloir infidieufement de connoiffances qui promettant aux uns ou aux autres
des avantages certains , rendoient les conditions
inégales & ne pouvoient produire que des gains
illicites ; que de pareils actes , enfantés par un
vil

vil excès de cupidité , avoient le caractère de ces jeux infideles que la sagesse des loix du royaume a proscrits , & qu'ils tenoient à un esprit d'agiotage qui depuis quelque temps s'introduit d'Angleterre en France , & fait des progrès aussi nuisibles à l'intérêt du commerce & aux spéculations honnêtes , qu'au maintien de l'ordre public.

Le Roi a été indigné du spectacle de ces friponneries ; & dès le 24 janvier il a été rendu un arrêt du conseil , qui déclare nuls les marchés de primes & engagements illicites , concernant les dividendes de la caisse d'escompte & autres de pareil genre.

Ce dernier article regarde l'emprunt de décembre, à l'occasion duquel on a vu négocier jusqu'à l'espérance d'y être admis, & s'élever ensuite des discussions scandaleuses sur la prétendue valeur d'engagements nécessairement illusoires.

30 Janvier. Le mercredi 26 , M. le lieutenant-général de police s'est rendu au bureau des nourrices , & y a donné le prix à la nommée *Anne Bouvet* , femme d'*Hildevert Diet* , de la paroisse de Trilbardou , près Meaux , terre dont M. *le Noir* a fait depuis peu l'acquisition.

Ce prix , suivant l'intention du fondateur , consistoit en une médaille d'or & en un gobelet d'argent , sur lequel l'historique du prix avoit été tracé. La médaille portoit , d'un côté , le portrait de la Reine , & de l'autre ces mots : *à la bonne nourrice.*

M. *le Noir* , en couronnant cette femme comme bonne nourrice , lui a dit : *il reste à vous récompenser comme bonne citoyenne & mere de famille ; vous avez donné sept enfants à l'état , ce prix me regarde & je m'en charge.*

Cette cérémonie a fait spectacle & il a été récité des pieces de vers y relatives.

30 *Janvier*. Dans l'assemblée générale des actionnaires de la caisse d'escompte, les députés ont rendu compte de leur mission, & au moyen de l'arrêt du conseil du 24 qui paroissoit, la séance a été fort tranquille & le dividende fixé à 150 livres.

On assure que le sieur *Panchault* est disgracié de M. le contrôleur-général, & a reçu défenses de paroître chez ce ministre. On veut que ce soit M. le lieutenant-général de police, ami de M. *de calonne*, qui lui ait dessillé les yeux & fait connoître que ce banquier avoit surpris sa religion. M. *le Noir* s'est trouvé par bonheur à Versailles au jour de la députation ; il a entendu les plaintes des commissaires, il a vu la fermentation qu'elles causoient dans la galerie ; il est allé chez M. le contrôleur-général, & l'a disposé à les écouter, il l'a même engagé à les envoyer chercher & à mieux s'instruire de leurs griefs.

30 *Janvier*. Extrait d'une lettre de Bordeaux, du 15 janvier.... Outre la *lettre d'un subdélgué de la Généralité de Guienne à M. le Duc de ✱✱✱, relativement aux corvées*, que vous avez vu sûrement dans le temps, il a paru ici un autre écrit intitulé : *Mémoire important sur l'administration des Corvées dans la généralité de Guienne, & observations sur les Remontrances du Parlement de Bordeaux du 13 mai 1784, par Monsieur Dupré de Saint-Maur, intendant de Guienne.* Ces deux imprimés ont été dénoncés au parlement ; il y a eu des voix pour les brûler ; enfin hier 14 il a été arrêté, les chambres assemblées, que pour toute réponse les enquêtes faites on

conféquence des arrêts du 27 mars & du 28 avril
dernier, enfemble toutes les pieces juftificatives
qui y font jointes, ainfi que celles qui font par-
venues au parlement, ou pourront lui parvenir
en exécution de l'arrêt du 19 novembre dernier,
feront imprimées; que le bureau des commiffaires établi au fujet des corvées, eft chargé de
veiller à la prompte exécution du préfent arrêté.

La cour a de plus délibéré que le préfent arrêté
feroit imprimé. Ainfi voilà un combat à mort
entre la compagnie & l'intendant. La publicité de
cet arrêté étoit d'autant plus néceffaire que le
mémoire de M. *Dupré de Saint-Maur*, imprimé
& répandu avec profufion, accumule contre le
parlement les accufations les plus graves & les
plus calomnieufes; qu'il eft précédé d'une lettre
adreffée au Roi, ce qui feroit croire que fa majefté a connu & approuvé ce que contient ledit
mémoire : il étoit donc bien effentiel de faire
connoître les pieces qui ont fervi de bafe aux remontrances, & de prouver ainfi que la cour n'a
pas ceffé de mériter la confiance du monarque
& l'eftime publique.

Cette affaire majeure fe lie néceffairement à la
délibération qui devoit avoir lieu le 7.

Il eft à obferver que la cour des aides qui a
fait auffi des remontrances fur les corvées, eft
également calomniée & peinte fous les couleurs
les plus noires.

30 *Janvier*. Me. *Pincemaille* eft le confrere qui
a prêté fon nom à Me. *Martin de Marivaux* pour
figner le dernier mémoire contre M. *Sauffaye*;
lequel mémoire a mérité l'animadverfion de la
chambre des comptes : heureufement que l'ordre
ne regarde pas cette cour comme compétente pour

donner des qualifications à l'écrit d'un de ſes
membres ; en conſéquence les plus ardents étoient
d'avis de s'élever contre la clauſe de l'arrêt concernant le mémoire , ce qui auroit engagé une
querelle grave avec la chambre des comptes : les
avocats pacifiques voulant l'éviter , l'ont emporté ,
& Me *Pincemaille*, tout jeune d'ailleurs & ſans
expérience , en a été quitte pour une légere ad-
monition.

30 *Janvier*. M. *Forgeot* , l'un de nos jeunes
auteurs dramatiques donnant le plus d'eſpérance
aujourd'hui , vient de l'augmenter hier à la comédie françoiſe par un ſecond eſſai. *Les Epreuves*
ſont une pièce de ſa compoſition en un acte &
en vers , qui a eu un ſuccès tel , qu'aucune de
ce genre n'en avoit éprouvé depuis long-temps.
L'intrigue , quoique peu de choſe & roulant ſur
les picoteries de la jalouſie remaniées cent fois
au théâtre , eſt agencée avec beaucoup d'art ; le
ſtyle eſt naturel , noble ; le dialogue rempli d'eſprit ſans affectation , de ſentiment qui n'eſt point
outré ; & , ce qui eſt tres-rare , le ſpectateur
dont l'attention eſt toujours ſoutenue ne reſſent
pas un inſtant de longueur ou de diſtraction durant cet acte bien rempli. On doit avouer auſſi
que le jeu délicieux de Mlle. *Contat* & du ſieur
Molé contribue beaucoup à faire valoir cet ouvrage : la première ſur-tout acquiert une perfection , dont il y a quelques années on ne l'auroit
jamais cru capable.

31 *Janvier*. L'académie royale des inſcriptions
& belles-lettres , vient de recevoir une marque
de la bienveillance du gouvernement. Huit membres
de cette compagnie ſont choiſis & ont un traitement
particulier , pour faire connoître au public , par

des notices exactes & détaillées, des extraits raiſ-
ſonnés, ſouvent par la traduction, quelquefois
même par l'édition de certaines pieces dans les
langues originales, la collection précieuſe des manuſcrits de la bibliotheque du Roi. Deux s'occu-
peront des manuſcrits orientaux, trois des manuſcrits grecs & latins, & les trois autres des
manuſcrits concernant l'hiſtoire de France & en
général les antiquités du moyen âge.

Les huit académiciens nommés par le Roi ſont
MM. *de Guignes*, *de Brequigny*, *Gaillard*, *du Theil*,
de Villoiſon, *de Keralio*, l'abbé *Brottier*, *de Vau-*
villiers.

C'eſt M. le baron *de Breteuil* qui, en ſa qualité
de miniſtre de Paris & des académies, a ſuggéré
au Roi cette munificence ; on ne dit pas encore
le traitement pécuniaire des académiciens, qui
n'eſt peut-être pas réglé.

Au reſte, les ſavants, tant de la capitale que
des provinces, ſont également invités à concourir
à ce travail, en faiſant connoître de leur côte ce
que les différents dépôts publics ou particuliers
peuvent contenir de nouveau & d'utile : ils ſont
exhortés à envoyer le réſultat de leur travail à
M. *d'Acier*, ſecretaire de l'académie.

Les divers mémoires ou extraits feront lus
dans un comité compoſé, outre les huit académiciens chargés particuliérement du travail, des
officiers de l'année, de quatre académiciens commiſſaires & du ſecretaire perpétuel, qui doit y
remplir les mêmes fonctions qu'à l'académie.

Ces mémoires feront imprimés comme ſuite de
ceux de l'académie & avec le nom des auteurs.
On formera des volumes ſéparés des mémoires
des ſavants étrangers à l'académie.

3 1 *Janvier.* Le fchifme continue toujours entre les deux mufées littéraires ; les fchifmatiques , fous la direction de l'anti-préfident, *Cailhava d'Eftandoux* , ont fuivi le fieur *Pilâtre* dans fon nouveau local rue Saint-Honoré , & y ont tenu le 9 décembre dernier , leur féance publique de rentrée.

Cette féance a été remarquable par la préfence d'un prince negre , héritier préfomptif du royaume d'*Ouaire* à la Côte à O. Son pere l'a remis au capitaine *Landolphe*, de Nantes , & il eft à Paris depuis quelques mois. Quoiqu'il n'entende pas la langue françoife qu'il apprend , mais dans laquelle il fait peu de progrès , il a été complimenté par un M. *Moreau de Saint-Mery* , qui s'eft étendu fur fes qualités perfonnelles, & a remarqué combien étoit flatteufe pour la nation françoife la confiance du roi d'*Ouaire* , de nous envoyer ainfi fon fils âgé de vingt ans. C'eft dans un difcours fur les ufages & les mœurs du royaume d'*Ouaire* que l'orateur a fait entendre vraifemblablement pour la premiere fois la flatterie aux oreilles du prince negre , qui cependant y a été moins fenfible qu'à des expériences de phyfique qu'a fait enfuite le fieur *Pilâtre* ; elles l'ont fort amufé.

1 *Février* 1785. *Hiftoire de Marguerite , fille de Suzon , niece de D.... B...., fuivie de la Cauchoife , avec figures.* Tel eft le titre de deux nouvelles brochures réunies enfemble , à joindre à la nombreufe bibliotheque de tant d'autres fur la même matiere. La premiere eft auffi plate que dégoûtante.

La feconde , c'eft-à-dire, *la Cauchoife* , eft le roman d'une fille entretenue , qui reffemble à mille autres. Ce qu'il y a de mieux , c'eſt un catalogue aſſez détaillé de tous les ouvrages en vers & en proſe ſur la même matiere , avec le nom des auteurs. On y trouve auſſi quelques pieces de vers groſſiers , mais où il y a de l'énergie : quant aux figures , elles ſont à faire mal au cœur.

1 *Février.* Le jeudi 27 janvier a été jugée à la tournelle une cauſe très-intéreſſante qui occupe les tribunaux depuis ſept ou huit ans. Il s'agit d'un nommé *la Planche* , commis du ſieur *Ma-rotte* , receveur des tailles d'Angoulême , accuſé de vol par celui-ci , condamné à être pendu par la cour des aides , dont l'arrêt a été caſſé au conſeil , puis mis hors de cour au châtelet , & autoriſé à demander des dommages & intérêts à ſon accu-ſateur, comme l'ayant tenu en chartre privée.

Aujourd'hui le parquet l'a vu d'une voix unani-me innocent , & les magiſtrats , au nombre de dix-neuf, l'ont condamné unanimement à être pendu. Heureuſement il n'étoit pas conſtitué pri-ſonnier

L'avocat de *la Planche* , M. *Polverel* , obligé de quitter le barreau de Bordeaux pour ſon zele trop ardent à défendre ſes parties , avoit fait un mémoire ſi violent contre la cour des aides , & en général , ſi injurieux à la magiſtrature , qu'il a été ordonné qu'il ſeroit dépoſé au greffe , pour être pris par le procureur-général telles conclu-ſions qu'il aviſera bon être. Ce qui occaſionne une grande affaire avec les avocats.

2 *Février.* Voici encore une *Converſion* , mais bien différente de celle de M. de *Mirabeau* , dont l'ouvrage eſt plus juſtement qualifié par les con-noiſſeurs , *le Libertin de Cour.* La *Converſion* dont

Il s'agit , est une simple correspondance entre deux
filles , dont l'une s'appelle *Hortense* , & l'autre
Remonde. Revenues de leurs égarements , elles
font mariées & vivent en bonnes bourgeoises.

Jusqu'à préfent, on n'a que la premiere partie
de l'ouvrage , c'est - à - dire , les lettres d'*Hortenfe*
à *Remonde* ; elles font toutes datées & embraffent
un efpace de près de deux ans , depuis le 12
avril 1782 , jufques au 12 janvier 1784. *Remonde*
promet les fiennes fi le public les défire.

Ce recueil n'eft piquant que parce qu'on y
retrouve quantité de filles célebres & d'autres
perfonnages connus par leurs aventures galantes;
ils y font nommés en toutes lettres. Il y a auffi
nombre de pieces de vers inférées fans beaucoup
d'adreffe , mais dont plufieurs ont du fel & caractérifent quelque talent pour la poéfie ; on juge
que c'eft un jeune auteur qui ne fachant comment
vuider fon porte - feuille , a bonnement imaginé un
pareil cadre ; ce qui confirme encore mieux ce
foupçon , c'eft que dans les dernieres lettres l'héroïne voyage avec un anglois & parle de la Suiffe
& de l'Italie , très - fuperficiellement fans doute ,
mais toujours ne devoit - on pas s'attendre à rencontrer pareille matiere traitée dans une telle
correfpondance : *Non erat hic locus* , & fi l'écrivain
eût eu tant foit peu de goût , il l'auroit fupprimée.

2 *Février*. Me. *de Seize* a paffé du châtelet
au palais & y a plaidé avec non moins de
fuccès. Il a débuté à la tournelle par une affaire
très - piquante. Il s'agiffoit de défendre un Juif
du crime d'ufure , crime fi commun & fi généralement reproché à toute fa nation. L'adverfaire
heureufement étoit un jeune libertin , abymé de
dettes & perdu de débauches : au contraire , la

partie de Me. *Seize*, un perfonnage eftimé parmi fes concitoyens, diftingué par des actes patrioti- ques, & dont mille traits généreux doivent faire conferver le nom chez la poftérité.

Le plaidoyer & la réplique de Me. *Seize* ont fait la plus grande fenfation au palais, non-feule- ment à raifon du fond de l'affaire déjà très-im- portant, mais à raifon du talent qu'il y a ré- pandu. Il les a femés d'épifodes extrêmement curieux fur les Juifs, fur leurs ufages, leurs pri- vileges en France. Il a mis tant d'art dans cette caufe, qu'il a intéreffé & pour fon client & pour toute la nation juive, depuis trop long-temps en horreur aux autres; ce qui a fourni l'occafion à l'orateur de dire des chofes fur la religion très- hardies, mais placées de maniere à ne pouvoir choquer.

M. l'avocat-général qui portoit la parole dans cette caufe, n'a pu s'empêcher de faire un com- pliment flatteur à l'orateur Bordelois, & de féli- citer le barreau de Paris d'une auffi excellente acquifition.

Le famedi 29 janvier cette affaire a été jugée; l'accufation contre le Juif a été déclarée calom- nieufe, & il lui a été accordé tous les dépens, dommages & intérêts d'ufage en pareil cas, avec autorifation de faire imprimer & afficher l'arrêt à Paris & dans fa patrie.

Ce Juif célebre fe nomme *Worms*, & fa par- tie étoit un militaire appellé M. *de Saint-Janvier.*

2 *Février.* Le miniftre des académies a déter- miné auffi S. M. à déployer fa munificence envers l'académie françoife. Les jetons, à commencer du premier janvier, doivent être de la valeur d'un écu; ce qui les augmente de plus d'un tiers, & ce

qui vaudra fept à huit cents francs de plus par an aux jetonniers.

3 *Février*. Dans la rapfodie intitulée : *Ma Converfion* , il fe trouve une lettre datée du dimanche 4 mai 1783 , où l'on lit un paragraphe remarquable. *Hortenfe* en partant pour fes voyages , envoie à *Remonde* fon amie une pacotille de chiffons & ajoute : « Tu trouveras parmi ces chiffons
,, un ouvrage charmant , délicieux , enrichi de
,, très·belles figures en taille-douce , intitulé :
,, *Le Libertin de qualité* , ou *Confidences d'un pri-*
,, *fonnier au château de Vincennes* , écrites par lui-
,, même. C'eft l'hiftoire véritable d'un de nos illuf-
,, tres roués , compofée avec le goût le plus exquis
,, & du ftyle le plus élégant dont un ouvrage
,, libre foit fufceptible ; c'eft le récit d'une vie
,, paffée dans la volupté la plus épicurienne ; c'eft
,, l'hiftoire fcandaleufe de nos femmes de cour ;
,, c'eft le tableau des mœurs dépravées de prefque
,, tous les gens de qualité Les prélats , la horde
,, méprifable de la facrée milice , tout y eft mis
,, à découvert , tout y eft dévoilé. Il arrive au héros
,, de l'hiftoire mille aventures les plus plaifantes
,, & les plus agréablement racontées ; ce qui aug-
,, mente l'intérêt , c'eft que tout le monde a deviné
,, le prifonnier du château de Vincennes ; c'eft le
,, comte de *Mirabeau* que fa famille a fait en-
,, fermer , je crois pour la troifième fois. C'eft
,, bien le plus aimable libertin , le plus grand
,, génie en tout genre qui foit au monde. Il a
,, fait plufieurs ouvrages du plus grand mérite &
,, qui lui ont valu la haine de fa famille & la
,, perfécution du gouvernement..... »

Il a été très-fingulier que dès mai 1783 , on parlât d'un ouvrage qui n'a percé à Paris que vers la fin

de 1784 & qu'on lui donnât un titre qu'il n'a plus;
car on ne peut douter que *le Libertin de qualité* dont
il s'agit ici, ne soit *MA Conversion* dont il a été
rendu compte. Cela feroit préfumer que l'auteur
avoit d'abord eu envie de prendre ce titre & qu'il
en a été détourné par la crainte de caufer trop
de fcandale, à raifon de portraits plus directs de
femmes du haut parage, fur qui le *libertin de
cour* auroit fixé les yeux plus décidément. Quoi
qu'il en foit, on conçoit par-là que la prétendue
Hortenfe étoit grande amie du héros de la premiere *Converfion*, le connoiffoit du moins beaucoup. Du refte, on ne peut qu'applaudir à la jufteffe
du jugement porté fur fon infernale production.

3 *Février*. Extrait d'une lettre de Befançon, du
25 janvier..... Le différend de nos avocats avec
le parlement eft toujours pendant au confeil.
Me. *Monnot*, las de guerroyer inutilement, eft revenu de Paris, & l'ordre y a député Me. *Baffan*.
Celui-ci a vu récemment M. le garde-des-fceaux,
qui lui a dit pour toute réponfe: « *Que voulez-
» vous qu'on faffe contre une compagnie !* » Les affaires reftent toujours en ftagnation. Les procureurs font bien autorifés à plaider ; mais ils ne
peuvent le faire dans les queftions de droit, &
les avocats fe tiennent ferme pour refter dans
l'inaction. Ils fe plaignent au refte du bureau de
Paris, qui a d'abord paru vouloir prendre fait &
caufe pour lui & puis l'abandonne lâchement......

3 *Février*. Le mémoire pour le commerce de
Bordeaux, qui n'a eu connoiffance que le 20
novembre de l'arrêt du confeil concernant le commerce des Colonies, eft imprimé & commence à fe
répandre ici. On le dit très-bien fait, encore
mieux développé que celui de Nantes & répon-

dant plus directement & plus péremptoirement aux objections.

On affure que le parlement de Bordeaux veut intervenir , prendre parti dans cette grande querelle & foutenir les négociants de ce grand port, qui le font valoir & l'ont porté au point de fplendeur où il eft , dont il décherroit bientôt fi l'arrêt contre lequel ils réclament avoit long - temps fon exécution.

4 *Février.* M. *Faur* , fecretaire de M. le duc *de Fronfac* , à qui l'on attribue affez généralement aujourd'hui le drame d'*Amélie* & *Monrofe* , après avoir fait pleurer le public à cette piece intéreffante, l'a voulu faire rire par une farce digne du jeudi gras. Il a fait exécuter hier la premiere repréfentation de *Colombine & Caffandre le Pleureur.* Cette parade en deux actes, en vers, mêlée d'ariettes & vaudevilles, n'a eu aucun fuccès; elle a paru trifte comme un enterrement ; les fifflets fur la fin du fecond acte fervoient d'accompagnements aux paroles, & les acteurs ont été obligés de fe retirer avant la derniere fcene.

La mufique eft de M. *Champein.* On y a applaudi quelques jolies chofes; mais en général elle eft trop phrafée ; fes ariettes font trop longues, & fes motifs font vagues & fans caractere. On a cependant fait répéter à Mlle. *Adeline* une ariette.

4 *Février. Requête des Demoifelles de Paris à M. le Baron de Breteuil, Secreta re d'Etat de ce Département & Minifire du Clergé.* Tel eft le vrai titre de la plaifanterie que nous avons annoncée l'année derniere & qui ne nous tombe qu'en ce moment dans les mains. Comme elle eft toujours manufcrite & exceffivement rare , nous l'allons infcrire , quoiqu'un peu longue.

MONSEIGNEUR,

« Dans l'excès de notre défefpoir , nous venons
nous jeter à vos genoux & implorer votre pitié , ou plutôt votre juftice; nous venons en appeller de vous - même à vous - même. Sans le vouloir & croyant opérer le bien , vous avez furpris
la religion du Roi par votre lettre du 16 octobre dernier , circulaire à tous les prélats du
royaume , de fortir promptement de Paris, de fe
rendre dans leur diocefe refpectif & d'y réfider
à l'avenir conftamment , fans jamais le quitter
que pour néceffité abfolue.

» Vous vous félicitez , Monfeigneur , de ce
réglement , comme fagement imaginé. Vous le
regardez comme un monument immortel de votre
zele pour le fervice de la religion & de l'état.
Nous ignorons ce que la premiere y gagnera ,
mais nous ofons vous repréfenter que fous le fecond rapport vous vous êtes étrangement trompé.
En fignant un pareil ordre , vous avez en même
temps profcrit quarante mille fujetes de S. M., car
telle eft la quantité de courtifanes qu'on compte
dans la capitale de la France (1) , & dans quelque claffe infinie qu'on nous range , ce nombre
compofant à - peu - près la vingtieme partie de
fa population , mérite quelque attention de la part
du gouvernement. Mais fommes-nous auffi viles
que le préjugé voudroit le faire croire ? Ne
fommes-nous pas utiles & même néceffaires ?

---

(1) Confultez le favant auteur de l'*Errotika Biblion* , dans fon chapitre du *Thalaba* , p. 66.

C'eſt ce que nous diſcuterons d'abord , pour mieux
faire ſentir les conſéquences funeſtes d'interdire
le ſéjour de Paris au corps épiſcopal , à ce qu'on
nomme le haut clergé , ſi eſſentiel à notre bien-
être & à notre ſubſiſtance.

» Pour mieux détruire les notions qu'on a de
notre état , nous allons définir ce qu'on doit entendre par le mot de courtiſane. C'eſt une perſonne du ſexe qui , douée de talents naturels
ou acquis pour l'art des voluptés , le pratique
& l'enſeigne aux autres. Or, cet art a été fort
en honneur chez les anciens , à commencer par le
peuple juif (1). Les auteurs grecs & romains
nous apprennent à ce ſujet d'étranges choſes. A
Samos il y avoit ce qu'on appelloit le Temple de
la Nature. C'étoient des lieux publics où les
hommes & les femmes , pêle - mêle , s'abandon-
noient à tous les genres de libertinage. A Co-
rinthe, dans certains temples , on adreſſoit ſans
ceſſe des prieres aux dieux pour augmenter le nombre des proſtituées. A Rome , combien de fêtes où
brilloient ſur-tout nos ſemblables ! Et ces veſtales ,
ſymbole dériſoire de la virginité , n'étoient - elles
pas conſacrées à attacher l'image du membre viril
aux chars des triomphateurs: fonctions qui aſſuré-
ment reſſemblent beaucoup aux nôtres (2). Enfin
dans l'iſle de Sardaigne , la reine Omphale préſi-
doit à nos jeux & les dirigeoit.

» On nous objectera peut - être que ce qui dé-

_____

(1) Voyez l'Errotika Biblion , dans ſon chapitre
de la Tropoïde.
(2) Voyez encore l'Errotika Biblion,

grade notre état aujourd'hui, c'est la rétribu-
tion que nous en recevons. Mais qui ne se fait
payer, en remontant jusqu'aux prêtres & au chef
suprême de l'église ?

» Au reste, nous devons à nos contemporains
la justice de convenir que la philosophie commence bien à les éclairer à cet égard. La fré-
quentation habituelle avec les Anglois qui ne
pensent pas de même ; les voyages de nos jeunes
seigneurs à Londres, où l'on voit les cendres de
quelques-unes de nos plus célèbres héroïnes re-
poser auprès de celles des hommes illustres & des
souverains, n'ont pas peu contribué à cette révolution. De grands seigneurs, des militaires distingués, des citoyens honnêtes, de bons bourgeois, classe dans laquelle les préjugés sont ordinairement plus enracinés, épousent aujourd'hui,
sans beaucoup de scrupule, des courtisanes. Eh!
n'avons-nous pas vu le feu Roi en choisir une
pour sa couche & l'associer en quelque sorte à son
trône ?

» Dans le cas, au surplus, où l'on seroit assez
injuste ou assez aveugle pour nous refuser toute
considération personnelle, sous le point de vue de
la politique & d'une administration bien enten-
due, l'on ne peut nous contester une utilité réelle.
Si la première qualité du citoyen est de peupler,
qui le fait mieux que nous ? Un célèbre prédicateur, dans la chaire de vérité même a été forcé,
en s'élevant contre la corruption des mœurs, de
faire notre éloge, & croyant nous décrier dans
l'ordre de la religion, nous a fait valoir dans
l'ordre social. Il a calculé, qu'à nous seules,
nous avions enrichi l'état à cette époque de plus

de la moitié des enfants nés dans Paris (1).

„ Du côté du commerce & de la circulation du numéraire , qui plus que nous donne de l'ame au premier , & du mouvement au fecond ? Quant à l'un , pour ne nous arrêter qu'à une branche , celle des modes , fi précieufe , fi glorieufe pour la nation françoife, qui foumet de la forte à fes loix les peuples les plus reculés de l'univers , peut-on nier qu'elle ne nous doive infiniment ? On eft effrayé de la multitude énorme de poufs , de chapeaux , de gazes , de rubans , d'épingles que nous confommons ou faifons confommer par l'inftabilité continue de nos caprices , auxquels fe foumettent les honnêtes femmes & les têtes les plus auguftes (2) ? Quant à l'autre , il eft fâcheux que ce grand miniftre des finances (3), qui ne vouloit pas laiffer un feul écu oifif, ne foit plus en place. Il pourroit mieux que perfonne nous rendre juftice , & calculer de quel avantage nous fommes au rouage général de la machine , à laquelle il avoit imprimé une rotation fi rapide.

„ Mais nous allons plus loin, & nous prétendons que nous fommes nécefaires dans un état

---

(1) En 1780 , M. l'abbé *Maury* , prêchant le carême devant le Roi , mit en fait qu'il y avoit eu cette année , chofe fans exemple encore , treize mille enfants trouvés , tandis que le nombre des naiffances dans Paris ne monte guere que de vingt-un à vingt-deux mille ames.

(2) Nous avons lu quelque part que la Reine ne dédaignoit pas de confulter en certaines occafions Mlle. *Guimard* fur les chofes de goût , concernant fon ajuftement , relativement aux fpectacles , aux bals & aux fêtes.

(3) M. *Necker*.

bien policé ; que Paris, si admirable par le bel ordre qui regne dans son sein, ne seroit plus, sans nous, qu'un théâtre de crimes, d'horreurs & d'abominations si multipliés & tels, qu'il ne pourroit subsister long-temps. Notre premiere proposition a été généralement reconnue de tous les législateurs, & l'application que nous en avons faite à la capitale est justifiée par l'érection d'une place de magistrature, spécialement affectée, non à nous détruire, mais à nous régimer, à nous gouverner, à nous soutenir : magistrature difficile, honorable, exigeant de grands talents, puisqu'on en a tiré plusieurs ministres pour les autres départements. Nous ne ferons point un grand étalage d'érudition afin de prouver notre assertion ; nous ne citerons qu'un moraliste, qui tout récemment l'a défendue dans un ouvrage estimé, quoique flétri par la sorbonne (1). Ce moraliste, auquel une assemblée de sages présidant à l'administration d'une république vertueuse s'est adressée pour le consulter sur sa législation (2), décide formellement que c'est à nous qu'un jeune homme doit recourir pour vaincre, en succombant, la passion si funeste de l'amour jusqu'à ce qu'il soit marié.

,, Vous-même, Monseigneur, ne semblez pas éloigné de cette façon de penser. L'intérêt que

_____

(1) Le livre des *Principes de Morale*, par l'abbé de *Mably*.

(2) On prétend que le congrès des États-unis de l'Amérique a consulté M. l'abbé de *Mably* pour la réduction de ses loix.

presque dès votre avénement au ministere vous
avez pris à l'opéra , en améliorant le sort des
sujets (1) d'une institution formée en quelque
sorte pour nous & par nous; la protection dont
vous avez couvert un spectacle forain (2), un
de nos séminaires les plus abondants, accueilli
chez un grand prince (3), qui lui-même plein
de zele pour notre ordre, s'occupe à transfor-
mer son palais en un vaste *parthenon* (4), tout
prouve à cet égard vos vues sages & patriotiques.
Comment donc contraririez-vous vous-même
vos intentions, & détruiriez-vous d'une main ce
que vous édifiez de l'autre ? C'est ce qu'il nous
reste à vous démontrer.

» Oui , Monseigneur, nos plus grands profits,
nos revenus les plus clairs sont dus au clergé. On
estime ses richesses en France, à 120 millions de
rentes. Hé bien, la moitié peut-être nous en
passe dans les mains , qui revient sans cesse dans
celles du gouvernement par les filieres de toute
espece qu'a imaginées la fiscalité. En exilant les
évêques de Paris , vous arrêtez tout-à-coup cette
circulation, non-seulement par rapport à eux ,
mais par rapport à la foule de grands-vicaires, de
secretaires, d'abbés, de clercs , de suppôts, de cau-

------

(1) Autrefois la meilleure actrice de l'opéra n'avoit
que mille écus ; elle a 9,000 livres aujourd'hui.

(2) *Les Variétés amusantes* , transportées au Palais-Royal avec beaucoup d'avantage.

(3) Le duc de *Chartres.*

(4) Mot grec dont se sert M. *Retif de la Bretonne* ,
dans un ouvrage très-savant & tout à notre gloire.

dataires qu'ils entraînent à leur suite ; relativement fur-tout à l'émulation générale que cauſoit
dans le clergé ſéculier & régulier leur exemple,
qui, répandu de proche en proche, animoit à
l'envi tout ce grand corps. On ne ſauroit calculer
les effets de cette émulation, qui va s'éteindre
dans l'éloignement & la retraite. Les prélats, après
avoir aſſouvi ſourdement & à petits frais leur
luxure, vont ſe livrer à une autre paſſion, à
l'avarice qui, la premiere ceſſant, les domine
preſque toujours, &, ſi nous en croyons le grand
adminiſtrateur déjà cité, eſt la plus funeſte à
l'état.

» Ce conſidéré, Monſeigneur, il vous plaiſe
déterminer S. M. à révoquer la lettre d'exil des
évéques, & leur permettre de rentrer dans Paris,
où ils feront infiniment plus utiles que dans leur
dioceſe ; & nous ne ceſſerons, Monſeigneur, de
prier Dieu pour votre conſervation & pour votre
proſpérité dans un miniſtere que vous rempliſſez
avec autant de zele que de capacité. ,,

5 Février. M. de Pici a toujours un attachement dont il ne peut ſe défaire pour les comédiens
italiens, malgré les déſagréments qu'ils lui ont
donnés. Il a imaginé, d'après la premiere idée
d'un artiſte, homme de goût, un ornement qui
contribueroit beaucoup au décore du frontiſpice
trop nu de la nouvelle ſalle.

Il leur a écrit une lettre, dans laquelle il
obſerve que l'acrotere élevé au-deſſus de l'ordre
du frontiſpice, recevroit à merveille un ſuperbe
méridien. Il y joint une inſcription ou légende,
qui entoureroit la tête de *Phœbus* ; *Intus Appolla*,

Sol extra. Il se commente ensuite par ce quatrain en vers françois :

> Sous mes deux noms dans ces demeures
> Marquant tour-à-tour mon pouvoir,
> A midi je fixe les heures,
> Que je fais oublier le soir.

On ne sait pourquoi cette imagination assez heureuse, n'a pas été exécutée.

5 Février. Le sieur *de Beaumarchais*, désespéré que son *Barbier de Séville*, mis en musique par le fameux *Paësiello*, n'eût pas été mieux accueilli à la cour, & n'ait pu, depuis six mois, être joué, soit à l'opéra, soit à la comédie italienne, comme il l'auroit désiré, propose aujourd'hui la tournure de le faire exécuter sur le théâtre des menus, & d'en abandonner le profit pour un don de bienfaisance. Quelle générosité ! Quelle belle ame ! Le moyen de lui résister !

6 Février. La meilleure maniere, sans doute, d'avancer les progrès de la philosophie, c'est de la mettre en action. *Faustin ou le siecle philosophique*, est un ouvrage de ce genre. L'auteur, en faisant voyager son principal personnage, releve une infinité de préjugés, de momeries, de ridicules, d'abus, d'absurdités, d'horreurs, auxquels l'Europe est encore en proie. On le croiroit étranger & sur-tout Allemand, parce que l'Allemagne est le pays où il s'arrête davantage & dont il se montre le plus au fait. Parmi les souverains, ses deux modeles sont le roi de Prusse & l'empereur. Il trace une esquisse curieuse de ce que le dernier a déjà fait pour éclairer ses peuples & les rendre tolérants. Son héros entre les écrivains eſt *Voltaire.* C'eſt à cet apôtre de l'humanité qu'il rapporte la révolution opérée dans les eſprits, & l'époque s'en doit fixer, ſuivant lui, à la paix de 1748.

Dans cet ouvrage, d'une critique rapide & ſemé d'anecdotes, dont quelques-unes ne ſont qu'indiquées, la plus ſinguliere eſt celle du rétabliſſement de l'inquiſition en Eſpagne. Elle fut due à la ruſe du gros pere *Oſma*, confeſſeur de S. M. catholique. Durant une nuit orageuſe, il fit mettre des vers-luiſants dans la chambre du roi, qui, réveillé en ſurſaut, crut voir des flammes infernales, & tomba malade de frayeur. Le moine fit enſuite le rôle de la vierge, qui apparut au monarque dans un ſonge prétendu, & lui déclara qu'il ne guériroit qu'après avoir fait vœu de remettre en vigueur le ſaint-office.

Le Portugal eſt le royaume qui attire le plus l'indignation du voyageur, en le voyant retombé ſous le joug de la ſuperſtition dont l'avoit délivré ce *Pombal*, la premiere victime qu'il s'eſt immolée à l'avénement de *Marie* ſur le trône. Il y compte 9000 couvents, & un moine ſur onze habitants.

La guerre des épaulettes de Breſt que raconte l'hiſtorien; la ſolution par laquelle, après pluſieurs duels où périrent quelques combattants, après nombre de ſéances du conſeil de marine, il fut décidé que les officiers des vaiſſeaux de roi porteroient leur épaulette d'or pur, & les auxiliaires de ſoie avec trois fils d'or ſeulement. Tout cela feroit préſumer que l'auteur auroit tenu en quelque choſe à la marine. Quoi qu'il en ſoit, il eſt fort inſtruit, mais traite chaque article

superficiellement pour ne pas ennuyer , & d'ailleurs affez pour remplir fon objet qu'il ne perd
jamais de vue Il eft gai & a une façon de narrer
qui n'appartient qu'a lui. Son ftyle , fans être
parfaitement noble, eft vif & précis. En un mot,
c'eft un livre d'un caractere d'originalité , qui le
diftingue de la foule des autres du même genre.

6 *Février.* On ne ceffe d'accabler M. *Morel* pour
fon mauvais opéra de *Panurge.* Les auteurs qu'il
a écartés du théâtre lyrique par fon crédit fe
vengent , & non-feulement critique fes vers,
mais remontent à fon origine , fuivant la filiation
de fa fortune & le chanfonnent cruellement. C'eft
ce qu'on obferve fur-tout dans une qui circule
dans les foyers des fpectacles.

6 *Février.* Le duc *de Sully* eft le premier en
France qui ait eu l'idée de s'occuper des routes
publiques. Il fit créer à cet effet la charge de
grand-voyer. Quelques-unes furent allignées &
ornées par des plantations d'arbres. M. *Defmarets*
fit plus, il crut devoir établir un corps d'ingé-
nieurs qui s'occuperoient uniquement des ponts
& chauffées ; mais tous deux s'étoient bornés à
faire redreffer les chemins, à les élargir convena-
blement , à en adoucir un peu les pentes , à
conftruire des levées dans les endroits bas &
marécageux: par-tout on laiffoit le fond dans
fon état naturel & fans chercher à le confolider.
Il n'y a que cinquante ans environ qu'on a commencé de s'occuper plus effentiellement des grandes
routes. En conféquence , deux ou trois intendants
prirent fur eux d'exiger des communautés d'habitants de leur reffort le facrifice de quelques
journées pour travailler à la confection ou à l'en-
tretien de ces routes. Les uns en demanderent

trois par année, d'autres quatre, d'autres ſix &
même juſqu'à douze, &c. L'eſpece d'analogie
entre ces travaux gratuits & les corvées ſeigneu-
riales, leur a fait donner le nom de corvées
royales.

Telle fut l'origine de la corvée, qui n'avoit
eu qu'une marche incertaine juſqu'à l'inſtruction
envoyée en 1776 par S. M. aux commiſſaires
départis. Son état actuel n'a même encore aucune
forme légale & authentique. Il offre en quelque
forte autant d'eſſais que de méthodes différentes.

L'ancienne corvée n'eſt plus ſuivie que par les
généralités d'Orléans, Châlons, Metz, Soiſſons,
Clermont, Grenoble & Dijon.

Dans douze autres on a adopté le ſyſtême des
facultés. La répartition s'y fait au marc la livre
des impoſitions. Ce ſont les généralités de
Bordeaux, Bayonne, Caen, Alençon, Rouen,
Tours, Poitiers, Amiens, Moulins, Lyon, la
Rochelle & Beſançon. Dans quelques unes, par
exemple dans celle de Caen, tout s'exécute à prix
d'argent, tandis que dans les autres une partie du
travail ſe fait en nature.

A Nancy, Perpignan & Auch, l'inſtruction
de 1776 eſt un peu plus littéralement obſervée,
mais cependant avec des différences dans chacune de ces provinces.

Le Limouſin, le Languedoc, le Berry, Montauban, la Flandre, l'Artois, la Provence, ainſi
que la Breſſe & le Bugey, avec le comté de Gex
& de Dombes, ont établi une impoſition. On
croit qu'il en eſt de même en Alſace.

Dans les généralités de Paris & de Valenciennes,
on n'exige que les corvées de voitures, & l'on

fupplée à la corvée de bras par des fonds parti-culiers.

Les états de Bretagne affignent la corvée en nature & par tâche fixe , au prorata des impo-fitions.

Il réfulte de ce tableau , que dans les quatre cinquiemes des provinces du royaume, on a aban-donné l'ancienne corvée.

C'eft ce qu'établit d'abord M. l'intendant de Guienne dans fon *Mémoire important fur l'admi-niftration des corvées.*

Ce mémoire auroit paru plutôt, mais il a cru ne devoir le publier qu'après le retour des com-miffaires envoyés dans la province, temps où le miniftere lui - même avoit renvoyé à s'occuper de cette affaire. C'eft ce qu'on voit dans un *Avertiffe-ment de l'auteur.*

Dans les exemplaires qu'il diftribue aujour-d'hui, fa *Lettre au Roi* eft fupprimée , on ne fait pas pourquoi.

On reviendra fur ce mémoire très - long & véri-tablement important.

7 Février. La nouvelle chanfon contre M. *Morel,* eft fur l'air : *Accompagné de plufieurs autres.* Le refrein eft très-bien choifi & contribue à lui donner du fel & de la gaieté. Elle eft en huit couplets que voici.

> Au bas d'un pont , dans un bureau ,
> *Morel* vifoit le numéro
> De mes voitures & des vôtres ,
> Quand il fe dit un beau matin ,
> Je veux faire aufli mon chemin ;
> Je le vois bien faire à tant d'autres !

Ma figure, dont chacun rit,
Est plate ainsi que mon esprit :
Quels protecteurs seront les nôtres ?
Mince en fonds comme en revenus,
Grossissons - nous par les menus,
Comme on en voit grossir tant d'autres.

Il part, il vient, chante à Paris,
Beautés piquantes, à tout prix,
J'en ai pour vous & pour les vôtres :
J'ai des Hollandoises sur-tout,
Persannes, Angloises de goût,
Pour les seigneurs & pour les autres.

Roi des dramatiques tripots,
La Ferté voyant mon héros,
Dit : Bon ! il faut qu'il soit des nôtres.
Pour mon argent toujours dupé,
Toutes mes catins m'ont trompé :
Allons, *Morel*, cherche-m'en d'autres.

Voilà *Morel* chef d'opéra,
Traitant la ville & *cætera* :
Ses vins valent mieux que les nôtres ;
Et dans un carrosse brillant,
Monte ce valet insolent,
Accompagné de plusieurs autres.

Mais c'est bien pis, le directeur,
Muni d'argent veut être auteur,
Pour ses péchés & pour les nôtres !
Par-tout il fait brocher des airs,

Sur vingt actes de méchants vers,
Qu'il a fait raturer par d'autres.

Quand on vend si bien le plaisir,
Il faut au moins savoir choisir,
Sur-tout quand il s'agit des nôtres :
Fournisseur de marchés divers,
Ah ! quand vous acheterez des vers,
Par grace, marchandez-en d'autres.

Pourtant votre gloire va bien,
Et vos talents ont, j'en conviens,
Créé des proverbes modernes :
Vous avez changé le dicton ;
Cela brille aujourd'hui, dit-on,
Comme un *Morel* dans mes lanternes ?

7 Février. M. *Dupré de Saint - Maur*, trouve
que le parlement de Bordeaux, dans ses remontrances, a eu deux objets distincts & séparés.
L'un, d'attaquer par des moyens généraux le régime de la corvée établi en 1776 ; l'autre, d'inculper d'une maniere plus particuliere, les agents
de l'administration chargés d'en suivre les détails.

Il croit avoir suffisamment traité le premier
objet dans la *Lettre d'un subdélégué de Guienne*,
dont il a été rendu compte & qu'il avoue aujourd'hui formellement. Il prétend avoir prouvé
dans cet ouvrage les avantages de la nouvelle
méthode des corvées sur l'ancienne. Tel est le
premier point de son apologie qu'il intitule :
*Observations sur les remontrances du parlement de
Bordeaux, du* 13 *mai* 1784.

Dans la feconde partie, M. *Dupré de saint*
Maur fournit un *Extrait des enquêtes* & fes ré-
ponfes. Il contient vingt-fix articles, dont
quelques-uns fous-divifés en une foule de paragraphes. En fuppofant même la vérité de tout
ce qu'avance le commiffaire départi, on ne le juge
pas encore pleinement juftifié.

A la fuite font des *Réflexions générales fur les*
itératives remontrances du parlement & fur celles
de la cour des aides. M. *Dupré de Saint - Maur*, fort
ici de la modération qu'il avoit affectée jufques-
là. Il prétend que la fauffeté & l'infidélité femblent avoir exclufivement fourni les matériaux
d'après lefquels ces deux ouvrages ont été tiffus,
& malheureufement il ne prouve rien.

Dans fa conclufion, après s'être félicité d'avoir
détruit piece à piece cette œuvre d'illufion, ce
vain fantôme dont le parlement de Bordeaux
s'eft fervi pour tranfmettre à la nation des ter-
reurs qu'il avoit conçues lui-même trop légérement, il convient cependant de négligences,
d'erreurs, de fautes d'incapacité ou d'ineptie à
reprocher aux agents de l'adminiftration, & il fe
condamne en quelque forte lui-même. Il anticipe
le jugement de la cour; il convient de fon infuffifance pour opérer le bien en Guienne, & de la
néceffité d'y nommer un adminiftrateur plus
éclairé.

8 *Février.* Un M. *Montagne*, fils d'un ancien
médecin de Bordeaux, jouiffant d'une grande
réputation dans fon temps, mais dépenfier, &
ayant laiffé fa famille mal à l'aife, s'eft jeté dans
la littérature. Il vient d'arriver à Paris avec une
petite comédie, intitulée : le *Mufée de Charenton.*
Il fe propofoit de la faire repréfenter aux *Variétés.*

Les comédiens françois, en ayant eu communication, suivant leur privilege l'ont retenue pour leur théâtre. L'auteur leur a témoigné sa satisfaction de l'honneur qu'ils faisoient à son ouvrage, mais en même temps son déplaisir de manquer son principal objet, qui étoit d'avoir de l'argent sur le champ, ce qu'il ne pouvoit espérer chez eux, où il falloit attendre son tour pendant fort long-temps. Sur cet exposé l'assemblée des comédiens a arrêté de lui donner à l'instant un à-compte sur ses honoraires.

8 Février. Le procès criminel entre les sieurs *Marot* & *la Planche* est si étonnant par les contradictions qui se trouvent dans les divers jugemens & arrêts qu'il a occasionnés, qu'on ne peut s'empêcher d'entrer dans quelques détails à cet égard.

Le financier accusateur étoit déjà mal famé par une usure mordante qu'il exerçoit publiquement à Angoulême, & qui lui auroit attiré une vindicte publique de la part du parlement, si l'affaire n'eût été évoquée au conseil, & jugée sous le ministere de M. *Turgot*, qui avoit sur l'usure des principes très différents de ceux de cette cour. Il se prévaut pour sa justification de plusieurs arrêts, & notamment de celui du 26 juillet 1774, & d'un autre du 9 septembre 1776, qui supprime la requête contre lui comme *téméraire*, *injurieuse*, contraire au respect dû à S. M., avec défenses très-expresses à Me. *Drou*, d'en signer de semblables à peine d'interdiction. Il a été parlé dans le temps de cette accusation, & des mémoires de cet avocat aux conseils.

Le 17 août 1778, le sieur *Marot* pere, ayant trouvé un vuide dans sa caisse, rend plainte à l'élection contre le fieur *la Planche*, commis aux écritures de fon bureau, quoiqu'elle parût devoir être dirigée plus naturellement contre le fieur Cantin, fon caiffier.

Par un acte paffé du 18 août, le fieur *la Planche* y confeffe fes vols; il s'avoue coupable de falfifications fur les regiftres, & débiteur de 40,830 liv. & le termine par une ceffion générale de tout ce qu'il poffede au caiffier *Cantin*.

Il fe rend à Paris; fa femme, très-jolie, l'y vient joindre, & un marquis de *Château-Neuf*, fon amant prétendu, & qui s'étoit engagé à payer pour *la Planche* 10,750 livres, par deux lettres de change. Ils vont trouver Me. *Drou*, l'avocat aux confeils, qui s'étoit déjà fignalé contre le fieur *Marot*. Par fon avis ils reviennent à Angoulême & rendent plainte le 19 en la fénéchauffée : 1°. En chartre privée; 2°. en févices & mauvais traitements; 3°. en calomnies; 4°. en enlevement par force de tous leurs meubles, effets mobiliers, argent comptant, autres effets, papiers, &c. fur laquelle le 7 décembre interviennent des décrets d'ajournement perfonnel contre *Marot* & adhérents.

Le 6 décembre, le fieur *Marot* avoit rendu plainte de fon côté contre le fieur *la Planche* en vol de deniers de la caiffe, à la faveur d'une fauffe clef de ladite caiffe, & le 14 *la Planche* eft décrété. Il avoit en outre interjeté appel à la cour des aides, de la plainte & des décrets, & obtenu des défenfes de les exécuter.

Le fieur *la Planche* avoit également interjeté appel au parlement & obtenu un arrêt qui ordonnoit l'apport des charges & informations refpectives. De-là, un conflit de jurifdiction entre les deux cours.   E 3

Premier mémoire à confulter & confultation de Me. *Drou* qui, comme avocat au parlement, développe amplement cette affaire, & paroît établir la nullité de tous les aveux & actes de *la Planche* faits par force, &c. Sa confultation eft du 17 février 1779.

Les fieurs *Marot*, pere & fils, répondent par un autre *Factum*, figné feulement d'un Me. *Pechillon*, procureur ; écrit informe, peu concluant, & plus deftiné à diffamer le fieur *la Planche*, qu'à rétablir la réputation des fieurs *Marot*. On l'attribue à Me. *Falconnet*.

Le conflit, durant cet intervalle, eft porté au parquet des gens du Roi du parlement & de la cour des aides réunis. Intervient arrêt qui ordonne que la plainte de *Marot* fera préférée, comme préfentant un cas plus grave, attendu qu'il s'agit d'un vol de deniers royaux, & que l'élection reftera faifie du procès. L'arrêt eft du 7 juin 1779.

Le fieur *la Planche* vient librement fe conftituer prifonnier à Angoulême. Il y demande fa liberté provifoire. Sur le refus de l'élection il fe pourvoit à la cour des aides, & d'après le rapport de M. *Negre des Rivieres*, l'un des magiftrats les plus éclairés & les plus integres de cette cour, il obtient fa demande : fon décret de prife-de-corps eft converti en décret d'ajournement perfon-nel, & *Marot* condamné aux dépens par arrêt du 21 octobre 1779.

Alors le fieur *Marot* follicite une contrainte par corps au fujet des lettres de change échues & l'obtient, & le 14 Août 1780 le fieur *la Planche* eft replongé de nouveau dans les prifons. Enfin, fentence de l'élection du 4 feptembre fuivant qui, fans égard à la plainte de chartre privée, excès, violences, voies de fait, le déclare duement atteint & convaincu d'avoir volé le fieur *Marot*, & *véhémentement suspect* d'avoir volé dans la caiffe.... En conféquence le condamne à cinq ans de banniffement ; ordonne que deux mémoires imprimés à Paris , l'un pour le conflit , l'autre pour la liberté provifoire , & dont par conféquent l'objet eft rempli , feront fupprimés & ne feront point partie de la procédure , comme injurieux & calomnieux au fieur *Marot*, &c. Il eft à obferver que les conclufions du miniftere public étoient toutes en faveur du prifonnier , & que des trois juges l'un l'étoit aufli. *La Planche* interjette fur le champ appel en la cour des aides, & des prifons d'Angoulême eft transféré à Paris.

Me. *Goupilleau de Villeneuve* prend fa défenfe. Il le fait avec beaucoup de clarté , de force , de méthode & de logique. Dans deux mémoires il s'éleve contre le factum de l'adverfaire, *production monftrueufe, enfantée dans le délire, indécente dans fon ftyle , horrible dans fon contenu* ; cependant accueillie par les élus d'Angoulême , qui n'ignoroient pas que la cour en avoit décrété l'auteur.

Ici le fils *Marot* intervient pour fe défendre d'une plainte en diffamation , rendue contre lui par le marquis *de Château - Neuf* , à l'occafion du *Factum* qualifié ci - deffus , auquel il avouoit avoir une très - grande part. Son mémoire eft figné de Me. *Vermeil*.

C'eft à cette époque qu'arriva l'aventure du foufflet donné à la redoute par le fieur *Marot* fils , à Me. *Goupilleau de Villeneuve* , & dont il a été fait mention dans le temps.

Me. *Drou* reparoît fur l'arene par des *obfer*-

vations où , en dévoilant que Me. *Falconnet* est le véritable fabricateur du premier mémoire des *Marot*, il reproche à Me. *Vermeil* d'avoir défendu le fils anonymement dans l'affaire du foufflet reçu par fon confrere, & où il déclare qu'obligé pour affaires majeures de retourner au confeil du Roi, c'eft lui qui a indiqué à M. *la Planche*, Me. *de Villeneuve* dont il connoiffoit la probité, les lumieres & les talents ; que ce dernier eft le feul compofiteur des écrits fubféquents.

Arrêt du 6 feptembre 1781 , qui condamne *la planche* à être pendu. C'étoit contre les conclufions du parquet. M. *Chevalier de Jouvency*, fubftitut de M. le procureur - général , qui avoit fait tout le travail de cette affaire , fe rend à la premiere chambre de la coer des aides , où meffieurs étoient affemblés ; il leur déclare que l'arrêt n'a point chargé l'opinion des gens du Roi; il leur parle avec toute la force d'un homme inftruit & vertueux , & bientôt après vend fa charge.

M. le garde - des - fceaux accorde un furfis. Le Roi crée la commiffion des graces à l'occafion de la naiffance du Dauphin. *La planche* eft interrogé par le cardinal *de Rohan*. Il déclare qu'il ne veut point de lettres de grace , parce qu'il ne peut renoncer à fon honneur en s'avouant coupable. Son éminence l'a depuis atteflé de même dans une lettre datée de Paris, le 17 août 1784 , écrite à plufieurs magiftrats.

Arrêt du confeil du 2 décembre 1782, qui caffe toute la procédure , & renvoie l'affaire au Châtelet, fauf l'appel en la cour.

Par fentence du 18 juin 1784 , les deux *Marot* ont été atteints & convaincus d'avoir détenu en

chartre privée *la Planche*, de lui avoir fait
foufcrire différents actes, &c. En conféquence le
Châtelet les a mandés, pour être admoneftés ;
défenfes de récidiver, à peine de punition exemplaire ; 3 livres d'aumône, & condamnés aux
dépens.

Sur les plaintes de *Marot* contre *la Planche*,
en vol des deniers de la caiffe & falfification des
regiftres, les parties ont été mifes hors de cour
& de procès, &c.

Enfin l'affaire eft venue par appel au parlement.
Après un rapport qui a duré cinq féances & quatre
heures d'opinions, eft intervenu l'arrêt dont on
a parlé.

9 Février. La jolie piece des *Epreuves* donne
occafion de s'entretenir de fon auteur, monfieur
Forgeot, qu'on a dit être fils d'un procureur peu
riche, & ayant beaucoup d'enfants ; ce qui a
déterminé celui-là de chercher un bien-être en
époufant Mad. *Vertueil*, une des principales actrices de la comédie italienne.

9 Février. Par l'arrêt du 27 janvier, tous les
mémoires de *la planche* à Angoulême, à l'élection,
à la cour des aides, au châtelet & au parlement,
font fupprimés ; mais ceux fignés *Polverel*,
doivent être dépofés au greffe, ainfi qu'on a dit.
C'eft la premiere fois qu'un mémoire figné d'un
avocat, eft dépofé au greffe, & dénoncé au procureur-général. Ce qui a fait fe remuer le bâtonnier & l'ordre. M. *Chuppin*, le confeiller rapporteur, a tenté tous les moyens poffibles pour
ramener meffieurs, & faire changer cette claufe
de l'arrêt avant de le figner ; il n'a pu réuffir.

Dans le préambule de fon grand mémoire
intitulé feulement *Doutes*, *réflexions & réful-*

tats, &c. Me. *Polverel*, après avoir gémi fur
la barbarie de notre légiſlation qui ordonne que
dans les affaires criminelles, les charges & informations ne puiſſent être communiquées qu'aux
juges & à la partie publique : « ces loix, dit il,
,, fléchiſſent quelquefois fous le poids de l'or ;
,, mais *la planche* n'a point d'or à répandre, &
,, quand il en auroit, peut-être fe refpecteroit-il
,, aſſez pour ne vouloir pas l'employer à corrompre.
,, C'eſt à l'humanité de fes juges qu'il a recours.
,, Il leur dit : voulez-vous donc me juger fans.
,, que je puiſſe me défendre ? Peut-on me dé-
,, fendre fans connoître les charges ? Tous ont
,, gémi, aucun n'a entrepris de juſtifier la loi ;
,, mais tous ont dit : la loi exiſte ; c'eſt à nous.
,, à l'exécuter, & non à la juger.

,, Et au moment où les juges de *la planche*
,, tenoient ce langage, fon accufateur fe jouoit
,, impudemment de la loi ; il avoit une copie de
,, la procédure ; il inféroit dans fes écrits ce
,, qu'il croyoit de plus fort contre *la planche*,
,, dans les dépoſitions des témoins. Il a porté la
,, licence & l'abus jufqu'au fcandale. Ces frag-
,, mens de dépoſitions, il les a fait imprimer
,, en caractères italiques dans un mémoire à
,, confulter, & les avocats confultés, qui les ont
,, lus dans ce mémoire, ont pourtant dit dans
,, leur confultation : *la loi nous fait un fecret des*
,, *charges !* ,,

On trouve encore dans cet écrit d'autres paragraphes, foit contre M. *l'Efcot de Verville*,
rapporteur du procès à la cour des aides, foit
contre cette cour même ; paragraphes qu'on
pourroit inculper de trop de témérité & de har-
dieſſe.

Dans un autre , Me. *Polverel* avoue que c'eſt
lui qui a forcé ſon client de ne point ſe conſtituer
priſonnier , de ne point ſe préſenter pour être
interrogé. Il ajoute : " Nous ſommes convain-
,, cus de l'innocence de *la planche* , autant qu'on
,, peut l'être ſur les faits d'autrui : les lumieres
,, & l'intégrité de ſes juges nous inſpirent la
,, plus grande confiance. Mais ce n'eſt pas de
,, notre vie dont il s'agit , il s'agit de la vie
,, d'un autre , qui eſt en dépôt dans nos mains...
,, Quelque mot équivoque dans les charges, que
,, nous ne connoiſſons point ; quelque fait mal
,, expliqué pourroit induire les juges en erreur,
,, & l'erreur de la cour des aides, ſi elle ne doit
,, pas faire trembler les juges , eſt du moins
,, effrayante pour quiconque eſt chargé de con-
,, ſeiller un accuſé..... ,,

10 *Février.* L'aventure du capitaine *Aſgill* a
frappé l'imagination de différents compoſiteurs.
M. *Mayer* en a fait un roman , M. *de Sauvigny*
un drame héroïque. Un M. *Eve de Maillot* nous
apprend aujourd'hui qu'il avoit précédé ces deux
écrivains , & qu'il l'avoit arrangée en une tragédie - opéra en trois actes pour le théâtre lyrique ,
ſous le nom de *Sudmer.* Dès le 3 octobre 1783 ,
il en avoit fait lecture au comité de l'académie
royale de muſique. Un célebre compoſiteur étranger devoit mettre en muſique cet ouvrage. Il eſt
aujourd'hui , à ſon refus , entre les mains d'un
de nos plus habiles compoſiteurs françois : voilà
les raiſons du retard. Du reſte , meſſieurs du
comité , dans leur certificat du 18 mars 1784 ,
penſent que cet opéra mis au théâtre ſera accueilli du public , ſi la muſique répond à tous les
effets des ſcenes qu'ils y ont remarqués.

E 6

En conféquence , M. *de Maillot* , dans une lettre à MM. les auteurs du journal de Paris , en date du 28 janvier dernier , réclame fon droit d'ancienneté; déclare n'avoir ni vu , ni lu aucun des autres ouvrages fur ce fujet , & attefte au contraire le témoignage de plus de cinq cents perfonnes, tant à la cour qu'à la ville, qui connoiffent fa tragédie depuis deux ans.

10 *Février.* Les créanciers du prince *de Guimené* , après avoir touché pour la forme un léger à-compte que les frais ont abforbé prefque en entier, font laiffés aujourd'hui dans le plus profond oubli. Ils attendent le jugement fur la queftion renouvellée de la propriété de la ville de l'Orient, jugée favorablement, il y a quelques années, pour cette maifon , & qu'on fait réclamer aujourd'hui par le Roi. Cette affaire majeure doit fe juger en grande direction , & c'eft M. *Albert* qui en eft aujourd'hui le rapporteur.

10 *Février.* On ne connoît encore le voyage de M. *Blanchard*, lors de fa traverfée du Pas-de-Calais, que par des rapports étrangers: on attend avec impatience le fien même qui ne paroît pas. Il s'agit de conftater le degré de danger , fi effectivement il a été pendant près d'un quart-d'heure entraîné vers les mers du nord, & fi c'eft à l'aide de fes ailes qu'il s'en eft tiré. Toutes les relations s'accordent à dire que le ballon a baiffé confidérablement , puifque les voyageurs ont été obligés de jeter tout ce qu'ils avoient , & leurs hardes & jufqu'à l'ancre fi bien imaginée pour fixer la machine à terre. On veut que M. le docteur *Jefferies* ait facrifié même fon pavillon Anglois, & qu'il ait été au point de dire à fon camarade, pour exécuter fa parole d'honneur : " Me voilà

,, prêt à me précipiter auffi , quand vous le
,, jugerez néceffaire. ,, Quoi qu'il en foit, l'aréo-
naute françois, après avoir eu la gloire de faire
flotter le pavillon de fa nation fur toute l'Angleterre , a encore eu en cette occafion celle de
marquer fa fupériorité en le confervant, lorfque
fon camarade a dû renoncer au fien. Auffi ce
pavillon eft-il devenu l'objet de la curiofité des
favants. Le dimanche 16 janvier, jour auquel
M. le baron *de Breteuil* annonça les graces du
Roi à M. *Blanchard*, & l'invita à dîner, plufieurs
membres de l'académie des fciences qui étoient
de ce repas , lui demanderent fon pavillon ,
vraifemblement pour le dépofer dans le falon de
l'académie.

Quant au ballon, il doit en effet être fufpendu
dans l'églife principale de Calais, & la ville, en
dédommagement, veut, dit-on, accorder à fon
propriétaire une gratification de 3,000 livres, &
une penfion annuelle & viagere de 600 livres.
Quant à la pyramide qui fera conftruite fur le
lieu où cet aéronaute eft defcendu , elle doit être
élevée aux frais des habitants de Guînes.

En parlant de M. *Blanchard*, il ne faut pas
omettre une anecdote infiniment honorable &
dont on a peu parlé. La Reine jouoit, lorfqu'elle
apprit la premiere nouvelle du paffage de l'aéronaute. Elle déclara que c'étoit pour lui qu'elle
mettoit fur telle carte. La carte gagna une très-
groffe fomme , qui a été délivrée au fieur
Blanchard.

11 *Février.* On parle beaucoup d'un arrêt du
confeil, figné *Louis*, contrefigné *baron de Breteuil*,
par lequel, au rapport de M. *Foulon*, contrôleur-
général des finances, on déclare une banqueroute

générale. Dans cette facétie politique , on anticipe ainſi ſur l'événement qu'on annonce comme très-prochain , puiſqu'elle eſt datée du mois d'avril 1785. Gens digne de foi aſſurent avoir lu ce prétendu arrêt imprimé. Le gouvernement eſt indigné d'une telle audace , & l'on cherche à en découvrir l'auteur, l'imprimeur & les diſtributeurs.

11 *Février*. Extrait d'une lettre de Londres, du 28 janvier 1785..... " Vous vous êtes alarmé mal‑à‑propos ſur le ſort de M. le comte *de Mirabeau* , que nous avons en effet le bonheur de poſſéder ici. Il n'eſt point dans le cas de ſe tuer ; ſon génie lui ſert de reſſources , & juſqu'à des temps plus favorables, il peut ſubſiſter glorieuſement avec ſes ouvrages. Il en a fait depuis peu paroître deux.

Dans l'un , il expoſe *ſes doutes ſur la liberté de l'Eſcaut reclamée par l'empereur*. Sous ce titre modeſte , il combat les aſſertions hardies de Me. *Linguet* , & le terraſſe abſolument.

Dans l'autre , on trouve ſes *Conſidérations ſur l'ordre de Cincinnatus* , qu'on avoit annoncées depuis quelque temps comme promiſes à monſieur *Franklin*. On y trouve d'autres piéces politiques & philoſophiques , qui en forment un *Miſcellanée* très‑intéreſſant.

Les Anglois ne peuvent qu'accueillir avec enthouſiaſme , & goûter beaucoup les productions de l'auteur du livre *des Lettres de cachet & des Détentions illégales*.

En outre , M. le comte *de Mirabeau* a amené avec lui la jolie madame *de Nerac* , non moins propre de ſon côté à ſéduire nos milords & à les captiver.

J'oublioïs de vous ajouter que dans la préface
de ce dernier volume, l'auteur déclare " qu'il n'a
,, jamais imprimé fous un nom que fon pere
,, a rendu difficile à porter... mais qu'il ne
,, publiera rien déformais fans l'avouer. ,,

11 *Février.* Le Roi vient de créer dans l'académie des belles - lettres une nouvelle claffe fous le
titre d'*Affociés libres réfidants à Paris.* Le nombre
en eft invariablement fixé à huit. Ils peuvent être
tirés de tous les rangs de citoyens, fans en excepter
les ordres religieux. S. M. pour cette fois feulement, s'en eft réfervé le choix & a nommé dom
Clément, bénédiſtin de la congrégation de Saint-
Maur; dom *Poirier*, idem; meffieurs *Mongès*,
chanoine régulier de Sainte - Géneviève; *Bailly*,
de l'académie françoife & de celle des fciences;
Barthès, premier médecin de M. le duc *d'Orléans*,
affocié de l'académie des fciences; *Camus*, avocat
au parlement; *Henin*, fecretaire du confeil d'état;
Sylveftre de Sacy, confeiller à la cour des monnoies. Du refte, à mefure que ces places viendront
à vaquer, l'académie procédera pour les remplir
dans la forme ufitée pour l'élection des affociés
ordinaires.

L'objet de cet accroiffement de membres eft de
procurer à l'académie des belles - lettres la faculté
de s'affocier des gens de lettres dont les travaux &
les lumieres peuvent lui être utiles, & qu'il lui
étoit difficile d'admettre comme académiciens
ordinaires; les uns, parce qu'ils .étoient en
quelque forte exclus par les réglements ou par
l'ufage; les autres, parce qu'ils exercent des
charges ou des emplois qui ne leur permettent
pas d'être affidus aux affemblées, & d'exercer
dans toute leur étendue les devoirs impofés à
chaque membre de la compagnie.

12 *Février*. Le bâtonnier de l'ordre des avocats est allé trouver M. le procureur-général & l'a prié de ne rien requérir contre Me. *Polverel*, jusqu'à ce que l'ordre eût pris connoissance de l'affaire.

12 *Février*. Il paroît une troisième brochure du parti adverse de M. *Necker*. Aujourd'hui c'est son ancien bras droit, M. *de Lessart*, qu'on met en scene dans une *Lettre à madame N******* , la vertueuse compagne du grand homme*. Le persifflage du nouveau pamphlet, plus court de beaucoup que la *Lettre du marquis de Caraccioli*, sembleroit sortir de la même plume ; l'auteur est aussi très-instruit des anecdotes de la cour.

M. *Lessart* reproche à M. *Necker*, par sa précipitation à publier son livre, d'avoir détruit tout ce qu'on avoit fait en sa faveur depuis six mois. Il se donnoit une peine infinie pour disposer les choses & préparer son retour. L'abbé *de Vermont* étoit le premier agent de la cabale. On remplaçoit M. *de Vergennes* par l'archevêque de Toulouse ; M. *de Miromesnil*, par le président *de Lamoignon*. Celui-ci devoit son avancement & à sa manœuvre adroite dans le parlement lorsqu'on a voulu ramener en France le sieur *de Sainte-Foy*, & à ses déclamations contre les freres du Roi, & alors il n'y auroit plus eu de difficulté pour renverser le *Calonne*.

Suit une énumération des divers chefs d'émeute en faveur de monsieur *Necker*. L'illustre *Guibert* tient toujours le premier rang entre les prôneurs académiques. Le maréchal *de Castries* dirige toutes les caillettes titrées de la cour & les sots importants. On avoit aussi débauché le duc *de Choiseul*, quelque temps indécis s'il seroit ingrat envers son bienfaiteur qui lui avoit procuré si à propos quatre millions, & déterminé par la promesse d'un fupplément de deux, dont il aura befoin inceffamment: ce à quoi n'avoit pas peu contribué la maréchale *de Beauveau*, finguliérement engouée du *Necker*.

C'eft à cette époque qu'il va montrer fon livre, qu'il en répand douze mille exemplaires dans les provinces méri lionales, foyers du proteftantifme. On fait fentir que cette diftribution illégale pourroit bien allumer le zele du parlement; afin de faire mieux connoître la néceffité peut - être de févir contre l'ouvrage & contre fon auteur, on introduit ici *Monfieur*, & on lui met dans la bouche un difcours plein de nobleffe & de vigueur, adreffé au Roi fon frere, où l'on développe dans tout fon jour la conduite coupable d'un homme qui, ayant été à la tête des finances, &, redevenu fimple particulier, en révele les fecrets par une gloriole indifcrete, ofe infulter le maître qui l'a renvoyé, par un appel à la nation, & menacer publiquement l'état de fa ruine, en annonçant qu'il eft le feul homme capable de l'empêcher.

1 2 *Février.* Un M. *le Barbier le jeune* fait auffi une réclamation au fujet du drame d'*Afgill*. Il produit un certificat des comédiens italiens, que cet ouvrage en profe & en cinq actes a été lu à leur comité le 7 août 1783. Au furplus, il en faut conclure qu'ils n'en ont pas été fort contents, puifqu'ils ne l'ajoutent pas, & que d'ailleurs l'auteur déclare que fon drame va bientôt s'imprimer.

Dans le certificat des comédiens italiens on lit avec étonnement cette phrafe : « Nous ,, *Courcelle* & *Granger*, avons été confultés ,, plufieurs fois *par ledit fieur le Barbier* fur des ,, corrections à fon *ouvrage*. ,, Cette énonciation eft on ne peut pas plus indécente , infolente même , de la part de tels hiftrions envers un homme de lettres.

13 *Février* Me. *Polverel* a comparu dans une premiere affemblée des députés des bancs , & a péroré pendant une heure & demie. Les avocats, fatigués , ont levé la féance , & l'ont renvoyée au jeudi 10. Il y a eu des voix pour la radiation. Le parti de la douceur a prévalu , & il a été arrêté feulement qu'il recevroit une vefpérie de M. le bâtonnier, & feroit interdit pendant un an.

Me *Polverel* pourroit en appeller à l'affemblée générale de l'ordre; mais on croit qu'il fe tiendra pour bien jugé. De fon côté le parlement a promis de ne point aller en avant.

13 *Février.* M. le chevalier de *la Morliere* vient de mourir , fans qu'on apprenne plus de détails fur cet événement. Son inconduite , la dépravation de fes mœurs, & un manque abfolu de principes , ne pouvoient être compenfés chez lui par fes talents , car il en avoit. Il étoit fort inftruit fur l'hiftoire ; il connoiffoit parfaitement bien le théâtre , mais n'a fait que des ouvrages mauvais ou médiocres , fauf *Angola.*

13 *Février.* L'affemblée des actionnaires de la caiffe d'efcompte , voulant reconnoître les foins que fe font donnés les trois commiffaires députés, chargés de préfenter leurs réclamations au miniftre , les a gratifies chacun d'une médaille d'or.

Du refte , les actions ont un peu baiffé depuis la fixation du dividende. Elles fe font faites à 7,500 liv.

13 *Février.* Le *voyage de Figaro en Efpagne ,* eft une brochure d'un gentilhomme françois qui,

dans un petit volume, nous en apprend plus fur ce royaume que de *gros in-folio*. Tout y eft neuf, comme dit l'éditeur; faits, chofes, expreffions, penfées, maniere de les rendre. Il feroit à défirer fans doute que l'hiftoire du monde fût écrite ainfi. Au refte, ce volume doit être fuivi d'un fecond.

14 *Février.* Entre les bonnes & excellentes loix que l'Empereur vient de faire pour fes états, on trouve un *Réglement concernant l'émigration.* Ce réglement a révolté un philofophe qui a pris la plume, & fous le titre d'un *Défenfeur du peuple, à Jofeph II*, lui communique fes réflexions. Il prouve que l'émigration des arts & des hommes ne peut jamais être empêchée par la force ; que la punir eft une atrocité infructueufe ; que les auteurs de l'émigration ne font pas plus coupables que l'artifte & le manufacturier qui portent ailleurs leur talent ; que le vrai moyen de conferver les arts & les hommes, eft de leur accorder une entiere liberté. Dans ce difcours, quoique diffus, l'orateur a mis beaucoup de feu & d'énergie. Il apoftrophe l'Empereur même ; il le tutoie, mais fans s'écarter du refpect dû à une tête couronnée : il le loue fur le plus grand nombre de fes inftitutions ; il lui reconnoît les meilleures vues, jointes à beaucoup de lumieres ; & ce réglement, fans doute, qu'il appelle un *Edit d'efclavage*, eft dans le fage monarque une erreur de fon efprit & non de fon cœur.

14 *Février.* Par fes heureufes innovations, l'Empereur a donné lieu d'éclaircir une infinité de points auxquels on n'ofoit toucher. Voici encore un ouvrage très-utile de ce genre. *L'autorité légiflative de Rome anéantie*, ou *Examen rapide de l'hiftoire & des fources du droit cano-*

nique, dans lequel on prouve ſes incertitudes, ſes abus & la néceſſité de lui ſubſtituer, pour la diſcipline de l'égliſe, des loix ſimples.

Cette diſſertation eſt d'un écrivain très-inſtruit, qui a étudié preſque tous les droits & ſur-tout le droit canonique. Elle eſt rapide, & dans la maniere des écrits de *Voltaire* ſur cette matiere, mais ſoutenue d'une érudition plus vraie & non moins amuſante, par cet art aimable de préſenter les choſes du côté ridicule, & d'inſpirer gaiement l'horreur pour tant de déciſions abſurdes & barbares des papes, des peres & des conciles.

Il paroît que le philoſophe, d'une logique très-preſſante, s'eſt principalement propoſé de réfuter le jéſuite *Griffet*, qui, dans ſon *Traité de la loi naturelle*, cherchant à prouver par la raiſon l'infaillibilité de l'égliſe, s'eſt ſervi d'un ſophiſme aſſez ſpécieux.

14 *Février*. On juge par le brouſſillage de l'arrêt du conſeil fictif dont on n'avoit encore fait mention que ſur parole, qu'il a été imprimé au rouleau; en ſorte que la quantité d'exemplaires tirés ne peut être conſidérable.

Quoi qu'il en ſoit, nous en avons un ſous les yeux. Il n'eſt point daté du mois d'avril, mais du 30 décembre 1785. Il porte pour titre: *Arrêt du conſeil d'etat du roi, en faveur du dernier emprunt*. On n'y a pas employé le nom ſacré du Roi; il n'eſt point ſigné *Louis*, comme on l'avoit raconté; il n'eſt que ſigné *baron de Breteuil*

Ce pamphlet encore très-ſcandaleux par le ton indécent qui y regne & les injures contre monſieur *de Calonne*, a été envoyé anonymement à beaucoup de gens de la cour. On ne doute pas qu'il ne ſoit le fruit d'un complot pour ſupplanter le miniſtre actuel des finances.

On veut que l'abbé *de Vermont* qu'on suppose lui être opposé, ayant reçu un paquet de cette espece par la poste à Versailles, ait affecté de le renvoyer à M. *d'Oigny*, se doutant que cet intendant des postes seroit obligé de le mettre sous les yeux du Roi; ce qu'il a fait. On ne dit point que ce pamphlet ait produit l'effet désiré en indisposant S. M. contre M. *de Calonne*. On assure au contraire qu'elle en a été indignée, & a chargé M. *le Noir* de remonter à la source d'une pareille méchanceté.

Ce magistrat a promis de faire tout ce qu'il pourroit, mais en même temps a représenté au monarque que le libelle ayant été imprimé au rouleau, y ayant une quantité d'imprimeries de cette espece chez les grands seigneurs à Versailles, & peut-être jusques dans le palais de S. M.; imprimeries qu'il étoit impossible d'empêcher & de découvrir: il regardoit la chose comme presque impossible, à moins qu'un heureux hasard ne vînt à son secours.

L'objet du prétendu arrêt du conseil n'est pas non plus une banqueroute générale, mais une réduction des intérêts & des bénéfices de l'emprunt.

14 *Février*. On peut se ressouvenir d'un certain *Brissot de Warville*, qui avoit répandu le *Prospectus* d'un lycée françois qu'il vouloit établir à Londres. Il paroît que cet intrigant s'est servi de ce prétexte pour escroquer l'argent de plusieurs souscripteurs, & entr'autres d'un qui l'attaque en ce moment pardevant les tribunaux de Londres. C'est ce que lui reproche amérement le rédacteur du *Courier de l'Europe* dans son N°. 9. du mardi 1 février, qui parle aussi des menées souterraines

de ce prétendu fecretaire perpétuel d'un établiffement qui n'a jamais exifté. On juge encore par
une diatribe du N°. précédent contre ce même
homme, que le fieur *Pilâtre de Rozier* a été auffi
fa dupe pendant fon féjour à Londres, & a eu
lieu de fe repentir de s'être confié à un pareil in-
troducteur en Angleterre.

15 *Février*. Il paroît conftant que l'ouvrage
de M. *Necker* a été dénoncé aux états de Bretagne
le mardi 25 janvier par quelques membres de la
nobleffe, en ce qui pourroit concerner & intéreffer
leurs privileges; que fur cette dénonciation les
états ont chargé M. *de la Bourdonnaye*, procureur - général - fyndic, d'examiner ce livre & d'en
rendre compte inceffamment; qu'il s'eft acquitté
fur le champ de cet examen, & en a fait fon
rapport le 27 janvier. Sur quoi les états ont réfolu
de dénoncer au parlement le livre ayant pour titre:
*De l'adminiftration des finances de France, par
M. Necker*, fans nom d'imprimeur, & d'en demander la fuppreffion comme attaquant la fran-
chife de la province, & tendant à répandre
l'alarme dans l'efprit d'un peuple libre.

En effet, M. *de Caradeuc*, fils de M. *de la Cha-
lotais*, en fa qualité de procureur - général, a fait
aux chambres affemblées un réquifitoire contre
ce livre, où il en a demandé la fuppreffion & con-
damnation avec qualifications : 1°. ayant été
imprimé & diftribué en contravention aux réglements de la librairie; 2°. comme détruifant les
privileges des provinces & révélant fans néceffité
les operations de l'adminiftration & les fecrets de
l'état; 3°. enfin en ce qu'il prévient le feigneur
Roi contre fes fideles ferviteurs, & détourne
S. M. de les récompenfer comme au paffé par des

penfions. On n'apprend pas que le parlement ait accueilli cette dénonciation avec beaucoup de chaleur ; il a feulement nommé pour la forme des commiffaires qui ne doivent rendre compte de l'examen de l'ouvrage que dans un temps très-éloigné, on dit même en 1789 : ce qui femble une dérifion.

15 *Février.* On voyoit ces jours derniers au mufée du fieur *Pilâtre de Rozier* , un bulletin où l'on apprenoit que le vent avoit beaucoup dérangé fon appareil & avoit été à la veille de brifer fon ballon, que par une balourdife plus fâcheufe un ouvrier, en faifant jouer une manœuvre, avoit ouvert la foupape , & que tout le gaz s'étoit évaporé ; qu'en conféquence il avoit demandé de nouveaux ordres.

Depuis il s'eft répandu parmi fes difciples un bruit fourd , que le fieur *Pilâtre* étoit venu fecrétement en perfonne conférer avec le miniftre dont il avoit été très-mal accueilli , que l'on n'avoit eu aucun égard à fes follicitations, & qu'on lui avoit répondu féchement qu'il falloit qu'il tînt les engagements pris , qu'il étoit affez bien payé pour cela ; que cependant depuis, pour compenfer cette dureté, on lui avoit remis un paquet cacheté pour n'être ouvert qu'à Londres, quand il s'y fera rendu par les airs. On veut que dans ce paquet il y ait le cordon noir & un brevet qui convertit fa penfion de 2,000 livres en une penfion de 3,000 liv.

Cet intrigant eft reparti avec cette confolation , & travaille à avoir du gaz de tous les côtés.

16 *Février.* Il paroît un *Recueil des pieces relatives à la fixation du dividende des actions de la caiffe d'efcompte.* Il contient ce qui s'eft paffé , jufques & compris la délibération du 16 janvier,

On y trouve, 1°. les différentes délibérations des actionnaires sur les difficultés relatives à la fixation des dividendes ; 2°. les mémoires & requêtes présentés à ce sujet ; 3°. les arrêts du conseil des 16 & 24 janvier dernier ; 4°. la lettre de M. le contrôleur-général, à qui une députation a sur le champ porté les témoignages de la plus vive reconnoissance, qui lui ont été décernés unanimement par l'assemblée.

Les membres de l'opposition se plaignent fort de ce récit, où tous les faits sont tronqués & altérés suivant eux, où la plus basse adulation donne continuellement des entorses à la vérité.

16 *Février.* Voici l'arrêt du conseil fictif, qui est à conserver comme piece originale & qui pourroit quelque jour embarrasser la postérité, si l'on n'en suivoit la filiation.

Le Roi s'étant fait représenter en son conseil l'édit de décembre 1784, portant création d'un emprunt de 125 millions ; & s'étant fait en même temps rendre compte de tout ce qui concerne les plaintes qui se sont élevées de la part des banquiers de sa bonne ville de Paris, de ceux de Lyon, & même des pays étrangers, contre la distribution dudit emprunt, sa majesté a reconnu que les abus dont on se plaint, résultent de la nature de l'emprunt & des qualités de ses auteurs & agents ; que pendant plus de quinze mois le trésor royal a été en proie à la cupidité de deux hommes, dont l'un y a dilapidé plus de 80 millions, & l'autre joueur factieux dans les fonds publics, & trois fois banqueroutier, étoit chargé par le premier de la direction des finances & du jeu des fonds. S. M. est restée à cet égard dans une ignorance presque invincible des

désordres

défordres de cette fcandaleufe affociation, parce
que d'une part le chef calculant dès les premiers
jours de fon miniftere tout ce qu'il pourroit s'y
permettre, avoit commencé par fupprimer de
fait le comité des finances ; & d'autre part le
filence & les flatteries des courtifans féduits par
fes formes foi - difant agréables, offroient fans
ceffe les apparences de la confiance des peuples:
c'eft ainfi que s'eft opérée la furprife faite à S. M.
fur le dernier emprunt, dont l'édit n'a été préfenté & certifié que fur le taux d'intérêt à fix trois
quarts ; tandis que fi l'intérêt de 125 millions
pour vingt-cinq ans à cinq pour cent donne
81 millions, les 125 que coûtera l'emprunt,
donne donc plus de fept & demi. Mais en le fou-
mettant à un calcul plus précis, il eft démontré
qu'à raifon de 750,000 liv. données dès la premiere année par accroiffement de l'intérêt légitime, le principal exiftant au tréfor royal,
n'eft plus réellement la feconde année que de
119,250,000 livres, & cependant l'intérêt feroit
payé fur 120 millions, indépendamment de
l'accroiffement A la troifieme année le capital ne
feroit plus que de 113,462,500 liv. & ainfi de
dégradation en dégradation feulement du capital;
à la dix - huitieme année, au lieu d'être de
40 millions, il fera réduit à 5,907,243 livres,
pour lefquels on paiera 4 millions d'intérêts ;
& à la dix-neuvieme année, tout capital étant
totalement abforbé, il faudroit un nouvel emprunt
de plus de 25 millions pour acquitter les feuls
intérêts & accroiff ments des fix dernieres
années; ce qui porteroit l'emprunt à plus de dix
pour cent, intérêt d'autant plus illégal que cet
emprunt n'exige de la part des prêteurs, ni l'alié-

nation de leurs fonds , comme dans les rentes perpétuelles , ni leur anéantissement , comme dans les rentes viageres; il n'oblige pas de jouer comme dans les loteries; il ne met pas dans le cas de recevoir des remboursements morcelés comme dans les annuités ; il conserve au propriétaire de la mise son capital entier , & lui assure la rentrée dans l'espace de vingt-cinq ans. Une telle opération , loin de prouver le crédit public , n'annonce donc au contraire que la détresse effrayante des finances. D'ailleurs les basses menées des agioteurs, l'empressement des propres agents du trésor royal , loin d'être des témoignages éclatants d'une juste confiance, n'ont été que des actes indécents d'une avidité punissable : on a vendu des préférences , agioté des agréments de soumissions , on a gratifié des favoris , prodigué aux amis , & tandis qu'on manquoit à des engagements formels envers les maisons de banque les plus recommandables , & au devoir envers le public pour qui la distribution de 42 millions dans l'emprunt étoit annoncée, & à qui, par d'indignes manœuvres, on n'a pas laissé le temps d'en retirer le tiers, on osoit soi-même spéculer sur l'excédant mis en réserve pour s'approprier le profit de sa revente. S. M. se propose d'approfondir des délits qui méritent toute son attention, & toute la vengeance des loix. Quant à présent , toujours jalouse de remplir ses engagements envers ses peuples , elle en renouvelle le serment ; mais leur intérêt même exige qu'elle explique ce qu'en pareille circonstance elle doit fidèlement exécuter , & ce qu'elle ne peut légalement maintenir. Considérant en conséquence que l'exécution littérale du dernier em-

prunt n'intéreffe véritablement qu'une troupe
d'agioteurs, d'ufuriers & de banqueroutiers, mais
qu'elle greve fes peuples; qu'en augmentant la
dette, elle accroît la néceffité de l'impôt, & rend
incurable la plaie de l'état, en le mettant dans la
dépendance abfolue des marchands d'argent,
déformais accoutumés aux gains les plus ufuraires;
& voulant y pourvoir : oui le rapport du fieur
Foulon, confeiller d'état & ordinaire au confeil de
commerce, contrôleur-général des Finances, le
Roi étant fon confeil, a ordonné & ordonne
qu'à compter du premier janvier 1786, les intérêts des 119,250,000 livres reftant du capital
de l'emprunt de 1784, ne feront payés à l'avenir
qu'à raifon de cinq pour cent fans retenue :
les remboursements annuels indiqués continuant
d'avoir lieu aux termes de l'édit, qui fera au
furplus exécuté felon fa forme & teneur, tant
que des circonftances impérieufes n'obligeront
pas d'y déroger. Fait au confeil d'état du Roi,
S. M. y étant, tenu à Verfailles, le 30 décembre
mil fept cent quatre-vingt-cinq.

Signé, le baron de Breteuil.

17 *Février*. On voit ici une médaille allégori-
que, relative à la guerre, dont l'idée eft plus
férieufe & plus noble que la caricature dont on
a parlé.

Cette médaille repréfente la Hollande fous la
figure d'une femme, qui renverfe une urne remplie d'eau, fur laquelle eft gravé le mot latin:
Scaldis (l'Efcaut.) L'eau fort avec impétuofité
de cette urne & inonde les environs : la femme
elle-même fe trouve avoir les pieds dans l'eau.

L'on voit dans l'air , au milieu d'un nuage
épais , un double aigle qui tient la foudre dans
ses ferres. Au bas se trouve une ancre unie aux
armes de deux puissants monarques. Au haut ,
l'œil de la Providence entouré de rayons , avec
cette inscription : *Vivit Deus Patriæ Pater
optimus.*

Dans cette composition simple , vraie & ingénieuse , on ne trouve que l'œil de la Providence
de trop. Au surplus , il annonce le caractere religieux de son auteur , M. Holtzhey , graveur
hollandois , renommé & zélé patriote. Cet ouvrage est digne de nos *Roëttiers* & de nos
Duviviers.

17 *Février.* On assure que le procureur-général du parlement de Bordeaux , d'après le mémoire des négociants de cette ville , a fait en
effet un réquisitoire aux chambres assemblées
contre l'arrêt du conseil du 30 août , qui blesse si
étrangement le commerce maritime de France ,
& qu'en conséquence cette cour a écrit une lettre
au Roi , qui a produit assez d'effet pour déterminer à revoir l'affaire au conseil & discuter les
plaintes des différents ports.

17 *Février.* On parle beaucoup d'une espece
de concours qu'il y a eu chez madame *Duboccage*
entre différents politiques , savants , gens de lettres
qui composent le bureau d'esprit que tient cette
vieille minerve , toujours aimable. Il étoit question du livre de M. *Necker* qu'on a mis sur le bureau. L'abbé *de Mably* l'a pris , l'a discuté & pul-
vérisé d'un bout à l'autre , de maniere à laisser
sans réplique les nombreux enthousiastes de
l'auteur.

17 *Février.* M. *Desforges* , poëte presque non

moins infatigable à fournir des pieces aux italiens, que ceux-ci le font à les jouer, leur a
fait exécuter encore avant-hier un ouvrage de
fa façon. C'est une production de grande maniere,
une piece en cinq actes & en vers, une comédie
de caractere : *la Femme jalouse*. Quoique l'annonce
ne foit pas parfaitement bien remplie , que ce foit
un drame plutôt qu'une comédie , où il y ait plus
à pleurer qu'à rire, *la Femme jalouse* a eu un plein
fuccès & le mérite. On y reviendra , lorfqu'elle
fera débarraffée de quelques longueurs qu'il faut
élaguer.

17 *Février*. Entre tous les clubs formés depuis
quelque temps , quelques-uns étoient devenus
de vrais tripots où fe cantonnoient les joueurs ,
& il s'y faifoit des parties énormes. La vigilance
de la police s'eft éveillée à cet égard , & il eft
venu dans tous défenfes de jouer aux jeux de
cartes , de dez à chances inégales , au billard ,
& même aux jeux de fociété.

18 *Février*. Quoique le miniftere ne fe foucie pas
infiniment que les obfervations des négociants de
Bordeaux, annoncées , foient connues du public,
en ce qu'on y releve les erreurs dans lefquelles il
s'eft laiffé trop légérement induire par les colons,
puiffants par eux-mêmes, ou alliés aux familles
puiffantes de la cour , il ne peut qu'en empêcher
la vente publique. Il nous en eft tombé fous la
main un exemplaire.

Dans ce mémoire , infiniment cher , très-bien
déduit & d'un raifonnement invincible , fi les
bafes qu'on y établit font certaines , il eft prouvé,
après avoir rendu juftice à la pureté d'intention
qui a préfidé à l'arrêt du confeil du 30 août 1784,
contre lequel on réclame :

F 3

1°. Que l'état actuel des chofes dépofe haute-ment contre le befoin de la loi dont il s'agit & qu'il en attefte le danger.

2°. Que quand on fuppoferoit contre l'évi-dence de cet état des chofes, la néceffité d'ad-mettre le concours des étrangers avec nous dans quelques-unes des branches du commerce des colonies, l'établiffement des entrepôts indiqués rendroit infructueufes toutes les précautions qu'on a cru devoir prendre contre l'extenfion frauduleufe du commerce permis aux étrangers.

3°. Que le prétexte de la loi n'eft vraiment qu'une méprife, puifqu'on peut démontrer que le commerce de la métropole a tous les moyens, toutes les reffources néceffaires pour remplir tous les objets pour lefquels on croit devoir appeler le commerce des étrangers.

4°. Enfin, que la loi doit être révoquée, parce qu'elle eft pernicieufe fous tous les rapports, & qu'en détruifant le commerce maritime de la France, fon induftrie, fa culture & fa population, elle ne pourroit que nuire à la fureté, à la prof-périté des colonies elles-mêmes.

18 *Février*. Voici encore un livre dans les prin-cipes des économiftes, & qui ne peut provenir que de quelque écrivain de la fecte. C'eft *le Roi voyageur*, ou *Examen des abus de l'adminiftra-tion de la Lydie*. Il eft aifé de juger au titre, & du cadre & du fond de l'ouvrage. On conçoit que c'eft une allégorie continue, & que la Lydie n'eft autre chofe que la France. Quoiqu'il n'y ait rien d'abfolument neuf, comme il contient d'excellen-tes idées, on ne fauroit trop les répéter. D'ail-leurs cette maniere de mettre la morale & la politique en action, en faifant éprouver, fuccef-

fivement au jeune monarque des aventures qui
amenent naturellement les axiomes de la fcience
& les rendent plus fenfibles, eft le moyen fûr de
faire germer tôt ou tard ces vérités, à force de
les répandre & de les faire lire.

Le Roi voyageur eft divifé en trente chapitres,
la plupart très-courts. Dans quelques-uns on
trouve des vues moins rebattues, même neuves.
Tels font les chapitres fur les loix criminelles,
fur les académies, les rofieres, les foldats, fur
les évêques adminiftrateurs, fur les dernieres
réformes de l'empereur. Il en eft auffi de très-
piquants, où l'auteur offre des tableaux pleins
de vérité & d'énergie, qui ne peuvent manquer
de faire impreffion & d'infpirer au prince le
défir de remédier à des maux auffi affligeants ou
auffi révoltants.

A la fin font quelques notes qui développent davantage le texte. On juge par une, que l'écrivain eft un enthoufiafte de M. de Morfontaine, pré-
vôt des marchands actuel, & ci-devant intendant de
Soiffons. Il en fait un éloge outré, & qui tient
trop de l'adulation.

Le ftyle en eft noble, doux, infinuant, & ne
manque pas de force quand il le faut.

18 Février. Le mandement de M. l'archevêque
de Paris pour permettre l'ufage des œufs dans le
carême, étant d'ufage & de ftyle en quelque
forte, n'avoit pas d'abord attiré la curiofité;
mais il devient très-recherché aujourd'hui qu'on
eft inftruit qu'il contient des détails très-inté-
reffants fur différentes chofes, telles que les courtifanes, les mauvais livres, les fpectacles des
boulevards, le Mariage de Figaro défigné à ne
pouvoir s'y méprendre, enfin la nouvelle édition

F 4

de *Voltaire*, à l'introduction de laquelle il déclare avoir été fpécialement chargé de s'oppofer par la derniere affemblée du clergé.

19 *Février*. Le fieur *Panchault* fait paroître une juftification imprimée. Elle vient un peu tard, puifqu'elle n'eft datée que du 14 de ce mois. Il l'appelle: *un mot de Réponfe au mot de l'énigme & autres libelles*. Or il y établit :

1°. Qu'il n'avoit parié que mille dividendes évalués à 185 livres chacun, & non quarante mille.

2°. Qu'il fit ce pari le 30 feptembre, époque où l'incertitude des [bénéfices durant le fecond trimeftre pouvoit le rendre égal de chaque côté.

3°. Que dès que l'arrêt du confeil du 16 janvier, qui rendoit fon pari fûr, fut connu, c'eft-à-dire, le 19, il réfolut d'offrir d'annuller le pari. Ce qui fut fait le 22 & figné le 23.

M. *Panchault* rapporte pour pieces juftificatives :

1°. Le certificat du fieur *Roux de la Corbiere*, courtier de change, chargé de la négociation du marché & de fon annihilation. Il eft daté du 30 janvier.

2°. Le marché fait entre les fieurs *Laval* & *Wilfesheim* pour la vente de mille dividendes.

3°. L'annullation du marché.

On ne trouve point le fieur *Panchault* pleinement juftifié par cet expofé.

1°. L'on voit bien qu'il n'auroit gagné fans bourfe délier que 35,000 livres, au lieu de quelques millions : mais à qui la faute ? C'eft que vraifemblablement il n'a pas rencontré plus de dupes.

2°. Pourquoi fes adverfaires fe préfentant en

nom, pourquoi cachoit-il le fien, & vouloit-il
refter inconnu jufqu'après le paiement du pari?
On en conclut affez naturellement que le pari
ayant eu lieu le 30 feptembre, époque où fes
liaifons avec le miniftere étoient déjà connues;
le fieur *Panchault* craignoit que perfonne ne
voulût parier contre lui.

3°. Pourquoi a-t-il attendu la fin de l'affemblée
du 19 pour propofer d'annuller le pari? Pourquoi
a-t-il fouffert que fes adverfaires remiffent cette
piece aux mains des commiffaires ? C'eft qu'il
avoit fans doute l'efpoir jufques-là de pouvoir
les forcer à tenir leur engagement, & qu'il ne
s'en eft défifté que lorfqu'il a fenti le fcandale
qui en alloit réfulter à Verfailles & a vu les difpofitions de M. *de Calonne* changées à fon égard.

Au furplus M. *Panchault*, qui s'éleve beaucoup
contre les libelles, n'ignore pas l'ufage de s'en
fervir au befoin, & tout le monde lui attribue
plufieurs pamphlets lâchés ainfi dans le temps
contre M. *Necker*, tels que la *lettre d'un Liégeois*,
où le directeur des finances eft, finon calomnié,
au moins injurié, maltraité, vilipendé.

19 *Février*. Extrait d'une lettre de Befançon,
du 8 février.... Je n'entends plus parler du
procès du pere *Céfaire*, accufé de pédéraftie,
dont vous me demandez des nouvelles. Comme il
s'eft en quelque forte jugé & condamné lui-
même par fon évafion, il y a grande apparence
que l'affaire reftera-là, par le danger de trop
éclairer le public fur ces horreurs fecretes. Nous
ne fommes pas en province auffi familiarifés avec
le vice de la S...... que vous l'êtes à la cour & à
Paris. Quel fcandale, quand on y fonge, de
voir un vieillard, un religieux, un provincial

F 5

de fon ordre , un prédicateur , obligé de fe défendre d'une telle accufation ! Au reſte , le B✳✳✳✳✳. eſt à Rome , dit - on , dans le centre de ces meſſieurs.

Au moyen de fa fuite , le pere *Céfaire* ne pourra pas préfider à l'édition des fermons de fon coufin & confrere , le pere *Elyfée* , qu'on fait actuellement. La défroque de celui - ci , comme vous favez , avoit occafionné un grand procès entre les carmes déchauffés de Paris , & ceux de Franche - Comté. Les derniers appuyoient leur droit fur ce que le défunt étoit de la province ; les premiers fur ce qu'il s'étoit en quelque forte naturalifé parmi eux , en y féjournant pendant tout le temps de fa célébrité. Enfin on eſt convenu de partager en bons freres , ces dépouiles confidérables pour un moine , fur-tout à raifon de la bibliotheque.

Un autre différend s'étoit élevé au fujet des fermons , que l'archevéque de Befançon vouloit approuver comme les œuvres d'une de fes ouailles. Les chefs de l'ordre ont foutenu que n'étant point foumis à l'ordinaire , ils ne devoient point cette déférence au prélat , & je crois qu'ils l'ont emporté. Ainfi rien ne s'oppofe plus à la publicité de ces fermons que vous aurez inceſſamment.

20 *Février.* Vendredi matin à onze heures , il a été préfenté à la grand'chambre & tournelle affemblées des lettres - patentes , par lefquelles le Roi fait don à la Reine de 6 millions provenant de la vente du Château - Trompette à Bordeaux. Quelques-uns de meſſieurs ont prétendu que l'affaire devoit être portée aux chambres affemblées. On eſt allé aux voix. Seize ont été pour enrégiſtrer fur le champ purement & fimplement ; quatorze

contre. En forte que l'enrégiftrement a eu lieu.

Par ces lettres-patentes, la Reine eft autorifée à faire de ces 6 millions tel emploi qu'elle voudra, pour jouir en toute propriété & difpofer comme bon lui femblera des terres & acquifitions qu'elle en voudra faire. Tout cela eft radicalement nul, comme contraire aux loix, & meffieurs des enquêtes font furieux de la précipitation des meffieurs de grand'chambre.

20 *Février.* Hier l'académie royale de mufique a donné un concert de bénéfice pour les enfants aveugles-nés, dont l'école gratuite s'eft ouverte en même temps par M. *Haüy*, leur inftituteur.

On avoit choifi pour ce fpectacle la nouvelle falle du concert fpirituel, qu'on a trouvée moins nue que la premiere fois, mais toujours trifte, fale, enfumée & fur-tout très-fourde.

Mefdames de l'académie, les premieres pour la déclamation, le chant & la danfe, formoient un ceintre fur l'avant-fcene du théâtre & préfidoient, comme de raifon, à la fête : au milieu d'elles étoit le pupitre où venoient exécuter les *folo* ou autres coryphées.

Au bas on avoit formé une enceinte, où l'on avoit placé les enfants aveugles des deux fexes, au nombre d'une quinzaine: pour ne point effrayer les dames, ils avoient tous fur les yeux des bandeaux noirs, verds, &c.

L'académie royale de mufique avoit voulu tout tirer de fon propre fond, & en conféquence avoit refufé les virtuofes étrangers qui s'étoient préfentés pour ce concert ; en forte qu'il n'a pas été brillant dans la partie inftrumentale.

Quant au chant, on a exécuté un *duo*, un *trio*, un *quatuor* & un *quinque*.

F 6

Le *duo* étoit celui du *Barbier de Séville*, par *Paéfiello*, & le public en a été fi enchanté qu'il l'a fait répéter.

L'*ó Salutaris*, motet du fieur *Goffec*, a été exécuté par les fieurs *Rouffeau*, *Laïs* & *Cheron*, & ce *trio* déjà très-connu, n'a pas fait moins de plaifir.

Un hymne relatif à la circonftance & en vers françois, dont l'auteur eft refté anonyme, mis en mufique par les aveugles mêmes, a donné lieu au quatuor, dans lequel, outre les trois chanteurs ci-deffus, eft intervenue Mlle. *Gavaudan* cadette. Ce morceau neuf ne vaut pas l'autre. L'harmonie des chœurs en a paru trop bruyante, & trop dure dans l'exécution.

On a terminé par la finale très-répétée de l'*Inconnue perfécutée*: Mlle..*Maillard*, jointe aux quatie fujets ci-deffus, a exécuté ce *quinque*.

Le concert fini, M. *Haüy* s'eft préfenté, & a été reçu avec des applaudiffements univerfels; on eût défiré que M. l'abbé *de l'Epée*, l'inftituteur des fourds & muets, préfent à ce fpectacle, mais à qui la modeftie faifoit garder l'*incognito*, eût été offert auffi aux regards & à l'admiration du public.

Quoi qu'il en foit, tous les inftruments & uftenfiles néceffaires apportés & préparés, le fieur *le Sueur*, aveugle-né, s'eft mis devant un bureau, & a fait les exercices, auxquels fon maître l'a formé depuis le mois de juin dernier.

1°. M. *Haüy* a préfenté un livre aux fpectateurs les plus voifins, & les a priés de défigner la phrafe qu'ils voudroient, à lire par fon éleve. Ce premier exercice n'a pas réuffi: après trois mots, l'inftituteur a dit que le jeune homme fe troubloit.

2°. On a paffé à l'arithmétique. Plufieurs perfonnes ont fucceffivement défigné des fractions d'efpeces différentes , que le fieur *le Sueur* a raffemblées , décompofées & réduites fous un même dénominateur affez promptement & fans fe tromper.

3°. Les fieurs *Rouffeau* , *Laïs* & *Cheron*, avec des caractères de mufique qu'on leur a préfentés , ont fur le champ compofé un air , dont il a déchiffré fucceffivement chaque note & fa valeur.

4°. On a mis devant le fieur *le sueur* plufieurs cartes de géographie , en lui difant quelle partie du monde chacune contenoit & , fuivant qu'on lui a demandé , il a défigné le villes principales, les rivieres, leur pofition refpective.

5°. Ayant raffemblé à fa portée tout ce qui étoit néceffaire pour imprimer, il a montré fon talent typographique , & il eft forti de deffous la preffe une phrafe de fa compofition , qui étoit *vive le Roi* , *vive la Reine* , *vive la famille royale.*

6°. Enfin , il a donné lui-même leçon à fes petits camarades, qui font venus fe ranger autour de la table, chacun fon livre à la main. Il a commencé par un petit difcours qu'on lui avoit compofé fans doute , mais qu'il a récité comme de lui-même avec beaucoup de netteté & de grace. Cette premiere leçon rouloit fur les élements de la lecture.

Un éleve s'eft levé & a demandé la liberté de faire une objection , que le petit-maître a réfolue.

On ne ceffoit d'encourager le fieur *le Sueur*

par des battements de mains multipliés, & à chaque succès qu'il avoit, on voyoit la joie se peindre sur sa phyfionomie.

Cette scene intéreffante a été terminée par deux pieces de vers qu'on a lues : l'une, d'une certaine étendue, où l'on faifoit parler les éleves aveugles-nés, & remercier le public ; l'autre, un *impromptu* plus court, où l'on exaltoit la bien-faifance de MM. de l'académie royale de mu-fique.

21 *Février.* Le mandement de M. l'archevêque de Paris eft fort long, & l'on affure qu'il l'a compofé lui-même avec fes faifeurs, ainfi que le premier qui étoit plus dans fon genre. Il commence par fe féliciter du fuccès de celui-ci. « Plufieurs ,, des pafteurs l'ont affuré que les folemnités faintes ,, avoient été plus fréquentées, & que les tribu-,, naux de la réconciliation avoient été environnés ,, d'un plus grand nombre de pénitents. ,,

Mais cette confolation eft bien légere, quand le prélat fonge à la plaie générale qui afflige fon églife : de-là une peinture effrayante des défordres de la capitale. Ils les attribue principalement aux mauvais livres qui, malgré les précautions de M. le garde-des-fceaux, fe répandent avec plus de profufion que jamais. « On ofe étaler & vendre ,, publiquement les tableaux & les eftampes les ,, plus contraires à l'honnéteté publique : les ,, veftibules des palais en font couverts, les por-,, tiques mêmes de nos temples ne font pas ,, refpectés. ,,

Il paffe aux fpectacles. "Le théâtre françois ,, même, qui s'étoit fait une loi de la décence, ,, n'a t-il pas tenté de fecouer les reftes d'honnêteté ,, qu'il avoit confervés, & d'introduire fur la

„ fcene une licence de principes inconnue à nos
„ peres ? „

L'orateur n'oublie pas ces fpectacles forains de
toute efpece ; féminaires où l'enfance fe corrompt
prefque en fortant du berceau , où l'artifan vient
confumer en peu d'heures le fruit de fon travail
& la fubfiftance de fa famille ; pépinieres où fe
multiplient ces proftituées dont le nombre &
l'audace s'accroiffent de plus en plus.

Le libertinage des colleges fait l'objet d'un
paragraphe entier : des peres , des meres alarmés
font venus dépofer leurs inquiétudes dans le fein
du prélat ; des inftituteurs publics lui ont demandé
par quel moyen fauver les mœurs de leurs difciples.

L'orateur en vient à l'édition de *Voltaire* :
„ Ce recueil immenfe de tous les écrits de cet
„ homme fameux, qui devoit être, par la fupé-
„ riorité de fon génie , la lumiere & la gloire
„ de fon fiecle , & par l'abus de fes talents eft
„ devenu le fléau de la religion & des mœurs :
„ cette entreprife fi redoutée , non - feulement
„ des ames pieufes , mais de toutes celles qui
„ confervent encore du refpect pour l'honnêteté ;
„ ce monument de fcandale , décoré de tous les
„ ornements de l'art , & multiplié fous toutes
„ les formes poffibles , pour le faire circuler plus
„ facilement dans toutes les mains ; cette œuvre
„ préparée dans une terre étrangere , car la
„ France n'a pas voulu qu'elle fût exécutée dans
„ fon enceinte ; cette œuvre de ténebres eft donc
„ bientôt confommée.... Il ajoute :

„ Nous vous devons à deux titres, nos très-
„ chers freres, cette réclamation folemnelle , &
„ comme votre pafteur , & comme le dépofitaire

,, & l'interprete des alarmes de la derniere af-
,, femblée du clergé de France, qui nous a chargés
,, fpécialement de continuer après fa féparation,
,, les efforts qu'elle avoit commencés, pour pré-
,, ferver les mœurs de cette calamité. ,,

L'archevêque déclare qu'il pourroit ici faire tonner les foudres de l'églife ; mais après ce *quos ego* .... il fe calme, il envifage des jours plus heureux, & finit par permetfre de manger des œufs.

Bien des eccléfiaftiques, amis de la paix, ne font pas contents de ce mandement, qu'ils regardent comme rempli de déclamations de rhéteur, & ne reffemblant nullement à ceux de M. *de Noailles*. Quoi qu'il en foit, à n'envifager l'ouvrage que comme littéraire, il eft oratoire, plein de mouvement, & écrit avec autant de force que d'élégance.

21 *Février*. L'invention du monftre fabuleux, annoncé il y a quelques mois, paroît refter toute entiere à *Monfieur*. Quant à l'allégorie qu'on y foupçonnoit, S. A. R. n'a pas jugé à propos de la révéler. Un faifeur de pamphlets a profité de cette anecdote pour en fuppofer un à fa maniere, dans une brochure qu'il a intitulée : *Defcription hiftorique d'un monftre fymbolique, & connu vulgairement fous le nom de* LA HARPIE. Il l'applique au contrô'eur - général actuel des finances. Cette fatire eft fi gauche, fi plate & fi bête, qu'elle ne produit que de l'indignation ou du dégoût ; le ftyle eft proportionné au ton des interlocuteurs qui font des laquais. Ce qu'il dit fur la piece de *Figaro* & fur fon auteur, eft plus jufte : quant au docteur *Mefmer*, il veut l'envelopper auffi dans fa diatribe, mais fans fel & fans efprit,

22 *Février.* On obferve dans *la Femme jaloufe,* quatre caracteres bien prononcés, très-diftincts, & même tout-à-fait oppofés: celui d'une époufe qui, par un excès d'attachement, fait le tourment de fon mari & de tout ce qui l'environne. Le mari, dont l'amour prenant une autre teinte, n'ofe la contrarier & par foibleffe tolere tous les excès, toutes les fureurs de fa femme. Un ami, dont la fermeté releve & fait fortir fin-guliérement la molle complaifance du mari, & qui, par cette qualité même, ramene la jaloufe & la corrige. Enfin, une jeune perfonne, filïe des deux époux, d'une naïveté tout-à-fait aimable, & jetant dans la piece le feul piquant, la feule gaieté dont elle eft fufceptible. Les autres perfonnages font, l'amant de la jeune perfonne, une foubrette & un valet, amoureux épifodiques, hors-d'œuvre froid qui rallentit l'action: un ancien domeftique de confiance, pere de la premiere: voilà les divers acteurs. Voici mainte-nant en bref le fujet.

La *Femme jaloufe* dans un de fes accès de dé-fiance ouvre le fecretaire de fon mari; elle y trouve une boîte, dans laquelle eft caché le por-trait d'une véritable beauté : il arrive que le por-trait reffemble fort à une inconnue que le mari fait venir de province & qui, graces à des contre-temps ménagés par le poëte, ne peut échapper aux re-cherches, aux regards & aux queftions de fa ri-vale furieufe, croyant du moins en avoir une en la jeune perfonne. Point du tout, c'eft une fille de *Dorfan,* nom de l'époux ; elle eft le fruit d'un mariage clandeftin, que fes parents n'ont jamais voulu ratifier, & qui a dû refter caché pour fa femme, exigeant comme un préalable effentie qu'il ne fût ni pere, ni veuf, ni n'eût même en d'autres paſſions : bizarrerie aſſez adroitement ménagée par le poëte, afin de mieux annoncer le caractere extraordinaire de la *Jaloufe* & de bien l'établir ; car au fond ſa jalouſie eſt motivée & très-raiſonnable depuis l'ouverture du ſecretaire. Cette premiere démarche d'une curioſité indiſcrete & malhonnête, eſt le ſeul trait qui décele véritablement le germe de la paſſion dont elle eſt dévorée.

Il réſulte du fond de la piece, que la moralité concerne également le mari & la femme ; que ſi elle ouvre les yeux de celle-ci ſur l'injuſtice de ſes ſoupçons, elle apprend à l'autre à ne point tromper une amante foible & crédule qui s'en rapporte à ſa parole.

Le ſuccès de cet ouvrage doit s'attribuer principalement aux caracteres extrêmement bien ſoutenus & contraſtés, à la peinture énergique des inquiétudes, des angoiſſes, des tourments, des horreurs de la jalouſie ; à ſa conduite ingénieuſe & fertile en ſituations attachantes ; enfin au dialogue naturel ſemé de vers heureux, où l'on ſent, même dans les morceaux de force, le langage de la paſſion, & l'on admire des tirades d'une éloquence déchirante.

La femme jalouſe, de beaucoup ſupérieure à *Tom-Jones* du même auteur, confirme un talent réel, & ne ſeroit point déplacée ſur le théâtre françois, où certainement elle n'auroit pas été mieux jouée. Madame *Verteuil*, le ſieur *Granger*, le ſieur *Courcelle* & la demoiſelle *Carline* rendent les quatre premiers rôles de maniere à étonner & ſatisfaire les connoiſſeurs les plus difficiles.

22 *Février.* On étoit inquiet de M. *Dombey*,

médecin botaniste, dont on a dans le temps annoncé le départ pour le *Pérou* sous le ministere
de M. *Turgot* ; ce qui prouve une absence de près
de dix ans. On a su enfin qu'il en étoit reparti
le 14 avril 1784 ; qu'il étoit le 15 juin vers 60
degrés de latitude, & après avoir eu beaucoup de
peine à doubler le cap *Horn*, avoit été trop heureux de relâcher à *Rio - Janeiro*, où il étoit arrivé
le 14 août. Son bâtiment en très-mauvais état
devoit s'y réparer, l'équipage fatigué & épuisé
s'y refaire, & il n'espéroit s'y rembarquer qu'au
mois de janvier de cette année. Son projet est
d'aborder à Cadix. Il rapporte avec lui soixante-
treize caisses remplies de curiosités naturelles.

23. *Février.* Les nouvelles remontrances du parlement au sujet de l'affaire des Quinze - vingts &
du grand - aumônier, ont été portées au Roi le
dimanche 13 de ce mois à l'heure & de la maniere indiquée par sa majesté. Elle a répondu,
suivant l'usage, qu'elle les feroit examiner dans
son conseil.

23 *Février.* L'arrêt du conseil concernant la
congrégation de Saint - Maur, dénoncé dans le
mois dernier au parlement & qui devoit être un
des objets de ses remontrances, est du 8 janvier
1785, & n'est connu du public que depuis peu.

Sa majesté voulant prévenir le trouble, la division, l'insubordination, & donner en même
temps une nouvelle marque de sa protection à une
congrégation distinguée par les services qu'elle a
rendus à l'église, à l'état & aux lettres, cherche
à en assurer la durée par le maintien de ses cons-
titutions.

il s'agit de celles autorisées par les lettres - patentes du 21 juillet 1769 : S. M. ordonne qu'elles

foient exécutées tant par les fupérieurs majeurs & locaux, que par les officie s & fimples religieux. Elle enjoint à tous les membres de la congrégation de rendre aux chefs nommés par le chapitre de Saint-Denis, l'obéiffance due à des fupérieurs légitimes, fous les peines portées par lefdites conftitutions. Le furplus n'eft qu'une extenfion de cet article & concerne des religieux réfractaires qui, fans doute, avoient cru pouvoir fe fouftraire par la fuite à une autorité qu'ils regardoient comme illégale & tyrannique.

2 3 *Février.* Le bruit général eft que M. *Necker* a reçu de M. le baron *de Breteuil* une lettre, qui lui enjoint au nom du Roi de s'abftenir de venir à Paris & de refter où il eft, c'eft-à-dire, auprès de Montpellier, avec madame fa femme qui fe meurt : il en fut parlé lundi au dîner de M. le garde-des-fceaux, qui ne dit ni oui ni non ; ce qui confirma pour le confeil la vérité de cette rumeur.

Il faudroit conclure de cette efpece d'exil, que M. *Necker* n'a pas, comme l'ont affuré fes partifans, demandé au Roi la permiffion de faire imprimer fon livre. En effet, ayant eu le fecret du miniftere, il devoit s'abftenir de parler de matieres où il ne pouvoit s'empêcher de le révéler ; & ce qui auroit été une action indifférente d'un particulier, devenoit de fa part une indifcrétion tout au moins : d'ailleurs en introduifant fon ouvrage avec profufion dans les provinces méridionales, il contrevenoit aux loix du royaume : autre grief toujours plus grave dans un ex-miniftre.

Ses amis veulent qu'on ait feulement craint que fa préfence n'augmentât la fermentation déjà très-grande depuis la publication de son manifeste, comme l'appellent ses adverſaires.

23 *Février.* Il eſt grandement queſtion d'un mémoire que les receveurs - généraux des finances font en réponſe du chapitre de l'ouvrage de monſieur *Necker* qui les concerne ; on a vu que les états de Bretagne réclamoient également pour leur partie ; on dit que d'autres corps ſe diſpoſent encore à relever les erreurs dans leſquelles il eſt tombé.

24 *Février.* Il paroît que les 6 millions donnés par le Roi à ſon auguſte compagne doivent être employés à payer la vente de Saint-Cloud. La Reine avoit fait aſſembler extraordinairement ſon conſeil le dimanche 13 , où elle avoit voulu préſider elle-même pour terminer cette grande affaire , ſur laquelle il y a depuis ſix mois des variations infinies.

24 *Février.* Extrait d'une lettre de Rennes , du 15 février. . . . Nos états ſont finis avec un calme dont il n'y a point d'exemple. Les derniers événemens dignes de remarque ſont l'accouchement de madame la comteſſe *de Tremerga* , la femme du préſident de la nobleſſe. Il eſt d'uſage que l'enfant, lorſque c'eſt un garçon, ſoit tenu par les états , qui ont choiſi pour marraine madame la commandante. Cette cérémonie religieuſe a ſervi de nouveau lien pour attacher la province à madame la comteſſe *de Montmorin* , qui avoit déjà ſéduit les cœurs par ſes graces , ſa bonté & ſes vertus. Il eſt de regle encore que les états faſſent un préſent à madame la commandante ; on l'a fixé à dix mille écus : elle ne pouvoit les refuſer ; mais elle a déſiré qu'ils fuſſent conſacrés en choſes utiles. Sa réponſe a occaſionné les plus vifs applaudiſſemens,

& pour s'y conformer, les états ont donné le fonds de 10,000 livres pour chacun des hôtels des gentilshommes & des demoiselles, & 10,000 liv. à la disposition de l'ordre du tiers: madame la comtesse *de Montmorin* aura la nomination des deux premieres places dans ces hôtels.

L'introduction du marquis *de la Fayette* dans l'assemblée des états à la féance du lundi 24 janvier, n'est pas moins remarquable. La commission pour l'examen des opérations concernant les canaux commençoit son rapport, lorsqu'il parut à son retour d'Amérique. Il fut reçu avec acclamation, & on le fit placer fur le banc des barons, auprès de M. le préfident de la noblesse, M. l'abbé *de Boisbilly*, qui parloit en ce moment, reprit son discours, qui rouloit fur l'utilité dont les canaux feroient pendant la guerre & fur le fruit qu'on en retireroit en temps de paix. Il prit occafion de ce mot pour complimenter le jeune héros. Il ajouta : « Combien n'est-il pas flatteur d'avoir » fous les yeux un de ceux qui ont contribué à » nous procurer cette paix défirable ! »

Le marquis *de la Fayette*, en fe retirant avec fa modeſie ordinaire, témoigna aux états fa fenfibilité fur la diftinction glorieufe dont ils venoient de l'honorer, & dit qu'il efpéroit bientôt devenir un des membres de cette augufte affemblée.

Mais le fpectacle le plus fingulier & le plus incroyable, c'eft de voir des membres des états fe rendre les vengeurs en quelque forte de M. *de Calonne*, en dénonçant à l'affemblée un ouvrage dont le but indirect fembloit être d'attaquer l'adminiftration de ce miniftre des finances, & de le fatirifer ; c'eft de voir M. *de Caradeuc* être en correfpondance avec M. *de Calonne* & concourir au même but que les états , en dénonçant au parlement le même livre. ....

24 Février. Le *Mémoire des négociants du Havre*, quoique roulant fur le même objet que ceux de Nantes & de Bordeaux , mérite encore d'être lu & médité. Il envifage la chofe plus en grand & l'approfondit davantage fous certains rapports. Par exemple , il démontre aux colons que leur intérêt bien entendu feroit de rejeter eux - mêmes la liberté qu'on leur accorde de commercer avec l'étranger; liberté funefte, qui tend à les affervir tôt ou tard aux vexations de l'Europe. On en recueille d'autres faits précieux , tels que ceux-ci.

Le commerce des François fe borne à un foible cabotage à Cadix , à Lisbonne , dans le Nord & le Levant ; il confifte en une pêche à Terre - Neuve peu digne d'un grand empire & fous l'infpection d'une flotte Angloife deftinée à faire toujours obferver les traités avec la derniere rigueur. Sans compagnie des Indes , la navigation nationale eft tournée particuliérement vers l'Amérique & la côte de Guinée.

Le commerce d'Amérique occupoit feul fept cents navires & faifoit peut-être la moitié de notre navigation; il pouvoit être de grande reffource pour les opérations de guerre.

Oleron , Saint - Malo , Granville & Dieppe ont fourni en 1778 à la marine royale , la plus grande partie des matelots qu'elle a employés. Ces ports deftinés fpécialement aux pêcheries , ne forment plus une auffi grande quantité de matelots.

La fervitude des claffes, d'ailleurs fi utile à l'état, n'engage que trop fouvent nos matelots à paffer chez l'étranger : il y en a aujourd'hui ue

grand nombre fous le pavillon des Etats-Unis,
& les matelots font rares pour les armements &
très-chers.

Si avec ce défavantage le gouvernement, par
fes opérations, diminue la navigation nationale,
que deviendrons-nous dans une guerre future ?

25 *Février*. L'enlevement récent de l'abbé *Cochu
de la Grange*, chanoine de l'églife de Paris, caufe
un grand fcandale. C'étoit un joueur effréné,
qui ce carnaval avoit perdu une fomme énorme
chez madame *Dubois.* On croit que M. l'archevêque de Paris a provoqué lui-même cette correction, qui n'a du moins pas eu lieu fans fon
attache. L'exempt chargé de cette miffion y a,
dit-on, mis beaucoup d'indécence & de dureté,
afin fans doute de faire plus d'impreffion fur le
coupable. Il paroît qu'il eft hors d'état d'acquitter
ce qu'il a perdu fur parole. On ne dit pas encore
où l'abbé *Cochu* a été conduit.

25 *Février*. C'eft par une *Lettre au Roi*, convenue à Bordeaux, les chambres affemblées le
29 janvier, que le parlement de cette ville a fait
part à fa majefté des alarmes du commerce, dont
il étoit dépofitaire. Cette lettre eft imprimée :
elle traite la matiere avec beaucoup de force, de
netteté & de nobleffe. Laiffant les détails dont fe
font occupés les différentes corporations de com-
merçants, elle remonte aux grands principes,
& attaque le fyftême général d'adminiftration
actuelle, le feul peut-être qui ait été fuivi conftamment, dont le but eft de vouer à une nullité
abfolue tous les corps, ceux mêmes qui, par leur
nature, font moins propres à faire ombrage. Il
rappelle l'expreffion de M. *de Malesherbes : il femble
qu'on ait prononcé une interdiction générale contre la
nation.*

viation. Le parlement se plaint, par exemple, que dans cette occasion-ci très-importante, les chambres du commerce n'aient pas été consultées. Il profite de la circonstance pour relever d'autres vices dans l'administration des Colonies, pour y demander la réforme de la jurisprudence, très-instante, sur-tout dans l'objet qui concerne les débiteurs & leurs créanciers; pour invoquer des réglements qui protegent & consolent cette foule d'éleves voués à l'esclavage, sous le nom de *Negres.*

Mais le paragraphe le plus remarquable, c'est celui où le parlement fait sentir au Roi la nécessité de rétablir ces assemblées antiques & solemnelles, trop long-temps suspendues, les *états-généraux*; véritable & unique moyen de remonter les ressorts de la monarchie, dans un relâchement général. Sa prérogative n'en a rien à craindre dans ce siecle éclairé; le souverain n'en deviendra que plus grand par le spectacle de sa puissance, & l'esprit patriotique succédant à l'égoïsme, tous les citoyens concourront de bonne foi & avec zele à la félicité publique.

On ne peut que savoir beaucoup de gré au parlement de Bordeaux, qui sent lui-même la diminution d'autorité qui en résulteroit pour lui; & sacrifiant généreusement toutes ses vues ambitieuses, offre de se renfermer alors dans la paisible uniformité de ses fonctions.

16 *Février.* M. l'abbé *Barruel* a rompu le silence & publie un *Factum* qui n'est guere mieux digéré que celui de M. l'abbé *Soulavie*; il roule uniquement sur les procédés, & comme ils consistent dans des faits, il les rend à sa maniere, c'est-à-dire, de façon à se disculper parfaitement. Le seul aveu qui échappe & qui décele son caractere

Tome XXVIII.   G

aux yeux de ceux accoutumés à fonder les pre-
fondeurs du cœur humain, c'est lorfqu'en rendant
compte d'un accommodement en train, il faifit
avec empreffement une infraction prétendue de
la part de fon adverfaire, pour rompre la treve
& reprendre la plume; il s'écrie dans un excès
de joie qui perce malgré lui : *Que la raifon
armée du fouet de l'ironie, venge enfin la révelation.*

Le paragraphe de ce Mémoire, que M. *Barruel*
auroit dû rendre le plus intéreffant, qui étoit le
plus fufceptible d'éloquence, où n'auroit pas manqué de fe peindre une ame forte & énergique,
c'est celui où il reproche à M. l'abbé *foulavie* de
tâcher à prévenir contre lui les magiftrats, en
leur infinuant qu'il a été jéfuite. Au lieu de
faifir cette occafion de venger fon ordre & lui-
même d'une pareille qualification, comme s'il
avoit à en rougir, il n'y montre que cet efprit
de prudence & de circonfpection, qui caractérifoit
en général fes anciens confreres, mais qu'on doit
regarder en cette occafion comme pufillanimité.

26 *Février.* Le fieur *de Beaumarchais*, mécontent du Mandement de M. l'archevêque, n'a pas
manqué de chercher à tourner en ridicule ce
prélat & fon faifeur, qu'il croit être l'ancien
évêque de Senez : on lui attribue du moins la
chanfon fuivante à ce fujet, où l'on reconnoît
parfaitement fa maniere & fon ftyle.

*Cantique fpirituel d'un très - fpirituel Mandement de
carême.* Air : *A Paris l'y a deux Lieutenants.*

A Paris font en grand faoulas
Deux faints prélats :
L'un eft le chef, & l'autre fon
Premier garçon.

Leur carnaval eſt d'annoncer
  Qu'on peut laiſſer
Filles, garçons, femmes & veufs,
  Caſſer des œufs.

Suivons tous les commandements
  Des mandements;
Celui-ci n'eſt pas trop mauvais
  Pour du Beauvais;
Sur Figaro, ſur l'opéra,
  Et cætera.
L'on y voit des conſeils tout neufs
  A propos d'œufs.

A propos d'œufs ce mandement
  Diſcrétement
Dénonce aux dames certain goût
  Qu'il voit par-tout.
Puis nommant leurs amuſements,
  Déréglements,
L'apôtre annonce aux bons époux,
  Qu'ils le ſont tous.

A propos d'œufs dans ce tréſor
  L'on voit encor
L'écrivain le plus admiré
  Bien déchiré;
Puis il empoigne auteur, lecteur
  Et rédacteur,
Et lance tout d'un bras de fer
  Au feu d'enfer.

Puis quand il les a condamnés
  Tous bien damnés,

Des lieux communs du bon pasteur.
Le grave auteur
A ses freres pauvres d'esprit
En Jesus-Christ,
Promet le benoit paradis
Du temps jadis.

En ce temps de confession
Rémission ;
Si du mandement les avis
Sont bien suivis :
Nos deux pasteurs sont indulgents.
Si bonnes gens ,
Qu'ils laisseront avec les œufs
Manger les bœufs.

Pourtant les buts des révérends
Sont différents :
L'un grille d'avoir du renom
Et l'autre non.
Or prions le doux Rédempteur
Qu'a cet auteur
Il donne un esprit plus subtil ,
Ainsi soit-il !

26 *Février.* Voici encore un nouveau manifeste contre le brigandage du palais : c'est *Lettre
d'un avocat à M. de Lamoignon, président au
parlement de Paris, sur les devoirs des juges par
rapport à leurs secretaires.* L'auteur qui est M. C.....
invite les magistrats à réformer les abus multipliés qui naissent des exactions de ces subalternes,
& à abréger les vaines & inutiles formalités de

notre légiſlation, qui ôtent aux pauvres & aux foibles les moyens de réclamer leurs droits, & qui donnent aux puiſſants & riches le privilege d'être injuſtes & uſurpateurs. Quoiqu'il y ait à parier que cet écrit lumineux & appuyé de toutes les autorités les plus reſpectables, n'aura pas plus d'effet que tant d'autres ſur la même matiere, on doit applaudir au zele qui l'a enfanté, & il faut déſirer qu'on ne ſe laſſe point de l'imiter, juſqu'à ce qu'on ait fait ouvrir les yeux au gouvernement, forcé à la réforme déſirée depuis trop long-temps.

27 *Février*. Réflexions ſur divers ſujets pour ſervir de ſuite à celles qui ont été publiées par M ✳ ✳ ✳.

Cette eſpece de *Miſcellanea* eſt diviſé en cinq chapitres.

1. Sur l'opinion qui étend ſur tous les individus d'une même famille une partie de la honte attachée au peines infamantes : eſt-elle plus utile que nuiſible ?

2. Vues générales ſur l'adminiſtration des provinces.

3. Des charges & des emplois.

4. Des duels.

5. Des acculés fugitifs.

Tous ces chapitres courts ſont remplis de vues excellentes & quelquefois neuves : ils ſont ſemés d'anecdotes hiſtoriques qui les rendent piquants, & d'ailleurs écrits avec beaucoup de pureté & de nobleſſe.

A la fin eſt un avertiſſement, où l'auteur dit qu'il a dans ſon porte-feuille pluſieurs morceaux qui ne ſont pas étrangers à l'ordre ſocial & qu'il ne tardera pas à mettre au jour, ſi ceux-ci ſont

Accueillis. On ne peut que l'inviter à remplir sa promesse.

On prétend que ce recueil est du même patriote qui nous a donné, il y a quelques années, *Opinions d'un citoyen sur le mariage & sur la dot*, c'est-à-dire, de M. *Mignonot*, & il en est très-digne.

27 *Février*. La Reine est extrêmement grosse, non - seulement du ventre, mais de tous ses membres : quoique le sieur *Vermont*, qui ne va plus quitter Versailles, la rassure, elle a quelques inquiétudes sur son état ; & sa religion lui a prescrit de prendre les précautions d'une ame chrétienne. Sa majesté s'est déjà confessée deux fois, & a fait ses dévotions. Les courtisans en sont très-alarmés, ils craignent que la cour ne devienne triste, que les intrigues ne changent de tournure & que le regne des prêtres n'arrive.

En outre sa majesté a envoyé chercher Mlle. *Bertin*, & lui a dit qu'au mois de novembre elle auroit trente ans ; que personne ne l'en avertiroit vraisemblablement ; que son projet étoit de réformer de sa parure les agréments qui ne pouvoient aller qu'avec ceux d'une extrême jeunesse ; qu'en conséquence elle ne porteroit plus ni de plumes ni de fleurs.

On fait aussi que l'étiquette pour ses robes est changée ; que la Reine ne veut plus de pierrots, ni de chemises, ni de redingotes, ni de polonnoises, ni de lévites, ni de robes à la turque, ni de circassiennes ; qu'il est question de reprendre les robes graves & à plis ; que les princesses ont été invitées de proscrire toutes les autres pour les visites de cérémonie, & que leur dame d'honneur avertit les dames qui viennent dans un autre costume, qu'elles ne peuvent être admises dans cet état sans une permission de son altesse qu'elle va demander.

28 *Février.* La division & l'aigreur subsistent toujours entre les membres de la caisse d'escompte, qui continuent à se battre par des pamphlets. Il en paroît deux nouveaux ; l'un : *Deux mots sur le mot de réponse de* M. *Panchault* ; l'autre : *Questions proposées à* M. *Panchault sur sa justification.* Comme ils ne font que développer les réflexions qu'on a déjà faites à l'occasion de la même brochure, il est inutile de s'étendre davantage sur cet objet. Tout ce qu'on y voit de nouveau, c'est que le dividende, sans les manœuvres du sieur *Panchault,* auroit pu monter à 213 livres.

28 *Février.* On continue à tourmenter le pauvre M. *Morel* à l'occasion de son *Panurge,* qui se soutient par les accessoires, qui est même très-couru, à raison de détails de chorégraphie très-brillants dans un genre neuf, exécutés par les premiers sujets : voici encore un quatrain en calembour, où l'on assimile cet auteur au navigateur aérien, arrivé comme par miracle d'Angleterre sur nos côtes :

Voyez à quoi tient un succès !
Un rien peut élever, comme un rien peut abattre ;
Blanchard étoit F**** sans le pas de Calais,
Et *Morel* sans le pas de quatre.

1 *Mars* 1785. Comme l'hymne imaginé en faveur des treize pauvres enfants aveugles-nés, dont quatre filles & neuf garçons, composant l'école actuelle de M. *Haüy* & présents au concert, est très-intéressant & mérite d'être con-

ſervé , en voici les paroles qui pourroient dé-
périr , n'étant guere dans le cas d'être chantées
déſormais. Les voilà, non telles qu'elles ont été
exécutées , mais réformées par le poëte qui eſt
toujours anonyme. Ce ſont eux qui s'écrient :

> O ciel ! pour combler tes bienfaits ,
> Ouvre un inſtant notre paupiere ,
> Et nous n'aurons plus de regrets
> d'être privés de la lumiere.
>
> Que notre œil contemple les traits
> De ceux dont la main nous ſoulage ,
> Et referme-le pour jamais ;
> Nos cœurs en garderont l'image.
>
> O ciel ! pour combler tes bienſaits , &c.
>
> Mais pourquoi formons-nous des vœux ?
> Livrons-nous au plaiſir d'entendre
> Célébrer des noms précieux (1)
> Que nos doigts apprennent à rendre...
> Ne ſommes-nous pas trop heureux ?
>
> Livrons-nous au plaiſir d'entendre
> Célébrer des noms précieux
> Que nos doigts apprennent à rendre...
> Nos doigts plus heureux que nos yeux !
> Hélas ! toujours les mêmes vœux !
> Notre cœur ne peut s'en défendre.
>
> O ciel ! pour combler tes bienfaits , &c.

_____

(1) Ceux du Roi & de la Reine , les premiers noms
qu'on leur apprend à écrire.

On a fu depuis le nom des auteurs des pieces
de vers lues à la fin de la féance. L'impromptu
étoit de M. *Pajoulx* ; l'autre de M. *Theveneau*,
où l'on trouve ce morceau faillant qui rapproche
les deux inftitutions également précieufes, & de
M. l'abbé *de l'Epée*, & de M. *Haüy* :

> Mais dans ce fiecle ingénieux
> Où l'homme enfante des merveilles,
> Les yeux remplacent les oreilles,
> Le toucher remplace les yeux.

On eft bien étonné que Mlle. *Aurore*, le poëte
de l'académie royale de mufique, ne fe foit pas
fignalée en cette occafion importante & foit reftée
muette.

1 *Mars.* Les états de Bretagne ont arrêté le 4
février de faire continuer dans l'intermédiaire les
ouvrages pour les canaux, & de vérifier la poffi-
bilité & l'utilité de la communication de la Vilaine
à la Loire, & de la Vilaine aux rivieres d'Ouft,
de Blaver & de Châteauloin.

2 *Mars.* La *Femme jaloufe* a du fuccès de plus
en plus. Les détracteurs de M. *Desforges* cherchent
à diminuer fon mérite, en affurant qu'il n'a fait
que mettre en vers un drame du même nom, de
madame *Riccoboni* ; qu'elle-même l'avoit traduit
de l'anglois. Ceux qui ont remonté à la fource &
vu la piece angloife de *George Colman*, repré-
fentée en 1763 fur le théâtre de Drury-Lane,
veulent que l'auteur moderne ne foit rien moins
qu'un fervile imitateur, qu'il fe foit au contraire
rendu maître de fon fujet, & en rejetant tous les

G 5

caractères qui ne pouvoient pas s'accommoder
avec nos amours, en réformant ce qu'il y avoit
de trop tranchant dans ceux qui pouvoient s'en
rapprocher, il ait imaginé une intrigue neuve
& totalement étrangere à celle de *George Colman*.

Au reste, peu importent cette discussion & cette
généalogie au public, qui court en foule à une piece
qui lui fait le plus grand plaisir, d'autant que ce
caractere n'est point au théâtre françois, où, sans le
Jaloux de M. *Rochon*, il seroit même absolument
étranger dans les deux sexes.

2 *Mars.* L'affaire du vicomte *de Noë* n'est point
finie. Ce n'est que le dimanche 13 février que la
députation du parlement qui portoit au Roi les
remontrances contre le grand-aumônier, a reçu
la réponse de sa majesté au sujet du premier. Sa
majesté persiste à défendre à son parlement la
connoissance de cette affaire, les maréchaux de
France n'ayant rien fait que par son ordre. Elle
ajouta : « Qu'elle avoit vu avec surprise les arrêtés
» & les remontrances de son parlement imprimés ;
» qu'elle étoit persuadée que si son parlement par-
» venoit à découvrir l'auteur de cette publication,
» il le puniroit sévérement. »

Le ton & la maniere dont le Roi s'expliqua ce
jour-là ne permettent pas d'espérer que M. *de Noë*
rentre en France, à moins qu'il ne se soumette
aux décisions du tribunal.

On prétend que les maréchaux de France tiennent si fort à cet objet, qu'ils donneroient plutôt
leurs démissions que de céder au parlement, ainsi
qu'aux protestations du vicomte *de Noë*.

2 *Mars.* M. *de la Blancherie* ressemble à ces

charlatans qui, de temps en temps, pour fe rappeller au fouvenir du public, font diftribuer dans
les rues des feuilles aux paffants. Lui, frappe à la
porte de tous les journaux, afin d'y renouveller
fes notices ; & quand il a épuifé la complaifance
de l'un, il s'adreffe à quelqu'autre. C'eft aujourd'hui le Mercure qui lui fert de meffager.
Comme il ne fait que répéter avec emphafe ce
qu'il a déjà dit cent fois de cet établiffement puérile
& dont l'utilité ne fera jamais que perfonnelle
pour lui, il eft fuperflu de s'y arêter davantage.

3 *Mars*. Précifément au moment où M. l'archevêque annonçoit le Vœu du clergé pour la profcription de la nouvelle édition de *Voltaire*, le
fieur *de Beaumarchais*, afin de le mieux narguer,
introduifoit une moitié de cette édition, mais
furtivement, de façon qu'une partie des foufcripteurs ne l'a pas reçue & n'a même eu aucun avis
à cet égard. Les autres fe plaignent fort, & de
la forme, & du fond. M. le duc *de Nivernois* a
été fi mécontent de l'*in*-4°. édition la plus belle,
qu'il a renvoyé fon exemplaire au fieur *de Beaumarchais*, en lui faifant dire qu'il y avoit erreur
fans doute, que l'on s'étoit trompé & qu'on lui
avoit adreffé une contrefaçon. L'*in*-8°. eft encore
plus mal & ne reffemble en rien, ni pour le
papier, ni pour l'encre, ni pour la propreté, aux
éditions de *Baskerville*.

En outre, quand on examine l'ouvrage même,
c'eft bien autre chofe, nul goût, nul ordre,
nulle chronologie. Des interpollations, des répétitions, des fuperfétations. On juge que c'eft
un brigandage littéraire, & que le fieur *Pallan-
dre*, libraire de Bordeaux, n'avoit point eu tort

de dire au fieur *de Beaumarchais*, lorſqu'il l'exhortoit à lui donner des foufcriptions, qu'il ſe méfioit de ce fripon *de Beaumarchais*, & c'étoit à lui-même qu'il s'adreſſoit ſans le connoître.

3 *Mars*. Le marquis de *Villette* a écrit à M. *Necker* une lettre pour le féliciter ſur ſon livre; il en diſtribue des copies avec empreſſement, & les amis du Genevois le ſecondent à merveille pour la répandre. Cette piece originale mérite d'être conſervée.

" Monſieur, permettez que je mêle ma voix
,, au concert de louanges & de bénédictions que
>> l'on vous prodigue de toutes parts, & que vous
>> n'entendez pas. Je cede à l'enthouſiaſme que m'a
>> laiſſé votre dernier ouvrage, pour vous offrir le
>> tribut de mon admiration, & comme citoyen,
>> celui de ma reconnoiſſance. Si vos veilles pou-
>> voient être payées par le ſentiment unanime,
>> vous n'auriez plus rien à déſirer. Vous venez
>> d'élever contre les ennemis de la France, une
>> fortereſſe, qu'il ſera impoſſible de renverſer, &
>> un monument à votre gloire, où l'envie n'at-
>> teindra jamais. On ne ſait lequel doit plus
>> étonner, ou de l'immenſité de votre travail, ou
>> de l'éloquence qui pare un ſujet auſſi aride. C'eſt
>> elle qui commande l'attention, & qui fait lire
>> avec tant d'intérêt ces détails abſtraits & péni-
>> bles. Vous repoſez l'eſprit en parlant au cœur,
>> & l'on vous fait gré de la douce familiarité
>> avec laquelle vous deſcendez de la hauteur où
>> votre génie vous avoit placé. Vous ſavez en
>> même-temps plaider la cauſe du peuple, &
>> nous faire aimer le Roi. Si, d'un côté, vous ré-
>> vélez des vérités affligeantes, de l'autre vous
>> préſentez l'eſpérance & des conſolations. Depuis

» que vous avez jeté tant de jour fur les reffources de l'état , les fpéculateurs & les avares ne
» craignent plus d'ouvrir leurs coffres-forts , & le
» crédit public eft encore foutenu par votre ré-
» putation. Il eft facile de reconnoître que la
» modération & la fageffe ont plus d'une fois
» tempéré dans vos écrits la haine des vexations
» fifcales. Si vous attaquez les abus dans tous les
» ordres de l'adminiftration , toujours impartial ,
» vous n'en rendez pas moins juftice aux prélats
» diftingués , qui font l'ornement de l'églife
» dans laquelle vous n'êtes pas né ; aux vrais
» magiftrats , aux hommes de finances , à tous
» ceux qui par leurs lumieres & par leur défin-
« téreffement étoient dignes de concourir avec
» vous à la félicité publique. Ennemi du luxe ,
» vous l'envifagez cependant comme un des pre-
» miers aliments du commerce national , & vous
» voulez qu'il embelliffe la cour d'un grand mo-
» narque. Malgré la févérité de vos mœurs, vous
» fouriez à la mode , qui réveille fans ceffe l'in-
» duftrie & la circulation. Livré par caractere &
» par état à la méditation & à l'étude ; étranger,
» pour ainfi dire , aux plaifirs du monde , aux
» jouiffances de la fociété , vous accueillez dans
» votre fyftême politique les beaux arts & les ta-
» lents agréables que repouffoient l'efprit faux &
» la pédanterie de vos dévanciers. Tous les yeux ,
» je dirai prefque tous les vœux de la nation font
» aujourd'hui fixés fur vous , & vous n'avez pas
» befoin d'attendre la poftérité pour jouir des
» honneurs qu'elle accorde aux plus illuftres &
» plus utiles écrivains. On dira de votre livre ,
» qu'il eft le bréviaire des bons miniftres , comme
» celui de *Montagne* eft le bréviaire des honnêtes

» gens. En vous adreſſant cette lettre, Monſieur,
» j'ai bien moins cherché à vous louer, qu'à ſa-
« tisfaire au ſentiment de mon cœur, & à vous
» renouveller les témoignages de mon attache-
» ment & de mon reſpeʧ. »

4 *Mars*. Le chevalier *de la Morlicre* étoit ſi dé-
crié, qu'aucun journal n'a oſé non ſeulement en
faire l'éloge, mais en donner la plus légere no-
tice. Voici ce qu'on a recueilli ſur ſa mort, peut-
être le moment le plus beau de ſa vie. Tombé
dans la miſere, il avoit vu une jeune perſonne, dont
il avoit fait ſa gouvernante, lui reſter attachée &
le ſoulager de ſes ſoins perſonnels. Cette fille,
attaquée de la poitrine, après une maladie lente
comme le ſont celles de cette eſpece, étoit périe
ſous ſes yeux & dans ſes bras. Frappé de cet événement, ému d'une ſenſibilité dont on ne l'auroit
pas jugé capable, le chagrin prit tellement ſur
lui que, malgré la vigueur de ſon tempérament,
il tomba malade & n'en eſt pas relevé. Les prêtres
ont fait ce qu'ils ont pu pour s'en emparer dans
les derniers inſtants; mais il leur a réſiſté avec
une fermeté philoſophique, non moins extraordinaire dans un homme qui juſques-là ne s'étoit
piqué de philoſophie en rien. On ignore s'il laiſſe
des manuſcrits. Il avoit peu le temps de compoſer,
& paſſoit la plus grande partie de ſes loiſirs à
eſcroquer des ſujets du ſexe qu'il formoit pour le
théatre.

4 *Mars*. On juge que le parlement de Touloufe
a eu gain de cauſe, au moins en partie, au ſujet
de l'exportation, par une lettre de l'intendant de
cette province, adreſſée à la chambre du commerce de Touloufe. Elle eſt datée de Montpellier
le 6 février 1785. M. *de Saint-Prieſt* y engage ces

messieurs d'apprendre aux négociants qu'ils peuvent, dès-à-présent, donner un libre cours à leurs
spéculations sur les millets & menus grains, &
que la liberté d'exporter cette denrée à l'étranger
est rétablie suivant ce que lui apprend M. le contrôleur-général.

4 *Mars.* Une jeune fille de Champagne, ayant
fait une faute, est venue, comme beaucoup d'autres, la cacher dans Paris. Bientôt tombée dans
l'indigence, elle a été obligée d'user des ressources ordinaires de ses semblables, & s'est mise à
raccrocher. Un soir, exerçant son métier, elle voit
à ses pieds un porte-feuille ; elle le visite avec un
petit souteneur plus au fait. Il se trouve que ce
porte-feuille contenoit pour environ cent mille
francs de billets de la caisse d'escompte. Le souteneur envisageant déjà la part qui lui en revien-
droit, l'exhorte à serrer précieusement cette trou-
vaille, & à attendre au lendemain pour se décider. Mais à peine est-il parti, qu'elle se rend
chez M. le lieutenant-général de police, & lui
porte ce dépôt. Le magistrat étonné d'un procédé si noble dans une pareille creature, l'admire,
la loue beaucoup, & lui dit que lorsque le propriétaire sera reconnu, il la fera bien récompenser :
il lui assure d'ailleurs sa protection en tout temps,
& lui demande quel service il peut lui rendre.
Elle désire pour toute grace qu'il fasse sortir de
Saint-Martin deux de ses camarades qui viennent
d'y être envoyées ; ce qui est exécuté sur le
champ.

Cependant M. le marquis *de la Maupalliere*,
gros joueur très-connu, à qui appartenoit le
porte-feuille, s'appercevant qu'il est perdu, vient
déposer ses inquiétudes dans le sein de M. *le Noir*,

& le prie de donner les ordres pour la recherche
de fes effets. Il eft bientôt raffuré ; il ne s'agit
plus que de reconnoître un fi important fervice :
il convient de donner dix mille francs à la rac-
crocheufe. Celle-ci prie M. *le Noir* de les lui placer, & déformais à l'abri de la mifere, convient
de retourner en Champagne pour y vivre honnê-
tement & s'y marier, s'il eft poffible. Comme elle
eft jolie, on ne doute pas qu'elle ne faffe bientôt
affaire. C'eft par cette raifon qu'on n'a point inféré dans le journal de Paris fon hiftoire, dont
l'omiffion a fait fufpecter la vérité à bien des gens,
mais elle eft certaine. On regarde comme une dé-
licateffe mal fondée de n'en pas nommer l'héroïne; la publicité de cette belle action lui faifant
plus d'honneur que celle de fes foibleffes, ne
pourroit lui caufer de honte & de préjudice.

5 *Mars*. Depuis que M. *Panchault* a eu la
mal-adreffe de vouloir imprimer fa juftification
prétendue, il eft affailli de pamphlets qui fe fuc-
cèd nt fans interruption, & tous plus cruels les
uns que les autres. *Un mot à l'oreille de M. Panchault*, eft le titre du dernier. Il eft d'un homme
très au fait de toute fa conduite, qui femble le
fuivre comme fon ombre, qui révele fes actions
les plus fecretes, fes propos les plus intimes, &
fouille jufques dans fa penfée. Cette méchanceté
eft affaifonnée de beaucoup de fel & écrite d'un
ton affez lefte. L'auteur y fait un beau portrait
de M. *le Noir*, qu'il repréfente comme le média-
teur entre les actionnaires de la caiffe d'efcompte
& le contrôleur-général ; il excufe celui-ci
comme trompé & féduit indignement par le fieur
Panchault.

Du refte, on apprend toujours quelque anecdote

dans ces fortes d'écrits : fuivant celui-ci le plan de l'emprunt dernier n'eft pas même du fieur *Panchault*; il a été trouvé dans les papiers de l'intendant du prince *de Guimené*, arrêté lors de la banqueroute de fon maître.

5 *Mars*. Dans *Richard Cœur de lion*, on fait que le Sr. *Clairval* fait un rôle d'aveugle, auquel fert de conducteur, fuivant l'ufage, un petit garçon repréfenté par Mlle. *Rofalie*. Cette actrice, foit par efpiéglerie, foit par vengeance ; il y a quelques jours s'eft avifée de faire une pelotte de fa manche en la lardant d'épingles dont les pointes fortoient en dehors. Lorfque le fieur *Clairval* s'eft appuyé fur fon bras pour entrer fur la fcène, il s'eft étrangement déchiré la main, & a reconnu la traîtrife : fur quoi Mlle. *Rofalie* fouriant ironiquement, lui a répondu : « En effet ce n'eft pas fi » doux qu'un peigne, » faifant allufion au métier de perruquier qu'exerçoit cet acteur dans le principe.

Le maréchal duc *de Richelieu*, informé de cette fcene fcandaleufe, a exigé que Mlle. *Rofalie* fît des excufes au fieur *Clairval*, & l'a fait conduire enfuite à l'hôtel de la Force.

5 *Mars*. Il paroît une feconde lettre prétendue de M. *de Leffart* à madame *Necker*. On affure que celle-ci eft moins contre M. *Necker* que contre M. *de Calonne*. Ce pamphlet, très condamnable, n'eft imprimé qu'au rouleau, & fe communique difficilement.

6 *Mars*. Le Roi inftruit de la chanfon faite pour tourner en dérifion le mandement de l'archevêque, a voulu qu'on éclaircît, s'il étoit poffible, quel en étoit l'auteur, & qu'on fe mît du moins en devoir de faire des recherches pour don-

ner quelque fatisfaction aux deux prélats offenfés.
En conféquence le bruit général du palais épifco-
pal eft , que M. le lieutenant - général de police a
mandé le fieur *de Beaumarchais*, & l'a interrogé
à ce fujet. Celui-ci n'a pas manqué de nier ; il a
regardé comme une injure qu'on le foupçonnât
auteur d'une pareille platitude , & cela n'a pas eu
d'autres fuites.

On prétend aujourd'hui que le chevalier *de
Coigny*, pour difculper le fieur *de beaumarchais*,
fe met en avant , & déclare qu'il eft l'auteur de
cette mauvaife plaifanterie ; ce qui feroit un grand
trait de générofité de la part de ce feigneur.

6 *Mars*. On juge que les différents mémoires
des ports du commerce, contre l'arrêt du confeil
du 30 août, ont produit quelque effet. La chambre du commerce qui n'avoit été confultée que
fur la forme , & le déclare aujourd'hui en fe dé-
fendant des reproches qu'on lui faifoit de tous
côtés à cet égard, va l'être fur le fond, a déjà
même reçu ordre de s'affembler & d'en conférer.
En conféquence, on ne doute pas que l'arrêt en queftion ne foit retiré tout-à-fait, ou du moins infiniment modifié.

6 *Mars*. Dans ce moment où la cour eft à fon
plus haut degré de fermentation par plufieurs intrigues qui s'y croifent de toutes parts & s'entre-
choquent, il eft grandement queftion d'un mémoire préfenté au Roi par *Monfieur*. On veut qu'il
y faffe fentir au monarque la néceffité d'avoir dans
le confeil un autre lui-même , dont les intérêts
ne puiffent fe féparer des fiens, & qui l'aident à
démeler les différents pieges qu'on tend de chaque
côté à fa majefté. Or, cet autre lui-même ne peut
être que fon frere le plus près du trône après le

Dauphin , trop enfant pour qu'il en foit queftion.

Cette démarche , fi l'on en croit certaines gens, étoit le réfultat de menées profondes des ex - jé- fuites, tentant un nouvel effort pour fe repro- duire, & jugeant l'occafion favorable , s'ils avoient dans le confeil un protecteur puiffant , tel que le prince augufte dont il s'agit.

Depuis leur deftruction , on fe plaint du man- que des bons inftituteurs pour l'éducation de la jeuneffe , fur-tout dans les provinces : les différents remedes apportés à cet égard n'ont pas réuffi , & le mal eft devenu fi grand que dans plufieurs affemblées piovinciales déjà tenues , afin d'élire les députés pour l'affemblée décennale du clergé , on les a chargés fpécialement d'engager les princes de l'églife à s'occuper de cette matiere effentielle, & à folliciter du Roi un choix de fujets affectés au foutien des colleges & autres lieux d'inftitu- tions publiques.

Les partifans des jéfuites, lorfque l'affaire au- roit été portée & agitée au confeil, avoient d'abord fait fentir l'infuffifance des diverfes con- grégations propofées pour tenir les colleges , telles que les oratoriens , les doctrinaires , les génovefains , les lazariftes , les bénédictins ; foit par le défaut de talents , foit par le manque de fujets , foit par des inconvénients tirés de leurs conftitutions mêmes ; ils n'auroient vu que les anciens difciples d'Ignace propres à ces importan- tes fonctions ; ils auroient fait fentir la néceffité de les rappeller avec toutes les modifications , reftrictions , changements convenables , que les profcrits s'eftimeroient trop heureux d'accepter , & , foutenus du frere du Roi, dont fa majefté prife la fageffe & les lumieres , ils fe flattoient de l'emporter & de réuffir.

Telles font les vues détournées & fecretes gui-
dant ceux qui ont fuggéré à *Monfieur* la démarche
dont on vient de parler, & marquées des apparences du bien de l'état, qu'ils faifoient envifager
uniquement à fon alteffe royale. Du moins c'eft le
prétexte que les gens intéreffés à écarter ce prince
du confeil ont pris pour fonner le tocfin, alarmer
toutes les autres cabales, les réunir contre celle-
là, & effrayer le monarque lui-même ; en forte
qu'on regarde ce nouveau coup de parti des ex-
jéfuites comme manqué.

7 *Mars*. Les gens les plus difficiles qui fe plaignent de l'abus de prodiguer trop les *fpectacles
de bénéfice*, n'ont pu qu'applaudir à l'idée du concert exécuté le famedi 26 février au profit de
Mlle. *Caroline d'Efcarfin*, âgée de onze ans, lorfqu'ils l'ont entendu exécuter fur la harpe un con-
certo & une fymphonie de M. *Krumholtz* avec
une fupériorité qui feroit honneur aux maîtres
les plus confommés & les plus célebres. Son exécution toujours nette, brillante & remplie d'expreffion, lui a mérité tous les fuffrages.

7 *Mars*. On apprend par le *Profpectus* d'une
quête en faveur des enfants trouvés qui a dû avoir
lieu hier aux théatins, que leur nombre actuel eft
de quinze mille.

7 *Mars*. Le fieur *Pilâtre* eft toujours à Boulogne ; on voit à fon mufée un nouveau bulletin de lui, par lequel il fe plaint de la contra-
riété des vents : un jour ils étoient au fud-eft,
il étoit prêt à partir lorfqu'ils ont changé, fe
font convertis en un ouragan furieux & ont encore endommagé fa machine. Mais ce font les
rats qui le défolent fur-tout. Pour empêcher l'éva-
poration du gaz, il a fallu enduire de graiffe les

tonneaux. Ces infectes accourent de toutes parts alléchés par cet enduit ; il faut faire veiller jour & nuit des hommes avec des chiens , des chats , des tambours pour les écarter.

8 *Mars*. Extrait d'une lettre de Vendre en Rouffillon , le 25 février 1785..... Vous vous rappellez peut-être le modele d'un obélifque pour ce port, expofé par M. *de Wailby*, au falon de 1783. Il eft exécuté en marbre. Voici la defcription de ce premier monument imaginé à la gloire du Roi , & peut-être le plus frappant de tous ceux qu'on lui confacrera , par le ton de grandeur & de majefté qu'il préfente.

Elevé à cent pieds au-deffus du niveau de la mer , il eft terminé par le globe des quatre parties du monde , & furmonté d'une fleur de lis , en forme de protection de toutes les nations.

Le pied , autrement dit le focle , eft orné de bas-reliefs en bronze , offrant les quatre premieres époques du regne de *Louis XVI* ; l'un , *la Servitude abolie en France* ; l'autre, l'*Amérique indépendante* ; & les deux autres , *le Commerce protégé* & *la Marine relevée* : le tout furmonté de trophées & d'infcriptions.

Il eft entouré de quatre piédeftaux en marbre d'Italie , portant les attributs des fouverains des quatre parties du monde. Ils font unis par des grilles de fer dorées, & l'intérieur pavé en marbre préfente quatre marches pour monter au pied de l'obélifque.

Ce monument eft élevé au centre de la grande place de *Louis XVI* , ornée dans tout fon pourtour de trophées militaires de terre & de mer ; & j'on y monte de la place de débarquement, par un fuperbe efcalier à deux rampes en avant-corps :

au pied de chaque rampe est un génie tenant une corne d'abondance , des deux sortent toutes les richesses du commerce de la mer, & à chaque côté est une fontaine qui fournit de l'eau aux vaisseaux ; l'un & l'autre symbole de la grandeur & de la bienfaisance du Roi.

8 Mars. La gazette de Leyde , la plus recherchée de toutes depuis plusieurs années , parce qu'elle contient quelquefois des nouvelles politiques plus fraîches & plus particulieres que les autres , a manqué l'ordinaire dernier & celui d'aujourd'hui. On est allé au bureau des gazettes étrangeres & l'on y lit la lettre ministérielle portant : *De par le Roi , défenses de continuer la distribution de la gazette de Leyde.* Cet échec arrivé successivement à presque toutes les feuilles de cette espece , n'avoit pas encore eu lieu à l'égard de celle - ci ; même dans les jours les plus critiques sous le feu Roi , elle étoit d'ordinaire fort circonspecte & fort silencieuse sur les points délicats.

On sait la vraie cause de sa prohibition.

Il faut ajouter que le Roi en faisoit cas & qu'elle passoit pour être la seule que lût sa majesté.

9 Mars. La *Lettre de M. de Lessart à Madame N.* est très - courte ; elle n'a que six pages de fort vilaine impression au rouleau ; mais c'est un élixir de méchancetés & d'horreurs contre M. le contrôleur - général. A en croire l'auteur , au lieu de s'occuper des fonctions importantes de sa place , il se seroit amusé à faire des pamphlets contre le livre de M. *Necker,* ou du moins il les auroit commandés à ses faiseurs & présideroit à leur confection. Il se seroit servi du ministere de M. le lieutenant de police, son ami, pour leur impression & distribution. Tout cela est également ri-

dicule & abfurde. Enfuite, par une accufation plus
coupable encore, on prétend que l'expulfion du
fieur *Panchault* n'eft que fimulée, & qu'il con-
ferve toujours ce fripon pour confident & pour
confeiller. Enfin, on parodie la première lettre
& on met de nouveau en fcene *Monfieur*, comme
révélant au Roi fon frere l'état déplorable où fon
miniftre des finances en peu de temps a réduit celles
du royaume, au point que la balance qui en novembre 1783, lorfque M. *le Calonne* fuccéda à
M. *d'Ormiffon*, étoit au moins de pair entre la
recette & la dépenfe, fi la première ne furpaffoit
pas l'autre, eft baillée par un excédant de celle - ci
de 57 millions en novembre 1784. c'eft-a-dire
en un an; ce qui ne s'eft point fait fans que celles
du miniftre ne fe foient très améliorees. Le prince
termine par déclarer à S. M que l'honneur de fon
regne, l'eftime de l'Europe & le credit public dé-
pendent du renvoi d'un tel ferviteur.

Par la violence de cette diatribe contre M. *de
Calonne* & des louanges adroitement placées, &
comme en paffant, en l'honneur de M. *Necker*, on
feroit, au premier coup d'œil, tenté de croire
l'ouvrage d'un partifan de celui - ci; mais avec
quelque réflexion on juge que c'eft une - tournure
adroite pour détourner les foupçons & les faire
tomber en effet fur le parti *Neckénfte* par une per-
fidie digne du refte. Il eft plutôt à préfumer qu'il
part d'une troifieme cabale, qui voudroit élever un
autre perfonnage fur les ruines de ces deux - ci.

Mercredi on a fait une perquifition févere &
fans exemple chez les marchands de nouveautés,
même les mieux famés, fans qu'on ait dit pour
quelle raifon. On préfume que c'eft au fujet de
ce pamphlet, dont les exemplaires, vu fon genre

d'impreffion , ne peuvent être qu'en petit nombre , peut-être auffi afin d'effrayer & d'en empêcher
la réimpreffion.

9 *Mars*. Depuis que la pièce du *Mariage de
Figaro* a paru fur la fcene , le bruit fe renouvelle
de temps en temps que le fieur *de Beaumarchais*
eft enfermé , & jufqu'à préfent il s'eft trouvé faux.
Il s'eft répandu plus fortement que jamais hier,
& fe foutient aujourd'hui ; il paroît même conftant que le commiffaire *Chenon* , pere, s'eft tranf-
porté chez lui dans la nuit du lundi au mardi ,
& lui a notifié un ordre du Roi , par lequel il
devoit être conduit à Saint-Lazare ; ce qui a été
exécuté fur le champ avec une forte efcorte.
Voilà tout ce qui eft pofitif ; quant à la caufe &
aux circonftances , on varie fi fort qu'il faut attendre pour les éclaircir. Du refte , c'eft le même
quanquan que lorfque Me. *Linguet* fut arrêté. On
ne fait qu'en parler dans les lieux publics &
dans les fociétés particulieres.

10 *Mars*. Les *troifiemes remontrances* du parlement au fujet des troubles de la congrégation de
Saint-Maur , lues & arrêtées aux chambres affemblées le premier février dernier , & préfentées au
Roi le 13 du même mois , n'ont pas tardé d'être
imprimées & fe répandent dans le public. Elles
font très-bien faites ; elles roulent fur la réponfe
de fa majefté , qu'elles divifent en deux parties ;
la premiere relative à la congrégation de Saint-
Maur , la feconde relative à la commiffion des
réguliers. Le fujet y paroît traité avec beaucoup
d'ordre , de méthode , de clarté , de logique , &
cette pièce intéreffante parfaitement bien écrite ,
mérite qu'on y revienne.

10 *Mars*. C'eft par une ordonnance de police
affichée

affichée en gros caracteres fur les murs de chaque appartement du *falon des arcades*, de *la fociété olympique* & des autres *clubs* du Palais-Royal, que tous les jeux y font interdits. Il y a eu des affemblées & une députation à M. *le Noir*, pour l'engager à repréfenter au miniftre l'irrégularité d'un ordre qui n'eft ni général, puifqu'il y a des exceptions, & que le club de la comédie italienne, appellé éminemment *le falon*, renommé pour les pertes énormes qui s'y font au jeu, pour les acteurs prefque tous joueurs effrénés, continue d'offrir ce fpectacle fcandaleux; ni légal, puifqu'il interdit même les jeux honnêtes qui fe jouent dans la fociété & jufques dans les maifons religieufes.

M. le lieutenant de police leur a communiqué la lettre du Roi dont il étoit autorifé, qui ne fouffroit ni commentaires, ni répliques. Il leur a cependant fait entendre enfuite que peut-être fa majefté fe radouciroit-elle. On croit que le retour du duc *de Chartres* pourra faire retirer cette ordonnance. On femble avoir attendu le moment de fon départ pour Londres, afin de lui donner cette mortification.

10 *Mars.* Relation de la féance publique de l'académie françoife, tenue aujourd'hui pour la réception de Me. *Target.*

Depuis près d'un fiecle on n'avoit point vu d'avocat fiéger parmi les quarante; c'étoit donc un fpectacle, feul propre à piquer la curiofité que le renouvellement, pour ainfi parler, de l'alliance antique entre le barreau & l'académie. Auffi une foule des confreres de Me. *Target* avoient défiré fe rendre témoins de fon triomphe; un d'eux, dont la préfence lui eût été fans doute

la plus glorieufe, lui manquoit. En vain fes amis
avoient répandu le bruit que Me. *Gerbier* s'y
trouveroit, qu'il feroit à côté du récipiendaire,
& l'animeroit par fes regards & fes fuffrages; il
eft à préfumer que ce rival, humilié d'une pré-
férence injurieufe, n'avoit pu vaincre fon reffen-
timent contre l'académie, & fa jaloufie contre
fon vainqueur. Quoi qu'il en foit, un autre fpectacle a frappé l'affemblée, ç'a été de voir Me.
Target introduit en quelque forte fous les aufpices
de M. *de Malesherbes*, qui le tenoit comme par la
main, & l'offroit à l'admiration publique; elle
s'eft manifeftée par de nombreux battements de
mains, précurfeurs de ceux qui alloient fuivre
lorfqu'il ouvriroit la bouche.

Un avocat devoit naturellement parler d'éloquence, & c'eft ce qu'a fait Me. *Target*; il l'a
prife pour fujet principal de fon difcours. Il l'a
fuivie depuis fon origine jufqu'à nos jours; il en
a tracé les progrès & les révolutions: il a carac-
térifé celle des premiers âges; il s'eft étendu principalement fur l'éloquence d'Athenes, de Rome,
& fur fa nôtre. Il a parcouru fes diverfes pério-
des & les a enchaînées par des tranfitions heureufes. Les portraits de *Démofthene*, de *Cicéron* &
de *Boffuet* ont marqué chacune de ces époques.
Dans la nôtre, où l'éloquence fe divife en deux
branches, celle du barreau & celle de la chaire,
il eft convenu de l'infériorité de la premiere, non
à raifon des orateurs, mais à raifon des objets.
C'étoit le lieu de placer fans affectation & fans
effort l'éloge d'un magiftrat préfent qui, depuis
long temps porte la parole au parlement, & qu'on
entend toujours avec un plaifir nouveau; éloge
qui ne pouvoit regarder que M. *Seguier*. C'étoit

le lieu encore de fe venger noblement du dédain de Me. *Gerbier*, en lui renvoyant la couronne que l'académie venoit de décerner à fon rival, & c'eſt à quoi n'a pas manqué le récipiendaire. Toute cette partie de fon difcours a été fort applaudie.

La feconde l'a été moins. Elle contenoit une digreſſion fur fon predéceſſeur, l'abbé *Arnaud*, perſonnage peu en recommandation auprès du public. L'orateur, par un trait de bienfaiſance de la part de ce gros bénéficier cité à propos, arrangé au théatre & narré de la maniere la plus intéreſſante, a eu l'art de le faire paſſer pour un prêtre très-charitable & même pour une belle ame. Il s'agiſſoit d'un cure à portion congrue, contre lequel il étoit forcé de plaider pour foutenir les droits de fon abbaye : mais, comme homme, défirant de perdre, il a fi bien fait qu'il a trouvé & fourni lui-même à fon adverfaire des titres propres à le rendre victorieux ; & en eſſet celui-ci a gagré. Cette anecdote fecrete qui n'auroit pas dû reſter telle, au moins de la part de celui qui avoit reſſenti le bienfait, fe trouve révélée ici pour la premiere fois, & a rencontré encore beaucoup d'incrédules.

Les gens difficiles, malgré les applaudiſſements multipliés qu'a obtenus le récipiendaire, eſtiment qu'à la lecture fon difcours ne fera pas tant admiré. Ils lui reprochent de l'emphaſe, de l'obſcurité, des tournures peu nobles & quelquefois des locutions qui ne font pas correctes.

C'étoit M. l'archevêque de Touloufe qui auroit dû encore cette fois répondre au récipiendaire ; il étoit à Paris & eût rempli à merveille cette fonction ; mais M. le duc *de Nivernois*, ayant déjà fait les frais de la réponse, n'a pas voulu les perdre, & le prélat a eu pour lui la complaisance de prétexter des affaires & de ne point se montrer à l'assemblée.

Cette réponse aussi agréable au public que la premiere, ne tranchoit pas moins avec le ton de l'avocat, car on se ressent toujours de sa profession, & si l'abbé *Maury*, peu habitué en ce commencement au fauteuil académique, avoit prêché, Me. *Target* sembloit plaider. M. le duc *de Nivernois*, sans rien perdre de la dignité de directeur, y a mêlé l'urbanité du courtisan & les graces aimables qui caractérisent toutes ses productions. Il n'a pas dissimulé que l'abbé *Arnaud* n'avoit rien fait, & il lui a d'autant mieux reproché son inaction, que le confrere paresseux étoit très en état de faire. Un portrait du journaliste, un portrait de l'avocat, une digression adroite sur la journée du 12 novembre 1774, c'est-à-dire sur le rétablissement de la magistrature, font les morceaux principaux de son discours. Le dernier sur lequel l'auteur comptoit vraisemblablement, puisqu'il l'avoit réservé pour la fin, n'a pas causé l'explosion qu'il auroit dû faire ; il prouve que la conduite actuelle du parlement a bien fait évanouir l'enthousiasme de la nation.

Le reste de la séance auroit dû être rempli par une lecture du quatrieme acte de la tragédie de *Barnevelt*, de M. *le Mierre*. Il l'avoit annoncé à ses amis ; il en avoit, suivant la regle, fait part à l'académie dans une séance particuliere. Messieurs *Marmontel*, *la Harpe*, *Ducis*, en avoient été émerveillés. Le public désiroit d'autant plus l'entendre que depuis long-temps l'ambassadeur

de Hollande s'oppofe à la repréfentation de la
piece, & qu'ayant une reffemblance trop frappante
à ce qui fe paffe aujourd'hui dans le fein de la
république, aux diffenfions & aux troubles qui
l'agitent, elle eft moins fufceptible que jamais
d'être jouée. Des foins plus preffants avoient déterminé la compagnie de préférer un morceau de
profe. Elle étoit ulcérée de l'humiliation donnée
le jour de la réception de M. l'abbé *Maury*, à
l'un de fes membres, en la perfonne de M. *Gaillard*. L'abbé *de boifmont* a entrepris de le venger
& la majefté de l'académie violée. Il a annoncé
un *difcours fur les affemblées littéraires*. Ce titre
piquant en lui-même ne pouvoit qu'exciter l'attention ; mais quand on a vu que c'étoit une
vraie mercuriale, l'auditoire s'eft révolté & a hué
vigoureufement le lecteur au point qu'on ne
pouvoit l'entendre. Il a foutenu le choc avec
l'impudence qu'on lui connoît ; il a redoublé de
poumons, & a fi bien fait qu'il a fini par emporter quelques claquements : en général, il a com-
menté le mot ancien de l'abbé d'*Olivet* : *on
applaudit au théâtre, on écoute à l'académie*. Mot
que celui-ci n'avoit jamais ofé proférer en public,
& qui ne s'eft confervé que par tradition ; mot
qui auroit moins paffé alors qu'aujourd'hui, parce
que les oreilles étoient plus fuperbes & les ames
plus énergiques.

Quoi qu'il en foit, fi le jour de la précédente
réception l'académie s'eft féparée très-mécon-
tente du public, à celle-ci le public eft forti
très-mécontent de l'académie, & fans doute il le
témoignera. Meffieurs le craignent & s'attendent
à toutes fortes de quolibets, de calembours, de
farcafmes & même d'épigrammes fanglantes.

10 *Mars.* Les héritiers d'un procureur nommé *Denisart*, auteur d'un ouvrage de pratique estimé, s'étant trouvés frustrés de cette propriété par la veuve *Deffaint*, qui a prétendu l'avoir acquise, ont plaidé contre elle en 1783, & gagné leur procès à la grand'chambre. La veuve *Deffaint* a voulu se pourvoir au conseil en cassation, & sa requête n'a point été admise. Elle est revenue cette année par requête civile. C'est Me. *de Bon- nieres* qui plaidoit pour elle. Le vendredi 25 fé- vrier, sentant combien la voie de la cassation est désagréable à messieurs, il cherchoit à excuser cette première démarche. Son adversaire saisissant au contraire cette occasion d'indisposer les juges, demande à lire la requête; il la lit, puis il ajoute: puisque *la puissance suprême*..... A ce mot de *puissance suprême*, en parlant d'actes du con- seil, toutes les perruques de la grand'chambre se sont hérissées, messieurs se sont levés & alloient aux voix.... Me. *Target* sent sa faute; il veut la réparer, il reprend; *puisque j'ai eu le malheur de déplaire, je promets de ne plus parler de cette re- quête.* Alors M. *d'Ormesson*, qui présidoit, l'a apostrophé & lui a dit d'un air sévere: *vous le promettez donc ?...... Je m'y suis déjà engagé*, a répliqué l'avocat, & la colere de la cour n'a point eu de suite.

L'ordre est indigné du manque de tête de Me. *Target* en cette occasion. On cite à ce sujet le trait d'un Me. *de Fourcroy*, qui, le président l'in- terrompant & lui enjoignant de conclure, tire sa montre & dit : « J'ai encore une heure à parler » pour mon client, si la cour m'empêche de le » faire, je déclare que ma partie n'aura pas été » défendue. » Le président ayant persisté, après avoir pris l'avis des juges & réitéré l'injonction de conclure, Me. *de Fourcroy* ajouta : « Je demande qu'il me soit donné acte de ma déclaration & du refus de la cour. » On alla de nouveau aux voix, & il lui fut accordé la liberté de continuer.

11 *Mars.* L'affaire des avocats du parlement de Besançon contre cette cour a été jugée au conseil, dit-on, & les arrêts du parlement ont été confirmés.

11 *Mars.* Le parlement dans la premiere de ses remontrances au sujet de la congrégation de Saint-Maur, revient sur l'illégalité des voies employées pour préparer & soutenir le prétendu chapitre de Saint-Denis, illégalité sur laquelle on a trompé le Roi, au point de lui persuader que tout étoit conforme aux ordonnances, & de le porter à employer son autorité pour la soutenir. Le parlement y reconnoît l'adresse d'une cabale cherchant à détruire la congrégation contre le vœu & les termes formels de la réponse de sa majesté, & à opérer cette ruine de maniere qu'elle ait l'air du propre ouvrage des enfants de Saint-Benoît, & cette ruine s'avance à grands pas ; on apperçoit déjà les avant-coureurs de ce fatal événement dans la division, l'anarchie & l'oppression qui en sont les caracteres distinctifs.

La congrégation de Saint-Maur est aujourd'hui partagée en quelques ambitieux, suivant le parti qui les flatte davantage ; des foibles gémissant en silence, & des ames fortes qui ont porté au tribunal de la justice la cause de la religion & de la vérité.

L'anarchie est au point que les religieux ne savent plus à qui ils doivent l'obéissance par la

H 4

multiplicité & la rivalité des supérieurs : plusieurs prélats font partagés fur les fujets admiffibles aux ordres , & quelques-uns les refufent aux religieux préfentés par les nouveaux prieurs.

L'oppreffion en eft la fuite , & l'on ne fauroit nombrer la foule des lettres de cachet prodiguées en cette occafion.

. Le parlement s'éleve après contre l'arrêt du confeil du 8 janvier , qu'il nomme *jugement*, & fi on le laiffoit fubfifter , fuivant cette cour, il préfageroit la deftruction de toutes les loix. Il eft précifément le triomphe des ennemis de la paix. Il couronneroit leurs requêtes des 28 avril & 18 mai 1784 , requêtes monftrueufes fur lefquelles le confeil lui-même n'a ofé ftatuer directement.

Il n'eft qu'un feul moyen de remédier à tant de maux , c'eft de laiffer la congrégation tenir un chapitre régulier.

Le remede eft d'autant plus néceffaire, que fi la loi fe trouve anéantie par un fimple acte d'adminiftration , il n'y a plus rien de ftable , & que toutes les claffes de la fociété doivent trembler; on n'en peut ébranler une que la fecouffe ne fe communique à toutes.

Le parlement dans la feconde partie de fes remontrances , démafque la conduite infidieufe de la commiffion des réguliers qui , dans l'efpoir de fe fouftraire à l'infpection des cours, s'eft convertie en un fimple confeil confultatif. Il prouve qu'il a eu raifon de la repréfenter comme l'établiffement le plus dangereux ; il cite un exemple entre cent autres, celui des chanoines réguliers de Sainte Croix de la Bretonnerie. Il prend de-là occafion de revenir fur ce qui a été fait contre cet ordre , & d'en former un des articles de fa

réclamation ; il termine par s'élever plus fortement encore que la premiere fois contre l'exiftence
verfatile de la commiffion , de ce protée funefte
fous toutes les formes qu'il prend tour-à-tour ,
qui , dès fa naiffance , a alarmé la plus grande
partie du clergé & dont les progrès alarment tous
les ordres de l'état

11 *Mars*. Lorfque le fieur *de Beaumarchais* **a**
reçu la notification de l'ordre du Roi , il étoit
encore à fouper avec quelques amis qui ont été
bientôt difperfés : il s'en eft défait fous le prétexte qu'il venoit de recevoir une lettre qui l'obli-
geoit de fe rendre fur le champ à Verfailles , &
même de faire quelque travail avant. Refté avec
le commiffaire, celui-ci , fuivant l'ufage , a voulu
procéder à mettre le fcellé fur fes papiers : le fieur
de Beaumarchais lui a repréfenté qu'étant dans
une infinité d'entreprifes , il avoit des lettres de
charge à payer continuellement ; que la clôture
de fes papiers non-feulement lui feroit un tort
infini , mais à beaucoup de gens. Cette confidération a fait fufpendre les fonctions au commiffaire, qui a dépêché quelqu'un de confiance pour
en référer à M. le lieutenant-général de police,
Ce magiftrat a décidé que dans ce cas le fcellé
n'ayant lieu que pour la confervation des effets
du prifonnier , dès que le fieur *de Beaumarchais*
ne craignoit point de tout laiffer à la diférétion
de fes commis , on pouvoit s'abftenir de cette
formalité. Alors on eft parti. Le fieur *de Beau-*
marchais jufques-là faifoit affez bonne contenance ;
il s'imaginoit qu'on le conduiroit à la Baftille ,
il en tiroit même une forte de gloire ; mais quand
il a fu & vu qu'on le menoit à Saint-Lazare ,
il a été fort fot, on veut même qu'il ait pleuré ;

&e qui ne lui étoit arrivé depuis long-temps. Il faut favoir que Saint-Lazare eft une maifon de correction en hommes, comme certains couvents le font pour les femmes libertines. On n'y enferme guere que des enfants de famille ou des prêtres, qui ont fait des baffeffes ou des fredaines, & qu'on efpere ramener à une meilleure conduite, non-feulement par la captivité, mais encore quelquefois par la flagellation. En forte qu'une punition pareille laiffe toujours une forte de tache, fur-tout quand elle eft infligée à l'âge du fieur de Beaumarchais, qui eft prefque fexagénaire.

Ce qu'il y a de plus fâcheux, c'eft qu'il paffe pour conftant que le Roi l'a en exécration comme un homme infame, & dans fon premier mouvement vouloit qu'il allât à Bicêtre. On dit que c'eft fur les obfervations du baron de Breteuil que fa majefté s'eft relâchée & a décidé qu'il n'iroit qu'à Saint-Lazare.

12 Mars. On peut fe rappeller le procès du marquis de la Grange contre le marquis de Bouthillier, & l'étrange furnom de Voltaire (Vole-terre) donné au premier, qui fe prévaloit d'une erreur de commis dans la copie de l'adjudication pour prétendre fe mettre en poffeffion de deux terres lorfqu'il n'en avoit acheté qu'une. Depuis peu, il avoit répandu un mémoire, qui en avoit impofé à beaucoup de gens; mais enfin jeudi dernier il a perdu unanimement à la grand'chambre avec dépens.

12 Mars. Si quelque chofe peut confoler dans fa prifon le fieur de Beaumarchais, c'eft fans doute d'occuper tout Paris, comme il le fait. On ne pouvoit le mieux fervir dans fon goût, & il n'eft fi petite coterie où l'on ne s'entretienne de lui,

où l'on ne cherche la caufe de fa détention : on
l'attribue à plufieurs.

1. M. l'abbé *Aubert* & M. *suard*, malgré l'engouement général, ayant eu le courage de cri-
tiquer fon *Mariage de Figaro* & d'en dévoiler la
turpitude, l'auteur en a confervé un reffenti-
ment profond, & par récrimination avoit fait contre
ces meffieurs dans fa préface une fortie fi violente
que le cenfeur y avoit refufé fon approbation :
M. *de Beaumarchais* lutte depuis deux mois pour
la faire paffer & ne peut l'obtenir. Tout récemment il étoit allé chez M. *le Noir* à cet effet, & ce
magiftrat le trouvant opiniâtre à la publier fans
permiffion, l'avoit charitablement averti de l'orage
qui grondoit fur fa tête, lui avoit dit que s'il faifoit cette fortile, il feroit arrêté. *En tout cas,*
Monfieur, avoit-il répliqué, *fi je fuis puni pour*
mes fottifes, ce ne fera pas pour mes bêtifes. Ce magiftrat fatigué de fes importunités l'ayant enfin
renvoyé au miniftre de Paris, il y va.

M. le baron *de Breteuil* lui déclare formellement que c'eft le Roi qui ne veut pas que cette
préface paroiffe dans l'état où elle eft : le fieur
de Beaumarchais irrité par ces obftacles & accoutumé à les vaincre, ne femble point effarouché
de cette réponfe & en devient plus infolent. Il
veut favoir pourquoi fa majefté s'oppofe à cette
publicité ; il prétend qu'on a furpris la religion
du Roi ; il fait le plaifant, il perfifle : le miniftre eft obligé de lui dire de fe retirer & de le
faire fortir.

2. La chanfon contre le mandement de l'archevêque, malgré fa dénégation. On prétend
que lorfque M. *le Noir* le manda à cet effet, il
lui répondit qu'il avoit fait la chanfon, comme

M. l'archevêque son mandement. Quoi qu'il en soit, on parle d'une lettre très - indécente qu'il a écrite à ce prélat & que le Roi a vue, & l'on ajoute que depuis la détention du sieur *de Beaumarchais*, sa majesté a fait part de ce châtiment à l'archevêque, qui a répondu apostoliquement à sa majesté qu'il ne désiroit point la mort du pécheur, mais sa conversion.

3. Il a paru dans le journal de Paris le lundi 23 février une lettre anonyme, où l'on plaisantoit le sieur *de Beaumarchais* sur la fureur de bienfaisance qui lui avoit pris tout-à-coup. Cette lettre extrêmement fine & piquante, attribuée d'abord à M. *suard*, paroît rester aujourd'hui à un abbé *suard* ex-oratorien, ancien prédicateur, aumônier de madame la duchesse *de la Tremouille*, & qu'on dit frere de l'académicien : des gens qui se prétendent plus au fait, vont jusqu'à insinuer qu'elle seroit d'un prince auguste, accoutumé à mystifier le public par des énigmes, des allégories & autres productions très-spirituelles ; que du moins elle a été composée sous ses yeux. Le sieur *de Beaumarchais* piqué au vif d'une plaisanterie supérieure à toutes les siennes, a cependant voulu y répondre, mais l'a fait d'une maniere si grossiere & si injurieuse que M. *Guidi*, le censeur royal du journal, n'avoit jamais voulu passer cette réponse qu'il n'y fût forcé par un ordre supérieur. On veut encore que tout ceci ait été un piege tendu au sieur *de Beaumarchais*, & qu'il y ait donné. On cite le mot de l'autorité exigeant qu'on insérât sa lettre, *il s'enferre de lui-même, il faut le laisser aller.* Effectivement, ç'a été la derniere impudence qu'on lui ait permise, & il a été arrêté le lundi même 7 mars où avoit paru cette d'autres sanglante.

13 *Mars*. Il s'eft élevé depuis peu un *Club des Américains* : pour y être admis, il faut avoir quelque habitation dans les Colonies. Leur principal objet eft de s'occuper de leurs affaires & de tout ce qui peut contribuer à l'amélioration de leur culture. Ils n'ont pas manqué d'être fcandalifés des divers mémoires du commerce dont on a rendu compte, & ils ont réfolu d'y répondre par un *Mémoire des Planteurs*. On ne fait s'ils obtiendront la permiffion de le publier, & s'il fera même reçu & agréé du miniftre; le gouvernement n'aime pas ces affociations politiques non autorifées, & le Roi qui en général ne voit pas de bon œil tous ces clubs, pourroit trouver mauvais que celui-ci s'ingérât de matieres auffi étrangeres à leur inftitution & à leur tolérance.

13 *Mars*. Tout Paris a été enchanté de la perte du procès de M. *de la Grange*. On prétend que fa mauvaife foi étoit fi manifefte, qu'il y a eu des voix pour l'*aumôner*, & que, s'il n'a pas été plus maltraité, il le doit à la circonftance favorable de fe trouver beau-frere du procureur-général. Naturellement il auroit dû être condamné à de gros dommages & intérêts envers le marquis *de Bouthillier*, qui n'en demandoit pas pour lui, mais les vouloit applicables aux pauvres de la terre.

Le mémoire du marquis *de la Grange* n'étoit figné que d'un procureur, & l'on en a jugé qu'aucun avocat n'auroit voulu fe charger d'une auffi mauvaife caufe : quant à fon adverfaire, l'on a dit qu'il faifoit lui-même les fiens.

14 *Mars*. Le gouvernement s'obftine à la profcription de l'ouvrage de M. *Necker*, mais tacitement; il ne veut pas qu'aucune feuille périodique en parle.

L'abbé *Aubert* qui , en sa qualité de rédacteur du *Journal général de France*, est le chef de toutes les affiches particulieres qui s'impriment dans les diverses provinces , a envoyé à ses confreres une lettre circulaire , où il leur notifie les défenses du ministere.

Le rédacteur des affiches de Limoges , gourmandé par les habitants de la ville & de la province sur le silence qu'il gardoit du livre de monsieur *Necker*, afin de répondre à tous ces reproches par bêtise ou par malice , a imprimé dans un de ses numéros la lettre de l'abbé *Aubert*. Le gouvernement en a été fort scandalisé & le rédacteur est interdit.

14 *Mars*. Jeudi dernier à la réception de Me. *Target* on a été essiayé de voir M. *de la Harpe*, qui est assez bien de figure ordinairement , paroître le visage couvert de pustules qui le rendoient hideux , dégoûtant même : on ne doute pas que ce ne soit le chapelet fatal dont son front est couronné , présent de Mlle. *Cléophile* ou de quelque autre courtisane. Quoi qu'il en soit , un caustique , dit-on , M. *Daubonne*, composa pendant l'assemblée cet *impromptu* & le lui fit passer : il n'a de mérite que l'à-propos.

La Création du Monde.

D'abord Dieu créa la santé ,
Sans laquelle ici-bas aucun bien n'est goûté.
　　Ensuite vint la patience ,
Vertu si necessaire autant que l'équité ;
Et puis en digérant , il fit la bienfaisance ;
On est toujours humain lorsqu'on est bien lesté,

Le quatrieme jour vit naître la gaîté ;

    C'eſt depuis ce temps que l'on danſe.

Au milieu du cinquieme il forma la beauté ;

Le lendemain au ſoir il fit la tempérance.

Pour ſeptieme chef-d'œuvre enfin la volupté ,

    Mais la vérole prit naiſſance ,

    Et tout l'ouvrage fut gaie.

15 *Mars.* Depuis la détention du ſieur *de Beau-marchais*, la conttefaçon de ſa comédie a doublé , & ſe vend trois livres , par la crainte qu'elle ne ſoit arrêtée.

15 *Mars.* Après la longue & faſtueuſe introduction , M. *Necker* dans ſon livre de *l'Adminiſtration des Finances de la France* , entre en matiere , & l'on doit admirer ſans doute le courage avec lequel , malgré les ſecours qu'il a trouvés au contrôle - général , dans le travail de ſes prédéceſſeurs & dans celui de ſes coopérateurs & de ſes agents, il a développé ſon ſujet , quoiqu'en y laiſſant encore beaucoup d'obſcurité & d'ennui , au point que l'ouvrage ſeroit lu de peu de monde , s'il n'étoit à la mode , & ſi chacun ne vouloit ſe mettre en état d'en parler tant bien que mal. Ce qui fatigue ſur - tout , c'eſt la diffuſion , ce ſont les réflexions philoſophiques & morales dont il ſurcharge des chapitres qui ne demanderoient que de l'ordre & de la préciſion ; c'eſt le ton de rhéteur qu'il affecte toujours , lorſqu'il ne devroit écrire qu'avec clarté & ſimplicité. Auſſi ce livre , après avoir , à raiſon des circonſtances , cauſé l'engouement général , ſera au bout d'un certain temps enſeveli dans la pouſſiere des bibliotheques, & ne

fera confulté au befoin que par ceux qui voudront s'en éclairer, ou en difcuter les erreurs.

Si l'on vouloit réfumer ce livre pour n'en conferver que les détails, les faits & les raifonnements relatifs à l'adminiftration, on réduiroit facilement les trois volumes en un, qui n'en feroit que meilleur. Quoi qu'il en foit, après l'avoir bien dépecé, nous en donnerons l'apperçu & les réfultats dans tout ce qu'il contient d'inftruclif pour fon objet & fon but véritable.

15 *Mars.* Le fieur *de Beaumarchais* eft forti de Saint-Lazare & rentré chez lui, dans la nuit du dimanche au lundi. Ses amis fe prévalent de cette courte détention qui n'a duré que fix jours, pour atténuer fon châtiment. Ils difent que c'eft une efpiéglerie du gouvernement, qui a voulu le corriger en riant, & par cette efpece d'épigramme en action le traiter à fa maniere. La gaieté qu'on y a mife efface, fuivant eux, ce qu'elle a d'humiliant.

15 *Mars.* Samedi dernier l'on donna pour la derniere capitation des acteurs à l'opéra, *Iphigénie en Tauride,* en quatre actes, & *Panurge* en trois. Ce qui fit durer le fpectacle jufqu'à dix heures un quart La recette de 16,500 livres eft fans exemple.

On fait que ces jours-là l'on a droit d'aller fur le théâtre pour un louis : le nombre de ces agréables étoit fi grand qu'il offufquoit le parterre, qui fit un vacarme du diable & les obligea de fe retirer dans les couliffes.

Du refte, on a fait une caricature fur *Panurge.* On le r préfente jeté par les fenêtres, & deux danfeurs, *Veftris & Gardel,* le foutiennent avec des ballets ; calembour relatif à la nature de fon fuccès,

16 *Mars.* On n'a pas manqué de conferver par

des caricatures & des chansons la mémoire de l'événement du séjour du sieur *de Beaumarchais* à Saint-
Lazare. Les dernieres font pitoyables, les autres
font toujours plaisantes par la flagellation qui en
fait le fond ; ce n'est pas une légere consolation
pour ceux qu'il a tant baffoués de le voir à son
tour culotte bas , recevoir la correction des cuistres
auxquels il est soumis.

16 *Mars*. On a déjà fait à l'opéra une répéti-
tion de *l'Alceste* de MM. *de Saint - Marc* & *Floquet* ;
car celui - ci a levé enfin le masque. On a trouvé
dans la musique des airs de ballet , un chœur
de démons , assez beaux ; mais point de chant ,
& en général le comité n'a point jugé cet ouvrage
assez bon pour pouvoir soutenir le parallele de
celui du chevalier *Gluck*. Tel a été le compte que
l'on a rendu au ministre. Ces messieurs ne se tiennent pas pour battus , ils demandent un second
essai & de nouveaux juges.

17 *Mars*. On a parlé précédemment du numéro
88 de Me. *Linguet*, espece de mémoire pour l'Empereur : le numéro suivant contient un *Discours
tenu ou à tenir par un ministre de France au Conseil d'Etat à Versailles , sur les vrais intérêts de
la nation relativement à l'ouverture de l'Escaut*.
Dans celui - ci , plus partial encore , il semble
soumettre la France à l'Empire , & prétend que
les succès de *Louis XVI* ne sont dus qu'à l'inaction
de *Joseph II*. Il cite modestement lui - même dans
ce discours , & fait rapporter par l'orateur politique ses réflexions & un fragment de son mémoire , comme une autorité propre à faire une
grande impression dans le conseil.

Ce numéro 89 a plus révolté encore que le
précédent , & quoiqu'il ne soit rempli que de

mauvais raifonnements & de fophifmes, le miniftere a cru devoir arrêter le cours de ces diatri-
bes : les numéros fuivants ont été interceptés &
les foufcripteurs gémiffent d'une nouvelle interruption. Les numéros 90 & 91 n'ayant point paffé ,
il a effayé de fe fervir du canal de l'ambaffadeur
de l'Empereur pour les numéros 92 & 93 , qui
ont été également interceptés.

Le bruit court que l'Empereur a fait une penfion à Me. *Linguet* , & c'eft à défirer pour cet
écrivain dont le journal , pour peu qu'il veuille
le rendre intéreffant , ne pourra jamais jouir d'une
liberté foutenue & néceffaire en France.

Quoi qu'il en foit, ce qu'il y a de fûr , c'eft
que Me. *Linguet* ayant fréuni fes deux numéros
en une brochure ifolée, fous le titre de *Confidé-*
rations fur l'ouverture de l'Efcaut , avec un *aver-*
tiffement, où , fuivant fa coutume, il fait profeffion de la plus entiere impartialité ; il jure n'avoir
été pouffé à écrire que par fon amour pour l'humanité. L'ambaffadeur de fa majefté Impériale à
Paris , fe trouve pourvu d'un bon nombre d'exemplaires de ce *factum* , & le fait diftribuer à ceux
qui en demandent ; preuve que fon maître ne
défavoue pas fon apologifte, en fait cas & ap-
prouve fes raifonnements.

17 *Mars.* Dans une des caricatures fur le fieur
de Beaumarchais , il eft repréfenté entre les jambes d'un lazarifte, qui a le martinet levé fur fon
poftérieur à découvert : à côté & dans un fauteuil
eft affife une belle dame, magnifiquement vêtue,
la comteffe *Almaviva* , les yeux fixés fur le derriere du patient & fouriant : plus loin & debout
eft le petit page , qui leve les yeux au ciel &
femble gémir de l'infortune de fon défenfeur &

de son maître. Tout cela est peu caractérisé ; par
une mal-adresse inconcevable, le sieur *de Beaumarchais* est caché ; en sorte que lui & ses partisans
pourroient nier qu'il fût l'objet de la caricature,
si la légende qu'on lit au haut, tirée de sa comédie, ne fixoit l'incertitude du spectateur. Elle
porte : *Tant va la cruche à l'eau qu'à la fin elle
s'emplit* : citation la plus ingénieuse de cette
estampe peu piquante, & quant à l'exécution &
quant à sa composition même. Elle s'est vendue
librement jusques ici ; mais enfin il est venu défenses aux marchands de l'étaler, & elle coûte
aujourd'hui six francs.

17 Mars. Un abbé *Petit* ayant dit sa première
messe ces jours-ci, un plaisant lui a adressé l'espece de rondeau suivant, dont une sorte impiété
fait le principal mérite. Cela se chante sur l'air
de haut en bas.

> Petit, Petit,
> Vous allez faire grande chere,
> Il vous faut un grand appetit ;
> Le Dieu du ciel & de la terre
> En votre faveur va se faire
> Petit, Petit.

18 Mars. On cite parmi les convives qui étoient
à souper chez le sieur *de Beaumarchais* le jour de
son enlevement, le prince *de Nassau*, l'abbé *de
Calonne*, frere du contrôleur-général, &c. Le
lendemain de son élargissement, il s'est trouvé à
sa porte une file de plus de cent carrosses qui venoient le féliciter.

16 Mars. M. *Necker* dans son premier chapi-

tre , développe toutes les contributions des peuples , qu'il évalue à 585,000,000 livres.

Après avoir dans le second jeté des réflexions
générales fur l'étendue des impôts , il établit dans
le troifieme que les frais vont à 58 millions , &
après avoir déduit de la recette générale ci - deffus
27,500,000 livres pour les coivees & les frais de
contrainte ou de faifie , fortes de contributions
qui ne forment pas un objet de recette , il trouve
que le réfultat des frais de recouvrement eft de
10 $\frac{5}{4}$ pour cent.

Dans le quatrieme il critique le rétabliffement
des receveurs généraux des finances & des receveurs des tailles.

Il donne au chapitre cinq des notions générales fur les économies , dont l'univerfalité des frais
de recouvrement eft fufceptible , & il eftime
qu'elles pourroient s'élever encore jufqu'à 16 millions environ ; en forte qu'il ne refteroit plus que
42 millions de frais de recouvrement; ce qui le
réduiroit à 7 & demi pour cent.

M. *Necker* , dans les chapitres 6 & 7 , examine
le fyftéme de ceux qui voudroient convertir toutes les contributions de la France dans un feul
impôt territorial , ou dans une capitation perfonnelle , & il eft pour la négative.

Le nombre des agents & des employés du fifc
fait l'objet des recherches du chapitre 8 ; il fe
monte à environ 250,000 perfonnes.

Il paffe dans le chapitre 9 à la population de
la France que , la Corfe comprife , il éleve à 26
millions d'hommes.

Dans le chapitre 10 , en réduifant la population au taux plus modéré de 14 millions 676
mille ames , il trouve que chaque individu paye
23 livres 13 fous 8 deniers.

Dans le reſte du premier volume, c'eſt-à-dire, dans les chapitres 11, 12, 13 & 14, après avoir donné des notions ſuccinctes ſur les contribuables, les franchiſes, la population, l'étendue & les principales reſſources de chaque généralité du royaume, l'auteur parle de l'étendue de la population & des contributions de la Corſe. Il parle des impôts & de la population des colonies de la France.

On y compte en tout environ 72 mille blancs & plus de 500 mille eſclaves, & elles ne rendent pas ſept millions d'impôts.

Il termine par des obſervations générales ſur la réforme des impoſitions.

Le ſecond volume eſt diviſé en 12 chapitres. Dans les quatre premiers, M. *Necker* traite de l'impôt ſur le ſel, de l'impôt ſur le tabac, des droits de traite ; il établit la balance du commerce de la France, qu'il évalue en ſa faveur à 70 millions, & donne ſes idées ſur la réforme de cette partie.

Dans les trois ſuivants, il parle avec la plus grande complaiſance de ces adminiſtrations provinciales qu'il regarde comme ſon ouvrage ; il voudroit dans le huitieme faire comprendre aux parlements que ces établiſſements qui les offuſquent, devroient au contraire en être favoriſés.

Dans le neuvieme il parle des contributions du clergé, qui ſont de dix millions, ſur un revenu d'environ 130 millions : ſes dettes ſont d'environ 134 millions. Dans le dixieme il voudroit un conſeil pour la diſtribution des bénéfices.

Dans les onzieme & le douzieme chapitres, auxquels il joint un ſupplément, l'ex-miniſtre des

finances parle des dettes de l'état, des remboursements & des dépenses de la France. Le résultat
est que la balance de la dépense excede la recette
de dix millions, & au contraire, suivant lui,
lorsqu'il fut renvoyé, la recette surpassoit la dépense de plus de dix millions.

Dans le troisieme volume qui contient 36 chapitres, les dix premiers seulement qui roulent sur
les monnoies & sur le numéraire de la France,
rentrent dans le titre de l'ouvrage. Dans les autres, c'est moins un contrôleur-général qu'un
premier ministre qui parle, & le plus souvent un
moraliste qui prêche, qui dit de très-bonnes
choses, mais qui perdent la plus grande partie de
leur effet, parce qu'elles sont mal amenées ou mal
placées ; *non erat hic locus.*

18 *Mars.* M. le comte *de Senneterre*, connu
par sa cécité & par son goût pour les lettres,
vient de mourir : il étoit le dernier mâle de son
nom.

18 *Mars.* A l'occasion de la mercuriale dont
on a parlé, faite au public par l'abbé *de Boifmont* le jour de la réception de Me. *Target*, un
plaisant avoit fait l'*impromptu* suivant, qui ne s'est
répandu que depuis peu :

> De par *Phœbus* & cætera,
> Lorsqu'un des quarante lira,
> Messieurs *Boifmont* vous notifie
> Qu'il est défendu de siffler :
> Si trop fortement on s'ennuie,
> Permis seulement de bâiller.

19 *Mars*. Dans la foule des vaudevilles faits à l'occafion du châtiment exercé fur le fieur *de Beaumarchais*, voici le feul plus paffable, dont quelques couplets ont d'autant plus de fel qu'ils font calqués heureufement fur ceux qui terminent fon *Mariage de Figaro*. Il faut les avoir préfents ; les nouveaux font fur le même air :

Cœurs fenfibles , cœurs fideles ,
Par *Beaumarchais* offenfés ,
Calmez vos frayeurs cruelles ,
Les vices font terraffés :
Cet auteur n'a plus les ailes
Qui le faifoient voltiger ;
Son fuccès fut paffager

Oui , ce docteur admirable
Qui faifoit hier l'important ,
Devient aujourd'hui traitable ,
Il a l'air d'un pénitent.
C'eft une amende honorable
Qu'il devoit à l'univers
Pour fa profe & pour fes vers.

Le public qui toujours glofe ,
Dit qu'il n'eft plus infolent
Depuis qu'il reçoit fa dofe
D'un vigoureux flagellant.
De cette métamorphofe
Il nous apprit le pourquoi :
Les plus forts lui font la loi.

Un lazariſte inflexible,
Ennemi de tout repos,
Prend un inſtrument terrible
Et l'exerce ſur ſon dos :
Par ce châtiment horrible
Caron eſt anéanti ;
Paveant male nanti.

Goëʒmann, au goſier d'autruche,
Que la pitié n'amollit,
Au patient qui trébuche,
Répete un dicton qu'il fit :
Tant à l'eau s'en va la cruche
Qu'à la fin elle s'emplit ;
Quoiqu'un peu tard, il ſuffit.

Quoi ! c'eſt vous, mon pauvre pere,
Dit *Figaro* ricanant,
Qu'à coups nombreux d'étriviere
On punit comme un enfant !
Cette leçon ſalutaire
Apprend qu'un juſte retour
A chacun donne ſon tour.

Bridoiſon qui voit la fête,
En paroît très-ſatisfait :
Ah ! dit-il, branlant la tête,
Comme un ſot il me peignoit :
Mais, ſi je ſuis une bête,
Avec tout ſon eſprit, ma foi,
Le voilà plus ſot que moi !

Sanſ

Sans doute la tragédie
Qu'il nous donne en cet inftant;
Vaut mieux que la comédie
De cet auteur impudent.
On l'étrille, il pefte, il crie,
Il s'agite en cent façons :
Plaignons-le par des chanfons.

19 *Mars.* Feu M. *de saint-Auban*, cet officier
général d'artillerie qui n'a que trop fait parler de
lui fur la fin de fes jours, avoit un cabinet de
machines & de modeles très-curieux pour fon
métier. Sa famille a offert ce cabinet au Roi. Sa
majefté l'a accepté. Il eft maintenant placé à
Verfailles dans la piece où l'on étale les porce-
laines de Seve, & le public le voit librement.

19 *Mars.* Le parlement que l'ordre des avocats
offufque depuis long-temps, cherche tous les
moyens de fe foumettre ce corps, dont la liberté
& l'indépendance font l'effence. N'ofant l'attaquer
ouvertement, il s'y prend avec adreffe & de la
même maniere que la cour en a ufé envers lui.
Il cherche à le raccourcir, fur-tout à exclure
des délibérations la jeuneffe trop turbulente. Sous
ce prétexte, il a fait propofer par les anciens,
ignorant fans doute les vues ultérieures de cette
cour, que l'on n'admît aux affemblées générales
que les avocats qui auroient dix ans de palais ;
favoir, quatre ans de ftage, & fix ans de tableau.

On fait que l'ordre eft divifé en dix colonnes,
qui votent chacune féparément; le plus grand
nombre a déjà opiné pour que le réglement
paffât.

L

Lorfque les dix colonnes auront délibéré , les deux députés de chacune, au nombre de deux, en référeront à l'affemblée des féniœurs, compofée, fur‑tout, de tous les bâtonniers & autres vieux confultants, & l'on ne doute pas que le rac‑courciffement de l'ordre ne s'opere ainfi, & peut‑être fon efclavage & fon déshonneur fucceffive‑ment.

Meffieurs les gens du Roi infiftent avec force & avec perfévérance pour qu'on faffe un régle‑ment à l'occafion des mémoires, finon menacent d'en faire un ; ce qui eft embarraffant.

20 Mars. On ne ceffe de s'entretenir du fieur de Beaumarchais, & l'on met aujourd'hui en problême s'il reftera en France. Quelques gens vont jufqu'à prétendre que fes chevaux font en vente, & qu'il fe retire en pays étranger. D'au‑tres affurent qu'il eft comme à fon ordinaire, & n'en eft pas moins impudent. Ce dont on con‑vient affez généralement, c'eft qu'il étoit maté durant fon féjour à Saint‑Lazare, qu'il y faifoit le malade, & avoit obtenu d'y voir fon médecin fous ce prétexte, & fon caiffier fous prétexte de fes affaires. Que fes amis fe font prévalus de celles‑ci pour obtenir fon prompt élargiffement ; qu'ils ont préfenté comme une injuftice de faire rejaillir fur une infinité de particuliers la punition exercée fur celui‑ci.

On convient encore affez généralement que le fieur de Beaumarchais étoit refté dans un état fort incivile & fort mal‑propre ; qu'il s'étoit laiffé croître la barbe & ne vouloit pas fortir, au moment où le commiffaire vint lui annoncer fa liberté ; qu'il exigeoit qu'on lui rendît raifon de fa captivité ; que ce commiffaire, fon ami, avoit

été obligé de lui remettre la tête & de lui con-
seiller de jouir de la grace qu'on lui accordoit,
sans en demander davantage; qu'alors il s'enve-
loppa dans son videchoura & se remit entre les
mains de l'officier de police, qui le ramena chez
lui.

Le sieur *Gudin de la Brenellerie*, son paillasse
dans toutes les circonstances, joue aussi un grand
rôle dans cet événement; il est le premier qui
ait vu le sieur *de Beaumarchais*, il accompagnoit
le commissaire.

Le sieur *de Beaumarchais*, rentré chez lui,
trouve sa fille, sa chere *Eugenie* fondant en larmes; Mlle. *de Villers*, sa maîtresse, se jetant
avec elle à ses genoux; tous les domestiques dans
le même attendrissement, enchantés du retour
d'un aussi bon maître.

Tel est le spectacle qu'on pourroit faire gra-
ver, & qui seroit un digne pendant de la caricature.

20 *Mars*. Extrait d'une lettre de Besançon,
du 15 mars 1785..... L'ordre des avocats est ici
dans une grande désolation, & le public aussi.
M. *de Grosbois*, le premier président du parlement, cherchant à se remettre bien avec sa compagnie, a pris son différend avec les avocats fort
à cœur; il est allé à Paris, il a pressé le garde-
des-sceaux de terminer cette affaire en rejetant la
requête des avocats du parlement de Besançon.
C'est un M. *Albert* qui en étoit rapporteur; ce
magistrat passe pour assez integre, mais il étoit
membre du parlement de Paris Il est dur, il a
le despotisme dans la tête, il est dévoré d'ambition, il auroit envie de se raccrocher, & d'après
son rapport au bureau des cassations, la requête

n'a point été admise. Je crois que c'est le mercredi 2 de ce mois qu'elle a été rejetée. Nous
avons désespéré de notre cause, quand nous avons
appris le propos de M. Grosbois à Me. Bassan,
notre député.

Celui-ci n'a pas cru devoir se dispenser de
rendre ses hommages au premier président, lorsqu'il l'a su à Paris : la conversation est bientôt
tombée sur l'affaire. « Monsieur, lui a dit M.
» de Grosbois, si les avocats de Besançon gagnent,
» je donne ma démission & me fais avocat. »

Voilà donc les arrêts du parlement qui subsistent ! Trois avocats tarés composant seuls aujourd'hui le barreau de cette ville, & le bâtonnier condamné à payer 1500 livres de dommages
& intérêts envers l'un d'eux.

Notre parti est pris. De 150 environ que nous
sommes, sept ou huit resteront dans cette ville,
mais pour consulter seulement, pour écrire & pour
concilier les affaires. Les autres se répartiront
dans les bailliages du ressort.

En outre, on a fait une bourse commune pour
faire des pensions aux pauvres avocats & aux in-
firmes qui ne pourront se transporter ailleurs ou
se tirer d'affaire.

Nous ne savons comment les autres ordres,
& sur-tout celui de Paris, prendront la chose ;
mais il nous semble qu'elle les intéresse assez fort
pour qu'ils dussent craindre pour eux & s'en
mêler.....

20 Mars. Par la réponse de M. le duc de
Nivernois au discours de réception de Me. Target
à l'académie françoise, on apprend que l'académie, à force de rechercher quelque titre littéraire
du candidat qui pût justifier son choix, a déterré

une brochure anonyme de fa façon, dont on a parlé dans le temps, fans en connoître l'auteur. Elle parut lors du différend des avocats avec Me. *Linguet*, & avoit pour titre *la cenfure*. Le directeur en fait l'éloge & y trouve des vues très-fages & très-philofophiques fur cette magiftrature morale, qui ne peut s'exercer que dans un corps où l'honneur & la liberté regnent enfemble.

21 *Mars.* L'affaire du fieur *Sauffaye* renaît de fes cendres, & acquiert plus de célébrité que jamais par des circonftances agravantes.

D'abord fon adverfaire, ci-devant fimple commis, aujourd'hui fe qualifie d'ancien gentilhomme de la garde de fa majefté le roi de Sardaigne, & bréveté d'officier d'infanterie dans fes troupes.

Enfuite fon premier défenfeur, Me. *Martin de Marivaux*, dénoncé à fon ordre, eft obligé de renoncer à fa profeffion, & a fini par s'expatrier pour paffer en Angleterre, lui & fa famille.

Son fecond défenfeur, Me. *Pincemaille de Villers*, ayant figné imprudemment une confultation du 8 octobre dernier, à la fuite d'une *fupplique* à la chambre des comptes, violente en général & dérifoire fur-tout contre M. le procureur-général *de montholon*, eft réprimandé par fon ordre, & n'échappe à une punition plus grave qu'en vertu de fa jeuneffe, de fon inexpérience, de fon zele aveugle, & plus encore du mécontentement de l'ordre contre la chambre des comptes, qui veut s'arroger fur les avocats une jurifdiction coërcitive qu'ils lui refufent.

La chambre, par fon arrêt du 4 décembre, après avoir déchargé le fieur *Sauffaye*, déclaré fausses & injurieuses les imputations contenues au mémoire du sieur *Dupasquier*...... ordonné que l'imprimé intitulé *supplique*, & la *consultation* étant ensuite, seront supprimés, &c. *enjoint audit Alexis Dupasquier d'être plus circonspect à l'avenir...* injonction qui frappe également sur l'avocat, auteur du mémoire, ne s'en est pas contentée, & tout récemment a fait signifier cet arrêt à Me. *Pierremaille*; ce dont il a été rendu compte à l'ordre qui doit en délibérer, & a provisoirement arrêté qu'aucun de ses membres ne se présenteroit pour plaider devant cette cour.

Enfin le sieur *Dupasquier*, constitué prisonnier à la Conciergerie par arrêt de la chambre le 15 septembre, & élargi seulement en vertu de l'arrêt du 4 décembre, revient au Châtelet par le ministere de Me. *Marteau*, son troisieme défenseur, & invoque de nouveau le secours des loix contre son adversaire.

21 *Mars.* Extrait d'une lettre de Guines, du 15 mars ...... Nous avons vu ici M. *Blanchard*, qui y a repassé en venant de Paris; il rencontra à Boulogne M.' *Pilâtre de Rozier*, qui gémit de n'avoir pu encore suivre ses traces. Le 15 de ce mois il avoit essayé de nouveau son appareil, il étoit prêt à partir: mais son ballon précurseur lui fit connoître que le vent n'étoit pas bon.

M. *Blanchard*, dès le 11 février, s'étoit embarqué à Calais pour l'Angleterre, où il fait construire des ballons à sa maniere; nous avons de ses nouvelles du 8.

Pour nous, plus constants que les Parisiens, nous persistons à vouloir ériger le monument projeté, qui sera vraisemblablement le premier & peut être le seul exécuté.

La délibération du corps municipal de cette ville, en date du 8 janvier, & notre requête du 18, ayant été favorablement accueillies de sa majesté le 17 février, d'après un réquisitoire court & très-bien libellé du procureur du Roi, il a été définitivement résolu de faire travailler sans relâche à la colonne qui doit être placée dans la forêt à l'endroit où le ballon de M. *Blanchard* s'est arrêté, avec une inscription convenue, & les ouvriers sont en œuvre actuellement.

La colonne sera en marbre du pays, d'ordre Toscan, & ses dimensions sont aussi fixées. On a pourvu aux fonds & à la maniere de les employer.

22 *Mars.* Les amateurs des belles voix sont enthousiasmés du sieur *David*, que le sieur *le Gros* a fait venir à grands frais d'Italie pour l'ornement de son concert spirituel, durant la quinzaine de pâques. Il a débuté le dimanche 13, & l'on assure qu'il a chanté avec un goût & une perfection dont il y a peu d'exemples.

22 *Mars.* L'université ayant fait des réprésentations au parlement sur son arrêt du 7 septembre, concernant l'âge auquel on peut concourir pour les prix, on y a apporté des modifications, par un autre du 21 février.

Les principaux changements sont 1°. que dans la classe de rhétorique, il en sera usé à l'avenir comme par le passé : 2°. que l'époque pour être exclus des compositions dans les autres classes respectivement, est reculée & rapportée au premier octobre précédent.

22 *Mars.* Extrait d'une lettre de Rocroy, du 15 mars..... Le prodige de *Valentin* se renouvelle dans ce pays-ci. Nous y avons actuellement *Fiacre Bouillon*, jeune homme, compatriote de

I 4

Duval, qui n'a pas encore vingt ans, né comme lui sous le chaume dans la plaine de Rocroy & gardien de quelques vaches. Il a composé un poëme d'environ cinq cents vers, dont le sujet est *la Bataille de Rocroy*, que le grand *Condé* remporta à vingt-deux ans. Il le présenta en 1783 au prince de *Condé* actuel, sur le champ de bataille même, le premier théâtre de la gloire de son aïeul. Il l'a retouché depuis, & on l'imprime actuellement à Charleville, avec l'agrément du prince & vraisemblablement à ses dépens. Vous en jugerez: quant à moi, cet ouvrage me paroît l'annonce du plus grand talent.

Ce qu'il y a de plus extraordinaire, c'est que, contre l'usage, son goût pour la poésie ne lui a gâté ni le cœur, ni l'esprit; il n'est point empressé de sortir de son état, il ne s'en dégoûte point, il y vaque avec zele. Comme on lui proposoit de l'envoyer à Paris pour lui procurer de l'éducation, il répondit : « Je ne le puis; ma mere est pauvre, & ne » subsiste que de mon labeur; je ne l'abandonnerai » pas. »

23 *Mars.* M. l'abbé *Millot*, précepteur de M. le duc d'*Enghien*, vient encore par sa mort de laisser une place vacante à l'académie françoise, dont il étoit membre. Quand il fut nommé, on se demandoit qu'a-t-il fait? Depuis qu'il en a été, on renouvella la même question. Et cependant il est auteur de discours & de traductions estimables, d'élémens d'histoire, où l'intérêt se trouve réuni à la précision; ouvrages peu connus.

C'étoit une créature de la maison de *Noailles*, qui l'avoit poussé en quelque sorte, malgré lui, car il étoit timide & modeste.

23 *Mars.* Rien de plus vrai que la vente des che-

vaux du sieur *de Beaumarchais*. Il s'obstine à ne
point sortir de chez lui & même à ne voir personne, qu'il n'ait reçu satisfaction de l'opprobre
dont on l'a couvert. On veut qu'il travaille à un
mémoire au Roi. Il a consigné lui-même sa ré-
solution dans une lettre au marquis de Ximenès,
dont celui-ci, de concert vraisemblablement avec
l'auteur, répand des copies. Elle est très-bien
faite, à ce qu'assurent ceux qui l'ont lue, & même
écrite avec plus de noblesse que ses autres productions. Il y prétend n'avoir manqué à personne,
n'avoir rien à se reprocher ; il s'éleve contre la
surprise faite à la religion de sa majesté, & il
espere que mieux instruite, elle ne lui refusera pas
une réparation éclatante.

Il paroît que l'exemple du sieur *de Sainte-Foy*
encourage le sieur *de Beaumarchais*, qui est même
dans un cas beaucoup plus favorable, puisque l'autre étoit diffamé par une punition légale, & que
lui n'a été frappé que d'un coup d'autorité despo-
tique. Il voudroit donc qu'on lui donnât aussi
quelque place honorable à la cour ou ailleurs,
avec un brevet, dans lequel le Roi reconnoîtroit
l'innocence de cette malheureuse victime des pré-
ventions & de la calomnie. Ses amis ne déses-
perent point du succès de son étrange prétention,
& l'on voit tant de choses extraordinaires qu'on
ne seroit pas surpris qu'il réussît en cette occasion, quoiqu'on n'en connoisse point d'exemple.

24 *Mars*. Il paroît tous les jours, outre les
mémoires des ports du commerce, des écrits
contre l'arrêt du 30 août.

Le club des Américains a publié aussi le sien.
Indépendamment de celui de ces *clameurs* en général, dénomination qu'ils ont prise d'après celle

Angloife, il y en a de particuliers, & l'on affure que l'abbé *Beaudeau* en broche un fur-tout auquel les principes des économiftes doivent fervir de bafe.

Quoi qu'il en foit, il paroît que le gouvernement eft aujourd'hui décidé à revenir fur fes pas, & qu'il ne s'agit que de mettre à couvert l'amour-propre du miniftre.

C'eft mardi prochain 29 du mois, que M. *de la Cofte*, député du commerce pour les colonies, & meſſieurs *du Bergier*, député du commerce de Bordeaux, & *Roftagny*, député du commerce de Marfeille, doivent entrer au confeil royal du commerce & y expofer le vœu général de leurs confreres.

Il en fera enfuite référé au confeil des dépêches.

24. *Mars.* C'eft M. *Courtois de Minut*, maître des requêtes, qui eft chargé du rapport au confeil de l'affaire des bénédictins. Il s'en occupe depuis long-temps, & avoue être bien embarraffé de favoir quel parti prendre.

24. *Mars.* M. le contrôleur-général a imaginé de créer un nouveau département dans fes bureaux pour le commerce. Jufq'à préfent les confuls n'avoient eu de relation qu'aux affaires étrangeres ou à la marine : il a obtenu la création de deux places qui lui donneront dans cette partie l'influence qu'il réclame ; ce font deux infpecteurs-généraux, l'un pour le midi & l'autre pour le nord. Le premier fera M. *Bejefet*, ci-devant chargé des affaires de la marine & de commerce de France à Madrid, & le fecond M. *Dupont*, infpecteur-général du commerce, créature de M. *Turgot*, grand économifte, & qui a travaillé long-temps aux *Ephémérides du citoyen*.

Le fort de ces meſſieurs eſt de 40,000 livres de rentes pour chacun.

24 *Mars.* Un vieillard de ſoixante & ſeize ans a été convaincu ces jours derniers d'avoir aſſaſſiné ſa femme de quatre-vingt-huit ans, pour épouſer une fille, ſa ſervante ; il a été condamné à être roué. Comme c'étoit un ancien valet-de-pied du Roi, c'eſt la prévôté de l'hôtel qui l'a jugé. Les valets-de-pied ont fait tout ce qu'ils ont pu pour le ſauver, & non pas réuſſi. L'atrocité de ce crime à un pareil âge, & pour pareille cauſe de la part d'un vieillard à qui juſqu'à préſent on n'avoit rien reproché, fait époque dans les annales des paſ-ſions, & mérite d'être conſervée par ſa ſingularité effrayante.

25 *Mars.* Copie de la lettre du ſieur de Beau-marchais à M. le marquis de *** en date du 20 mars.

« Je vous rends graces, monſieur le Marquis ; mais frappé d'anathêmes du courroux du Roi que je n'ai point mérité, je me ſuis impoſé la loi ri-goureuſe & volontaire de garder priſon dans ma chambre juſqu'à ce qu'il ait plu à ſa majeſté d'entendre ou de lire ma juſtification. J'eſpère que le Roi qui m'a fait punir en me croyant cou-pable, ne me refuſera pas juſtice quand il me ſaura innocent. C'eſt dans cet eſpoir que je le fais ſolliciter avec reſpect de recevoir la plus humble requête. Le haſard a mis dans mes mains des preuves auſſi certaines de mon innocence qu'on pourroit en produire dans un procès criminel. Le Roi eſt juſte & je ne l'ai point offenſé. Rece-vez d'un homme affligé les aſſurances du reſpec-tueux attachement avec lequel, &c. »

Telle eſt cette lettre, qui ne répond pas à l'opi-

I 6

nion qu'en avoient donné les partifans du fieur de *Beaumarchais* ; elle eft finon plate, au moins très-médiocre.

On affure que, lorfque le Roi a appris l'étrange réfolution de cet intrigant, il a ri & a dit : « Il » fait très-bien, il fe juge & fe punit lui-même. »

Depuis la détention du fieur *de Beaumarchais*, les langues fe délient & des gens attachés au Roi, lorfqu'il étoit Dauphin, rapportent un propos de ce prince qu'ils attefteut avoir entendu, en preuve de l'opinion qu'il en avoit dès ce temps-là. Le foir du jour où le fieur *de Beaumarchais* fut condamné par le parlement *Maupeou*, la nouvelle en fut apportée à M. le Dauphin, à fon coucher : « C'eft bien fait, s'écria-t-il, c'eft un » homme vil & atroce, qui ne fait fe faire va-» loir que par fa méchanceté. Les maîtres d'hôtel » n'en ont pas voulu, & les contrôleurs feroient » bien de le renvoyer. »

25 *Mars*. Depuis les réclamations des négociants de Bordeaux, expofées dans leur mémoire fur l'arrêt du confeil du 30 août, les directeurs du commerce de la province de Guienne en ont publié un particulier plus étendu. Ils y font voir que cet arrêt eft une loi qui contrarie & les principes de l'établiffement des colonies, & les loix confirmatives de ces principes ; qui s'annonce être l'ouvrage d'une furprife méditée depuis plus de trente ans, qui dans les objets dont elle permet l'importation dans les colonies aux étrangers, mettre une maffe énorme de réductions pour le commerce national, & dans ceux que les étrangers introduiront en contrebande, fa chute eft celle de l'agriculture & des arts, qui, pour les biens qu'elle ôte à la métropole, n'offre que des ré-

pérances plus que certaines, & aux colons, pour une mince économie du moment, que la perspective du monopole des étrangers, & peut-être leur tyrannie au lieu du joug léger du meilleur des gouvernemens ; qui enfin contrarie ces notions simples d'une raison droite, selon lesquelles le moyen de vivifier le commerce de France, est l'exécution des loix, qui défendent aux étrangers d'aborder aux Colonies.

Ce mémoire est divisé en sept articles, qui rentrent dans tout ce qu'on a déjà dit sur cet objet intéressant, & seulement le développent, le discutent, l'approfondissent davantage. Le seul nouveau est le troisieme, où, après avoir présenté le tableau de la prospérité nationale sous le régime exclusif, l'auteur trace l'historique des tentatives, toujours heureuses dans l'obscurité de l'intrigue, toujours confondues au grand jour des discussions publiques, que quelques ennemis de l'état ont fait depuis plusieurs années pour la détruire.

25 *Mars.* Le rédacteur du *Courier de l'Europe* poursuit avec un acharnement incroyable Me. *Linguet*, contre lequel il faut qu'il soit ulcéré à un point excessif. Il a inséré dans le N°. 19 du 8 mars, un paragraphe très long sur cet objet.

Après être revenu sur le soufflet qu'il se vante d'avoir donné à l'annaliste le 11 septembre 1784, en présence d'un témoin, homme d'honneur & digne de foi, il raconte comment il a été forcé d'en venir à cette extrémité ; comment leur différend d'abord littéraire, depuis une lettre datée de Spa le premier juillet, & la réponse, s'est convertie en querelle personnelle, & en combat de crocheteurs. Comme tout ce récit est plein de réticences, on ne peut trop en suivre la marche & la gradation ; il paroît seulement que la maî-tresse de Me. *Linguet* y est pour beaucoup ; que c'est elle qui a excité le dernier à rompre enfin le silence au bout de six mois , à traiter le *ré-dacteur* , d'*infame* , de *reptile* , de *complettement déshonoré* , & à le menacer de le traduire devant les tribunaux.

Tout cela est bien triste , bien affligeant pour le spectateur honnête , & cet étrange abus de l'esprit doit bien consoler ceux qui seroient fâchés d'être privés de ce funeste don de la nature.

25 *Mars*. Ces jours derniers on a apporté dans les clubs du Palais-Royal des paquets cachetés, qui se sont trouvés contenir des exemplaires d'une lettre imprimée & sanglante, adressée au maréchal prince de *Soubise*, à l'occasion du rôle indifférent auquel il se réduit aujourd'hui dans la banqueroute de son petit-fils , le prince de *Guimené* : c'est un malheureux réduit à l'aumône & mourant de faim qu'on met en scene.

Dans un nouveau club appellé le *club des artistes*, composé de virtuoses & de beaucoup de gens de lettres, le paquet composé de dix exemplaires , dès qu'on en a eu fait lecture, a été jeté au feu, & chacun a eu la discrétion de ne vouloir en garder aucun. On ne sait quel usage il en a été fait dans les autres ; mais tout le monde n'a pas eu la même réserve , car cette diatribe a percé , & est publique aujourd'hui.

26 *Mars*. Ce fut à l'occasion du désastre arrivé au commerce de France en 1755 , que l'on commença d'agiter la question de l'intro-duction des étrangers dans les colonies. On surprit au ministre en 1761 & 1762 des passe-ports,

autorifant les étrangers à y porter des negres au retour de la paix.

Le 18 avril 1763, déclaration du Roi qui leur permet l'importation par tous les ports des colonies, de beftiaux, de toutes fortes de légumes, fruits verds, bois de toute efpece, roues & voitures, & l'exportation du firop & du taffia.

Le duc de *Choifeul*, alors miniftre de la marine, éclairé par les repréfentations de quelques chambres du commerce, fit révoquer le 15 août fuivant cette déclaration; cependant l'entrepôt à Sainte - Lucie refta.

En 1765 les ennemis du commerce françois firent des tentatives nouvelles. Un rapport fait par M. *de Montaran* pere, en préfence de tous les miniftres, & qui dura toute la journée du 9 feptembre 1765, convainquit tous les efprits de la néceffité de l'exécution rigoureufe des loix prohibitives. Il fut décidé que toute tolérance à cet égard, même paffagere, étoit pernicieufe, & l'un reconnut que le commerce de France étoit en état d'approvifionner complétement les Colonies. Cette décifion pour avoir tous fes effets, devoit être prife en confidération au confeil royal du commerce. Après plufieurs délais, le confeil affemblé alloit prononcer, lorfque la maladie & la mort de M. le Dauphin le différerent.

Depuis intervint l'arrêt du 29 juillet 1767, ajoutant un nouvel entrepôt au Môle Saint - Nicolas, d'où s'enfuivit une fraude fi confidérable, qu'en une feule année on vit arriver à Amfterdam plus de fucres des Colonies françoifes du vent, que tous les ports de la métropole enfemble ne purent y en fournir. Cette quantité s'élevoit à vingt-fix mille barriques & entraînoit une perte pour l'état de plus de 10 millions.

Un ouragan en 1772 fit de grands ravages dans certaines parties de Saint - Domingue ; les administrateurs ordonnerent que tous bâtiments étrangers feroient admis dans tous les ports pendant l'espace d'un an. On compta au mois d'avril 1773, qu'il y avoit à la fois cent soixante - trois navires de cette espece répandus dans la colonie, y introduisant toutes especes de marchandises, & durant l'année par estime environ cinq cents qui, n'eussent - ils pris, l'un dans l'autre, que pour 30,000 livres de denrées coloniales, enlevoient plus de 15 millions à la balance du commerce de la métropole ; bien plus, ils y introduisirent une quantité très - considérable de monnoie fausse ou altérée,

Sous le nouveau regne, M. de Sartines évoqua de chacun des ports auprès de lui des négociants pour discuter cette grande question. C'étoit à la fin de 1775 : il se tint vingt - deux conférences à ce sujet, auxquelles le ministre présida Les représentants des colonies y parurent comme interlocuteurs, ils furent forcés de reconnoître la sagesse des principes prohibitifs, & de demander euxmêmes qu'ils fussent rigoureusement observés. Mais la suppression des ports d'entrepôt de Sainte-Lucie & du Môle fut renvoyée au terme de dix-huit mois. Heureusement la guerre allumée entre les Anglois & leurs sujets Américains ne permettoit guere, ni aux uns, ni aux autres de gêner le commerce de France. Ce fut donc pour lui une époque brillante, qui dura même pendant la guerre d'abord désastreuse pour lui, faute de protection ; ensuite celle - ci lui fit prendre une marche rapide, comme s'il eût été dans une paix profonde. Cette prospérité fut courte. Les neutres

admis dans tous les ports des colonies pour
suppléer le commerce national, dont la protection n'étoit plus assurée, lui opposerent une
concurrence, si supérieure, si dévorante, qu'il
touchoit à son extinction totale, lorsque la paix
vint à son secours. Les négocians espéroient
un nouvel ordre de choses, lorsque des bruits
sourds se répandirent du crédit que prenoit le
système de leurs ennemis, qui se sont trouvé réa-
lisés par l'arrêt du 30 août 1784.

Tel est le résumé de cet historique, traité d'une
maniere aussi noble qu'intéressante, dans le
*Mémoire des directeurs du commerce de la province
de Guienne.*

26 *Mars.* L'académie françoise a arrêté que
dorénavant & à commencer de cette année, le
panégyrique de saint Louis, qui se prononçoit
devant elle dans la chapelle du Louvre, le jour
de sa fête, seroit converti en un discours de
morale. En effet ce sujet traité périodiquement
depuis plus d'un siecle, étoit devenu fastidieux &
impossible à rajeunir.

27 *Mars.* On sait aujourd'hui que le chanoine
Cochu est enfermé dans une maison de cordeliers
auprès de Tours : cet événement a fait découvrir
un nouveau scandale de sa part. Une madame
des Fontaines qui a un enfant de sa façon, réclame de sa famille la pension qu'il faisoit à cette
maîtresse pour son bâtard, & elle craint bien malheureusement de ne la point obtenir.

En parlant de prêtres débordés, son histoire
a donné lieu de s'entretenir de l'abbé *Arnould*,
revenu du pays étranger où il étoit allé, & qui
pleure aujourd'hui les péchés à Saint Lazare.

27 *Mars.* Extrait d'une lettre de Rheims, du

35 mars...... M. *Roger de Mauclain*, dont vous me demandez l'hiftoire, eft un bourgeois riche de notre ville, capitaine au régiment du Roi, cavalerie. Il avoit époufé depuis peu une jeune & jolie femme, dont il avoit fait la fortune. Il étoit allé au mois de février à Paris, pour lui faire voir cette ville & y goûter les plaifirs du carnaval. Ils avoient porté environ deux mille écus confacrés à ce voyage. A fon arrivée, un chevalier *Courtin*, capitaine au régiment de la Reine dragons, je crois, dont le frere a époufé une riche héritiere de notre ville, qui connoiffoit M. *de Mauclain* & fa fortune, vient le voir & l'invite à déjeûner. Il y va, on dîne enfuite, & puis après avoir bien échauffé la tête de notre provincial, dont il n'ignoroit pas le foible pour le bon vin, on le fait jouer. Il perd bientôt la petite fomme qu'il avoit dans fon porte-feuille pour fes menus plaifirs, joue après fur fa parole, & on ne le lâche que lorfqu'on n'en peut plus rien tirer. Il rentre défefpéré, difant à fa femme qu'il eft ruiné. Le lendemain il faut éclaircir le fatal myftere. Il apprend qu'il a perdu 166,000 livres, qu'il a promis de payer dans les vingt-quatre heures. Il fe défole. Le fieur *Hazon*, oncle du chevalier *Courtin*, renommé pour fes talents au jeu, qui lui ont valu le banniffement par ordre du Roi, chez qui la fcene s'étoit paffée, avoit eu la prudence de refter fimple fpectateur. Il offre fa bourfe à M. *de Mauclain*. Il lui donne des billets de la caiffe d'efcompte, pour acquitter fa perte, & lui fait faire des lettres de change pour pareille fomme payables à différentes échéances. Ainfi voilà, comme vous voyez, une dette de jeu très-équivoque, & pour laquelle on n'avoit

aucune action en justice, convertie adroitement
en une dette très-légitime, en un titre valable
devant tous tribunaux. Avec ses billets de la caisse
d'escompte, M. *de Mauclain* s'acquitte envers le
chevalier *Courtin*, & autres escrocs ; puis honteux
de sa faute, & craignant encore qu'on ne se
moque de lui, il n'a rien de plus pressé que de
revenir ici pour vendre une partie de ses biens &
satisfaire aux échéances. Il est obligé de conter
son désastre à sa mere désolée ; elle va trouver le
lieutenant criminel & lui demander son secours.
Ce magistrat bien instruit, ne voit d'autres
ressources que d'en écrire à M. le lieutenant-général de police de Paris. M. *le Noir* envoie chercher
les joueurs & leur déclare qu'ils seront punis, s'ils
ne lui rapportent un certificat par lequel M. *de
Mauclain* reconnoîtra avoir perdu légitimement.
En conséquence ces messieurs s'arment de pistolets,
partent en diligence pour Rheims, vont trouver
M. *de Mauclain*, entouré de sa femme & de sa
mere, exigent cette attestation, ou lui déclarent
qu'il faut qu'il se batte avec eux successivement
au pistolet. Les femmes se trouvent mal, le jeune
homme perd la tête, & enfin ils lui arrachent
le billet & le privent de cette derniere ressource.
En sorte qu'aujourd'hui il est occupé à fondre
des effets pour payer. On dit que le Roi instruit
de l'aventure, & sachant que le sieur *Hazon* qui
n'étoit que par tolérance à Paris, y participoit,
s'est exprimé sur son compte avec beaucoup
d'énergie, & a ordonné qu'il sortît bien vîte de
Paris ; ce qu'il a fait.

28 *Mars*. On est fâché de voir le chevalier
Courtin, très-bien né, impliqué dans la mauvaise affaire de Rheims. Il paroît que c'est le per

nicieux exemple de son oncle *Hazon* qui l'aura
gâté. C'est aux eaux de Spa que ses talents au
jeu ont éclaté. Un étranger nommé le prince de
Gargara, nom qui sent beaucoup l'aventurier,
lui fit connoître qu'il le soupçonnoit. Le chevalier
lui en demanda raison, & l'étranger désira se
battre au pistolet. On décida par le sort à qui
tireroit le premier. Le prince eut cet avantage.
Il n'en profite pas, il manque son adversaire.
Le chevalier plaisante, se tâte, & se trouve
parfaitement sain & entier ; lui crie : « A vous,
» mon Prince. » Puis le mesurant pendant long-
temps avec son pistolet dans toute la longueur de
son corps, le fait mourir dix fois pour une ; enfin
il dirige son arme de côté, & lâche le coup en
l'air. Le prince furieux vouloit recommencer,
mais les juges du combat s'y opposerent.

Cette anecdote racontée par la famille du chevalier *Courtin*, qui ne la tient vraisemblablement
que de lui, fût-elle mieux attestée, confirme ce
qu'on voit souvent dans le même individu, un
mélange de grandeur & de bassesse, de générosité
& d'infamie.

28 *Mars.* A l'occasion de la mort de l'abbé
Millot, les brigues recommencent déjà dans le
sein de l'académie. Plusieurs avocats désireroient
se mettre sur les rangs ; mais la compagnie qui,
en élisant Mr. *Target*, a senti l'irruption du barreau qui alloit se faire vers elle, a secrétement
arrêté que cet exemple ne tireroit point à conséquence. En vain le récipiendaire avoit modestement inséré dans son discours, qu'étonné
lui-même de son admission, il jugeoit que
c'étoit son ordre qu'on avoit voulu couronner en
lui ; M. le directeur, chargé d'insinuer avec

adreſſe que c'étoit , au contraire , ſeulement
l'individu qu'on avoit choiſi. Ce qu'il fit dès ſon
début par une phraſe ridicule , où il déclare que ,
quoique les honneurs de l'académie ne doivent
être en général , par ſes réglements , que la ré-
compenſe du mérite littéraire , ce n'eſt pas y
déroger en préférant quelquefois les qualités ſo-
ciales & les vertus patriotiques.

Quoi qu'il en ſoit , on croit aujourd'hui que
le chevalier *de Florian* l'emportera , parce que
Mad. la ducheſſe *de Chartres* & Mad. la princeſſe
de Lamballe , ſollicitent déjà pour lui de la manière
la plus chaude.

18 *Mars.* Comme la maiſon profeſſe des jéſuites
eſt occupée par les génovefains , ce qui annulle
le vœu du *Louis XIV*, qui avoit ordonné que ſon
cœur ſeroit dépoſé chez ces religieux détruits ;
M. le comte *de Gribert* a profité de la circonſtance pour demander que ce cœur fût placé dans
l'égliſe des invalides dont ce monarque eſt fondateur. Cette demande a paru très-juſte & il a
été décidé que la tranſlation auroit lieu en ſep-
tembre prochain. Cette cérémonie funèbre s'exé-
cutera en grande pompe : les frères du Roi doivent
y préſiſer.

L'abbé *Maury* eſt chargé de prononcer l'oraiſon
funèbre.

29 *Mars.* Depuis long-temps on parle d'une
brochure très-rare , qui parut en 1781 , & dont
ſans doute il n'y eut qu'un petit nombre d'exemplaires de diſtribués ; elle nous tombe aujourd'hui
ſous la main & mérite qu'on en rende compte.
Elle a pour titre : *Monſieur Guillaume le diſputeur.*

Cette bagatelle morale , ſuivant la préface
de l'éditeur , n'eſt que le *Barbon* de Balzac

rajeuni. Celui-ci froid, plat & pédant ennuyeux de college, bête de somme chargée de tout le bagage de l'antiquité, eft converti aujourd'hui en un homme inftruit, à la vérité importun, bizarre, fatigant & fortement dominé par l'efprit d'argumentation; mais dans le fond raifonnable, ayant des vues très-faines en politique, en morale, en littérature.

Quiconque lira l'ouvrage, trouvera ce portrait très-vrai. Seulement on s'apperçoit que l'auteur, dans ce roman philofophique, calqué fur quelques-uns du philofophe de Ferney, eft abfolument de fa clique, & a en vue de défendre les *de Lille*, les *Raynal*, & fur-tout *Voltaire*. M. *d'Epremefnil* eft le plus attaqué, pour ce qu'il a dit de ce dernier dans fon plaidoyer contre M. le comte *de Tollendal*. En général, on ne peut traiter de plus de chofes en un auffi court efpace, ni plus agréablement. Le ftyle approche auffi beaucoup de celui du maître; il eft parfaitement imité, jufques dans fa maniere de dire gaiement des injures.

3 *Mars.* Depuis que le gouvernement a défiré que l'académie des fciences s'occupât des nouvelles machines aéroftatiques, & lui a déclaré qu'il facrifieroit jufqu'à cinquante mille écus pour des expériences, il paroît que cette compagnie a fini par adopter l'avis de la fociété de Londres, & regarde la direction de ces machines, finon comme impoffible à trouver, au moins comme fi difficile, qu'elle renonce à s'en occuper en corps: c'eft ce qu'on juge par les obfervations fur cette matiere, que M. *Briffon*, l'un de fes membres, vient de publier de l'aveu de fon corps.

3o *Mars.* Malgré les nombreux applaudiffements qu'a recueillis M. *David* , & qui vont toujours croissant de la part de ses admirateurs, il rencontre aussi des critiques. C'est un *tenor* , en terme de l'art , c'est-à-dire , une basse-taille superbe, qui tient un peu du fausset dans le haut. C'est le premier chanteur d'Italie en ce genre , conséquemment il ne doit point être agréable aux amateurs de la musique , & de la maniere françoise : aussi ne lui trouvent-ils pas une brillante voix ; ils ne peuvent s'empêcher sans doute de reconnoître l'adresse & l'art avec lesquels il la ménage , mais lui reprochent trop de luxe dans son chant ; défaut au reste de son école, qui a transporté dans sa musique & dans son exécution , les *concetti* qu'on critiquoit autrefois dans les productions littéraires des Italiens.

30 *Mars*. Dans le Mercure du 26 de ce mois , on trouve une lettre qui donne de nouveaux éclaircissements , ou plutôt rectifie ce qu'on a dit de la découverte de l'inconnu soit-di ant , trouvé sur les côtes de Normandie. Cette lettre est signée d'un M. *Fleuriau de Bellamare*, qui s'annonce comme un marchand de Caen. Voici ce qu'il raconte.

Ce fut à la foire de Guibray , près Falaise , à la fin d'août 1783, & non en mars 1784, que l'enfant fut rencontré, abandonné, à ce que présume l'historien, par ses parents ou par d'autres personnes, auxquels il étoit à charge. Sa familiarité avec tout ce qu'il voyoit, & son peu d'étonnement sur tout ce qui l'entouroit, firent croire à M. *Fleurian* que, quoiqu'étranger, cet enfant devoit être depuis long-temps en France , & son habillement , quoique des plus misérables, l'annonçoit. Il rend compte ensuite de la maniere dont cet inconnu

resta chez sa mere, puis fut placé à l'hôtel - Dieu
de Caen, ensuite chez différents ouvriers pour lui
faire apprendre un métier. Tout ce qu'il raconte
à cet égard des mœurs, des habitudes de l'enfant,
est parfaitement conforme à ce qu'on en a dit.
Ce fut aux fêtes de pâques 1784, qu'il fut présenté à l'intendant de Caen. On sait le reste. Il
paroît que depuis, M. *Fleuriau* a ignoré la
destinée de l'inconnu, & il en demande des
nouvelles.

On peut lui apprendre qu'il est toujours chez
Mad. *Billard*, marchande de galons, rue Saint-
Honoré, au coin de la rue du Roule, qui continue à en prendre soin & en est fort contente,
quant à sa conduite. Quant à l'instruction, il
n'est pas plus avancé; il n'apprend rien. M. *de
Keralio*, membre de l'académie des belles-lettres,
qui s'étoit chargé de lui enseigner le françois, a
perdu ses peines & en désespere. On soupçonne
aujourd'hui l'enfant sourd.

31 *Mars.* Quoique la lettre adressée au prince
de soubise existe, & qu'il y en ait en effet des
exemplaires répandus dans le public, il faut que
le nombre en soit rare. On la dit assez longue,
& voici un fragment principal qui s'en distribue
manuscrit.

" En vain par vos larmes hypocrites vous avez
,, paru vous montrer sensible à mes malheurs;
,, en vain vous vous êtes pendant quelque temps
,, éclipsé d'un théâtre, sanctuaire de vos plaisirs,
,, & auquel vous reparoissiez en Sultan vétéran:
,, la source de vos pleurs est tarie, vous bravez
,, tout, & ne cherchez à remédier à rien....
,, Oubliez, abandonnez votre petite maison
,, si célebre dans les fastes du libertinage, où
l'innocence

,, l'innocence a souvent gémi, & retournez dans
,, votre palais, où la vue des portraits de vos
,, ancêtres vous ramenera peut-être à des senti-
,, ments dignes d'eux....

,, Ces réflexions vous sont adressées par un
,, infortuné que la mort va bientôt délivrer des
,, horreurs où l'ont réduit les atrocités de vos
,, petits-enfants, & qui, s'il se peut, va porter
,, au-delà du tombeau le sentiment qui l'ani-
,, me, & mettre sa consolation à vous tour-
,, menter...... ,,

En effet, l'épitaphe porte ce vers :

Omnibus umbra locis adhero, dabis improbe pænas.

Il y a un paragraphe sanglant aussi, dans
lequel M. l'archevêque de Cambray n'est pas
oublié.

1 *Avril* 1785. M. *de Calonne*, en homme de
génie uniquement occupé des fonctions importantes de son ministere, avoit négligé jusques ici
l'étiquette en ses audiences : les femmes en
avoient étrangement abusé, au point qu'on y
avoit vu la duchesse *de Luines* en *jocquet* ou
pierrot, c'est-à-dire, en casaquin. Des amis
graves ont fait sentir à M. *de Calonne* qu'il ne
convenoit pas de se présenter ainsi chez un
ministre du Roi ; qu'il devoit soutenir, au moins
pour ses successeurs, les prérogatives de sa place,
& traiter la chose moins philosophiquement :
en conséquence ses valets de chambre ont annoncé
que dorénavant personne, de quelque rang & qualité qu'elle fût, ne seroit admise les jours d'audience, dans les salles & cabinets du contrôle-
général, qu'en habit décent.

Cette sévérité d'étiquette sur laquelle il s'étoit relâché d'abord, n'a pas manqué de produire un mauvais effet. Il en est résulté une chanson, suivant l'usage, où l'on cherche à tourner M. *de Calonne* en ridicule. Elle est en six couplets, & sur l'air : *la bonne aventure ogué.* Elle a pour refrein, *j'ai mon protocole ogué.* Mais l'auteur caustique ne s'en tient point à cette plaisanterie peu honnête vis-à-vis de ce ministre ; il donne en passant des coups de patte aux autres, & s'immisçant ensuite, fouillant dans les intimités de M. *de Calonne*, passe en revue ses prétendues maîtresses, & termine par un couplet sur l'emprunt, très-propre à le décrier.

Il faut avouer que ce vaudeville malin, mieux fait que la plupart de ceux de nos jours, par sa gaieté peut-être, mériteroit de trouver grace devant le personnage sur lequel il roule, trop homme d'esprit, trop philosophe pour ne pas entendre la raillerie ; si le même égard qu'il doit à sa place & aux autres ministres attaqués, & aux femmes de qualité qu'on y nomme, ne le mettoit pas dans la nécessité d'en exiger la proscription. Aussi est-il sévèrement prohibé.

1 *Avril.* On a consacré en quelque sorte à la mémoire, par un calembour assez ingénieux, le souvenir de la facilité de l'accouchement de la Reine, & du peu de temps qu'il a duré. Il est tiré du jeu de brelan, qu'il faut savoir pour le bien entendre. Il est à trois. La Reine dit, *je suis au jeu* : M. le duc de Normandie répond, *je passe* ; & l'accoucheur *Vermond* s'écrie, *je le tiens.*

On ne pouvoit marquer d'une façon plus précise cet heureux événement, remarquable encore par le jour, celui de Pâques.

1 *Avril. Bulletin du contrôle-général* , en date du 19 mars 1785. Tel est le titre d'un nouveau pamphlet sur les opérations de M. *de Calonne.* Il est très-court , puisqu'il n'a que deux pages : il paroît imprimé aussi au rouleau , & le sens en est resté imparfait en deux ou trois endroits. Malgré sa briéveté , il embrasse & critique beaucoup de choses , telles que la nouvelle création d'offices de payeurs des rentes ; l'expédition en Chine d'un vaisseau au compte du Roi ; le rétablissement de la compagnie des Indes : il insinue malignement des craintes sur la situation de l'état, qui deviendroit affreuse au moindre ébranlement du crédit public.

Ce pamphlet parle encore de l'étiquette introduite récemment pour les audiences du contrôleur-général , de la descente de la police chez tous les libraires pour y trouver la *seconde lettre de Lessart* , d'un second mariage projeté de M. *de Calonne* , du renvoi qu'il fait de sa famille en conséquence, qui doit vuider à Pâques le contrôle-général ; enfin du rétablissement du sieur *Panchault*, dans la confiance du ministre qu'il n'a jamais perdue , mais affiche aujourd'hui plus ouvertement que jamais. Tout cela est très-méchant & peu plaisant.

2 *Avril.* Extrait d'une lettre de Rennes, du 25 mars.... Sur le rapport fait de la mauvaise qualité des tabacs de Bretagne , vérifiée par les commissaires *Beaume* & *Cadet de Vaux*, que la cour avoit envoyés, sans contradiction de la part des fermiers-généraux , & sur-tout du sieur *de la Haute* , le plus acharné à les maintenir bons en présence de M. le contrôleur-général , ce ministre avoit écrit au parlement, il l'engageoit à

suspendre ses poursuites , & promettoit une déclaration satisfaisante. Cette déclaration est venue à la fin de février, & bien loin de remplir les engagements du ministre pour la destruction des abus en cette partie, elle tendoit à les perpétuer. Le parlement jugeant que la religion du ministre avoit été surprise , a renvoyé la déclaration , comme n'étant susceptible d'aucun enrégistrement. On a aigri le ministre sur ce renvoi : on l'a représenté comme méprisant , & il étoit à la veille d'obtenir des lettres de jussion , lorsque des gens plus réfléchis lui ont représenté qu'il alloit se compromettre par une obstination qui n'en valoit pas la peine , & se brouiller avec une province en faveur de laquelle il avoit fait récemment tant de sacrifices : les choses en sont restées là , & l'on négocie sans doute un arrangement.

Cependant le parlement a continué les opérations commencées ; il a laissé agir les différentes jurisdictions inférieures, où restoient des tabacs saisis , qui ont été brûlés & nous ont infectés pendant long-temps. On en a envoyé d'autres, qui n'ont pas été trouvés meilleurs , & nos nez sont fort mal soignés....

2 Avril. Par une lettre du 31 mars, M. de Lassonne , premier médecin du Roi & de la Reine , réclame contre les bulletins donnés depuis l'accouchement de la Reine, sur l'état de S. M. ; il trouve cela fort extraordinaire , dérogeant à toutes les regles & peu exact. Il prétend que lui seul en pouvoit donner, s'il l'eût jugé nécessaire ; mais il déclare qu'il n'a pas cru en devoir composer un. Il annonce une fois pour toutes que la Reine & son auguste enfant se portent bien.

Rien de plus ridicule que ce billet inféré au journal de Paris d'hier.

3 *Avril.* Il paroît que l'étiquette à la naiffance
de M. le duc *de Normandie* a été la même qu'à
celle de M. le Dauphin. Nous allons feulement
recueillir quelques circonftances nouvelles.

La Reine ayant défiré voir le nouveau-né,
il lui fut apporté par la ducheffe *de Polignac*,
aujourd'hui gouvernante des enfants de France,
accompagnée des trois fous-gouvernantes.

En fortant de chez la Reine, la ducheffe *de Polignac* porta dans fon appartement, monfeigneur
le duc *de Normandie*, que le duc *d'Ayen*,
capitaine des gardes-du-corps du Roi en quar-
tier, y conduifit, conformément aux ordres que
fa majefté lui avoit donnes, de quitter fon
fervice près de fa perfonne pour accompagner ce
prince.

Le même foir de l'accouchement, & moins
de deux heures après, le duc *de Normandie* fut
baptifé par le grand-aumônier, en préfence du
curé de la paroiffe de Notre-Dame. Il fut tenu
fur les fonts, par *Monfieur* & par Mad. *Elifabeth*
de France, au nom de la reine de Naples, le
Roi étant préfent & le duc *de Chartres* feulement :
par une circonftance affez bizarre, les autres princes
& princeffes n'ont pas pu fe rendre affez-tôt pour
s'y trouver.

Après la cérémonie, le prince ayant été recon-
duit dans fon appartement, M. *de Calonne*, grand
tréforier des ordres du Roi, lui porta le cordon
& la croix du Saint-Efprit, conformément aux
ordres de S. M.

Le Roi, ainfi que la cour, après le baptême,

affifta au *Te Deum* , chanté dans la chapelle du château par la mufique de S. M.

La Reine fortie du travail , le comte *de Saint-Aulaire* , lieutenant des gardes-du-corps du Roi, de la compagnie de Villeroy, de fervice auprès de la Reine , alla à Paris par ordre du monarque, annoncer cette heureufe nouvelle au corps de ville, qui s'étoit déjà raffemblé , d'après les ordres que S. M. lui en avoit envoyés peu de temps auparavant.

Le comte *de Vergennes*, miniftre des affaires étrangeres , rentré chez lui , dépêcha des couriers extraordinaires aux ambaffadeurs & aux miniftres de France dans les cours étrangeres , pour leur faire part de cette nouvelle. Tous ces couriers partirent dès le foir , & moins de trois heures après l'accouchement de la Reine.

Les autres miniftres ont également fait part de cette nouvelle dans leurs départements.

Le lendemain , les princes du fang ont complimenté le Roi à ce fujet.

3 *Avril*. Les quatre numéros de Me. *Linguet*, arrêtés, ont obtenu enfin un libre cours. On trouve en tête du neuvieme , un *Avis* du 30 janvier 1785 , qui , combiné avec ce qu'on lit dans les *Couriers de l'Europe* poftérieurs , avec d'autres circonftances, jette quelque jour fur la querelle élevée entre l'annalifte & le rédacteur de ce journal.

1°. Par cet avis il eft bien conftaté que le rédacteur eft le fieur *Morande*, l'auteur du *Gazetier cuiraffé*.

2°. On ne peut douter de l'influence du fieur de *Beaumarchais* fur le *Courier de l'Europe*, & que ce rédacteur ne foit fon homme , par l

silence absolu qu'a gardé cette gazette , tant sur
sa détention , que sur sa sortie de Saint-Lazare ;
anecdotes que toutes les autres se font fait un
plaisir de consigner avec étendue.

3°. En vertu de cette influence , le sieur *Morande* soufflé par le sieur *de Beaumarchais* , a
contrarié le plus qu'il a pu Me. *Linguet* , dans
le projet annoncé par celui-ci d'une édition qu'il
entreprenoit de *Voltaire* purgé. On a parlé dans
le temps d'une lettre insérée au *Courier de l'Europe*, où ce projet étoit tourné en dérision dans
la maniere du sieur *de Beaumarchais*.

4°. Quoique Me. *Linguet* ait , contre son
ordinaire , paru renoncer modestement à son
entreprise, il n'en a pas moins conservé un ressentiment profond , & s'est écrit ou fait écrire la
lettre anonyme de Spa , du mois de juillet , qui
traite le sieur *Morande* avec les termes injurieux
& avilissants qu'on a rapportés.

5°. De-là le soufflet donné au mois de septembre , affront trop publiquement fait à Me. *Linguet*,
pour qu'on puisse en douter. C'est le *coup de pied de
l'âne* dont il ne parle pas.

6°. Me *Linguet* , en ce cas , n'auroit pas dû
faire mention en rien de sa querelle ; mais tout
en disant qu'il méprise son adversaire , il se récrie
contre l'indulgence du ministere , qui laisse passer
cette gazette , tandis que son journal est arrêté à
chaque instant.

7°. Il déclare formellement que le produit du
Courier de l'Europe , revient en grande partie
aux affaires étrangeres. De-là, suivant lui, une
collusion entre le sieur *Morande* & les commis.
De-là , la protection accordée à l'une , les persé-
cutions qu'éprouve l'autre.

K 4

8°. Après avoir cité la réponse & les propres paroles de ce qu'il appelle un de ces *Douaniers littéraires*, qui lui reproche son mépris pour un écrivain de ce genre, retombant indirectement sur le ministre qui le tolere, il parle d'un mémoire très-détaillé, très-curieux, qu'il a fait passer sur ce sujet à M. *de Vergennes*, & qui est resté sans réponse.

9°. Nouveau retard de ses numéros. Il a envoyé des couriers; il a choisi un député, M. l'abbé *Tabouet*, pour négocier. Enfin, après bien des pourparlers, il a obtenu la permission de paroître sans mutilation.

10°. Me. *Linguet* cite sur-tout un M. *de Raymond*, chargé de rendre compte au ministere de ce que contenoient les Nos. 88 & 89; qui s'avoue l'auteur de ces retards, & déclare qu'on ne les doit imputer qu'à lui.

Toute cette querelle seroit bien singuliere & bien étrange, si elle étoit réelle. Mais comme on ne peut rien espérer de vrai & d'exact de la part de Me. *Linguet*, il faut attendre les éclaircissements que promet de son côté le rédacteur du *Courier de l'Europe*, chargé de venger l'honneur des bureaux des affaires étrangeres, attaqué si hautement par Me. *Linguet*.

4 *Avril.* La machine du théâtre lyrique est d'une manutention si difficile, que presque chaque année elle éprouve des changements. Le sieur *d'Auvergne*, qu'on avoit renvoyé en 1782 de la direction, à cause de la pesanteur de son joug, désagréable à tous les sujets, vient d'être rétabli avec de grands compliments. On dit aujourd'hui que son mérite, son honnêteté & sa probité sont connus depuis long-temps.

Les occupations multipliées des différents maîtres de l'académie royale de musique, s'étant prodigieusement accrues, non-feulement par le grand nombre d'ouvrages nouveaux mis au théâtre, mais encore par tous ceux que l'on préfente journellement au comité pour y être examinés, font le motif qu'on a fait valoir auprès de S. M. pour déterminer le rappel du fieur *d'Auvergne*, dans la vue de foulager les maîtres, & d'accélérer les plaifirs du public, en fatisfaifant les auteurs par un jugement plus prompt.

Le fieur *Francœur*, neveu, l'un des maîtres de mufique de la chambre de S. M. qu'on trouve auffi recommandable par fes talents, qui font comme attachés au nom qu'il porte, eft nommé *Sous-Direfteur*, place de moderne création.

Les fieurs *la Suze*, *Rey* & *Gardel*, reftent à la tête des différentes parties, & l'on compte que de l'adjonflion des deux chefs ci-deffus à ces trois habiles maîtres, il en réfultera un grand avantage pour l'académie.

S. M. afin d'y contribuer encore plus, a nommé le fieur *Páris*, deffinateur de fon cabinet & de l'académie royale d'architeflure, à la place d'architefle-deffinateur de l'académie royale de mufique, pour donner tous les deffins de décorations & veiller à leur exécution, ainfi qu'à celle des machines, & le fieur *Boquet*, deffinateur des habits de l'opéra, pour perfeflionner cette partie, dans les rapports qu'elle doit avoir avec les différents coftumes qu'exigent les pieces.

Enfin le fieur *Menageot*, peintre célebre, & l'un des membres de l'académie royale de peinture les plus diftingués par les talents, les connoif-fances & le goût, eft adjoint à ces artiftes.

K ƒ

On efpere que la réunion de tous ces gens habiles confolidera de plus en plus la réputation
dont l'académie royale de mufique jouit dans
toute l'Europe, & rendra fa gloire plus éclatante.

On ne dit point quel traitement on fait à tous ces
chefs; il fera fans doute confidérable, & ne pourra
qu'accroître les dépenfes de l'opéra, auxquelles
il ne pouvoit pas déjà fuffire. On vouloit d'abord
les faire fupporter au public, on parloit d'augmenter les places. On a cru qu'il n'étoit pas pru-
den de l'annoncer en ce moment, & le fieur
de la falle, fecretaire perpétuel de l'académie
royale de mufique, par une lettre inférée au *Jour-*
nal de Paris du 12 mars, a déclaré de la part
du comité que les chofes refteroient fur le même
pied. Mais cette hauffe aura certainement lieu
plutôt ou plus tard. Les frais de ce fpectacle deviennent trop énormes, pour que le Roi puiffe y
fubvenir long - temps.

4 *Avril.* Une ordonnance du Roi, concernant
les propriétaires, procureurs & économes gérants
des habitations fituées aux ifles fous le vent,
en date du 17 décembre dernier, eft remarquable
par ce paragraphe : « Tous propriétaires, pro-
,, cureurs & économes - gérants, convaincus
,, d'avoir fait donner plus de cinquante coups
,, de fouet à leurs efclaves, ou de les avoir frap-
,, pés à coups de bâton, feront à l'avenir con-
,, damnés en 2,000 livres d'amende pour la pre-
,, miere fois, & , en cas de récidive, déclarés
,, incapables de poffeder des efclaves, & renvoyés
,, en France. Outre les peines ci - deffus, ils feront
,, notés d'infamie, lorfqu'ils auront fait mutiler
,, des efclaves, & encourront la peine de mort

,, toutes les fois qu'ils en auront fait périr de
,, leur autorité ; pour quelque caufe que ce foit.
,, Veut S. M. qu'ils foient efdits cas pourfuivis
,, comme meurtriers , &c. ,,

Ce réglement fuppofe des délits bien fréquents
& bien horribles , & confirme tout ce qu'on
rapporte de la cruauté dont les Negres étoient
traités dans nos colonies. En effet , s'ils étoient
foignés comme des hommes, pourquoi ne propa-
geroient - ils pas fous un climat à - peu - près
égal aux leurs ? Pourquoi douze mille efclaves
font - ils annuellement néceffaires pour en réparer
la perte ?

4 *Avril.* M. l'abbé *de Clamarens* vient de
mourir. Il étoit connu par un bulletin de nouvelles qu'il rédigeoit & envoyo t à fes amis. Sans
avoir autant de vogue que celui de Mad. *Doublet*,
ce bulletin étoit eftimé pour fa véracité. Son auteur , homme de qualité très - répandu , étoit
fort en état d'être inftruit des événemeuts, & fe
faifoit un plaifir de les rendre , toujours avec
fageffe , quoiqu'avec une malignité qui donnoit
quelquefois beaucoup de fel à fes récits.

5 *Avril.* Toute la magiftrature à été fi mé-
contente de la lettre de M. *Dupaty* , dont on a
parlé précédemment , contre l'article II de la
déclaration du vol domeftique, qu'il eft intervenu
un arrêt du confeil du 2 mars, qui fupprime
cette lettre , & les paragraphes des différents journaux qui en ont parlé , tels que le *Journal En-*
cyclopédique , la *Gazette des Tribunaux* , le *Jour-*
nal de Lorraine , l'*Efprit des Journaux* , les *Affiches*
de Limoges , &c. comme tendants à ébranler une loi
fur laquelle repofe la fureté publique , par une citation déplacée de la lettre interprétative de cette

déclaration du garde-des-fceaux d'Armenonville. Cet arrêt leur défend en outre, & à tous auteurs de feuilles publiques, de parler des matieres de législation ou de jurisprudence.

Cependant comme la *Gazette des Tribunaux* est protégée, fon interdiction n'est que paffagere, & elle a repris fon cours.

5 *Avril.* En faifant la récapitulation des différents travaux de chaque fpectacle, durant l'année dramatique, on trouve toujours que la comédie italienne l'emporte infiniment fur les deux autres. En voici l'énum.ration refpective.

Au théâtre lyrique, quatre opéra nouveaux: *les Danaïdes, Diane & Endimion, Dardanus & Panurge.*

On a en outre continué ou repris la repréfentation de onze ouvrages, *Caftor & Pollux, Armide, Iphigénie en Aulide, Iphigénie en Tauride, Atys, Renaud, Didon, Chimene, le Seigneur bienfaifant, le Carnaval* & l'*Afte de Tibulle.*

A la comédie françoife, une tragedie en cinq actes, *la Cléopâtre;* un drame tragique en quatre actes, *Abdir;* deux comédies en cinq actes, *le Mariage de Figaro, l'Avare ou bienfaifant;* deux comédies en trois actes, *le Bienfait anonyme,* joué une fois en 1785, mais refondu, & *la fauffe Coquette:* enfin deux comédies en un acte, *Corneille aux champs-Elyfées & les Epreuves.* En tout huit nouveautés.

On a remis en outre à ce théâtre quatre tragédies: *les Druides, Orefte, Rome fauvée, Wenceflas,* & une comédie en cinq actes, la *Coquette corrigée,* de *la Noue.*

Quant à la comédie italienne, elle a donné vingt-trois nouveautés, dont la lifte ne feroit

à cinq ou fix près reftées au théâtre , qu'un catalogue de pieces mortes & enterrées.

On y a remis encore *Ifabelle & Fernand* , le
Mort - marié & *Florine*.

La comédie italienne enfin a repréfenté à la
cour , le 29 octobre 1784 , *le Barbier de Séville* ,
mis en mufique par M. *Paëfiello* , paroles arran-
gées par M. *Framery* , & le 4 mars 1785 *Théodore , ou le Bonheur inattendu* , comédie en trois
actes & en profe , par M. *Marfollier des Vivetieres* ,
mufique de M. *Davaux*.

5 *Avril*. Le colonel *Saint - Léger* , eft un fuperbe homme , un anglois , que le prince de
Galles honore de fon amitié. On vend fon portrait
dans la maniere noire , en pendant de celui du
prince. A Paris depuis quelque temps , il faifoit
fa cour à Mlle. *Brodet* , Angloife , devant être
fort riche , penfionnaire au couvent de Panthe-
mont. Il étoit parvenu à la féduire , & l'avoit
déterminée à fe laiffer enlever. Mais pour que
cette évafion n'eût pas l'air d'un rapt , Mlle. *Brodet*
devoit emmener avec elle une autre penfionnaire ,
fon amie , qui en étoit auffi confentante. Celle- ci
avoit une petite fœur , envers qui elle avoit eu la
foibleffe de laiffer tranfpirer une partie de fon
fecret. La petite fœur , depuis ce moment , pleurant
toujours , une religieufe s'en eft apperçue & a
voulu en favoir la raifon. Etonnée de la feparation
projetée , elle en a rendu compte à l'abbeffe , qui
eft remontée adroitement à la fource , & a inter-
cepté des lettres à Mlle. *Brodet* , où le colonel
parloit de mettre le feu au couvent , afin de
favorifer fon deffein : l'abbeffe en a fur le champ
inftruit M. le lieutenant - général de police , qui
a fait garder l'abbaye. Le ravifleur , s'appercevant

de cette précaution, s'est douté que la mine étoit éventée, & a pris la fuite.

Le pere du colonel, alarmé de ce départ précipité, & instruit par M. *le Noir* du motif, a prétendu que c'étoit une calomnie ; mais madame l'abbesse lui a montré les lettres, & fait connoître tous les détails du complot abominable de son fils ; il n'a pu ne pas en reconnoître l'écriture ni le defendre.

5 *Avril*. Relation de la séance publique de l'académie royale des inscriptions & belles-lettres, pour sa rentrée d'après pâques.

Les soins du secretaire de l'académie, monsieur *Dacier*, pour donner à ces assemblées plus de vogue & de lustre, continuent, & le succès y répond. La salle, sans être encore pleine, n'avoit point l'air d'un désert, comme autrefois.

Il a ouvert la séance & a dit: Le sujet du prix à décerner dans cette séance étoit de déterminer : *Quelle étoit l'étendue des domaines de la couronne lors de l'avénement de Hugues Capet au trône : Quelles possessions ce prince y ajouta ; comment & par quels moyens ces domaines s'accrurent jusqu'au regne de Philippe-Auguste exclusivement ?*

L'académie avoit déjà été obligée de le réserver en 1783, & elle avoit invité les auteurs, en leur proposant de nouveau ce sujet pour cette année, à se renfermer dans les bornes de la question, & à ne point la négliger pour se livrer à des discussions étrangeres ; mais ayant retrouvé dans les mémoires qui lui ont été adressés, une grande partie des défauts qu'elle avoit observés dans ceux du concours précédent, elle s'est vue avec peine forcée de réserver une seconde fois ce prix, & elle propose encore ce sujet pour pâques de l'année

1787, en obfervant qu'elle n'entend par domaines :
1°. *Que les domaines proprement dits, ou poffessions
territoriales.* 2°. *Les droits féodaux utiles, repré-
fentant les domaines territoriaux.* 3°. *Les droits
attachés à la fouveraineté, tels que les droits de
monnoies, de gîtes de rivieres de voiries, &c.*

Il a déclaré enfuite que l'académie n'ayant
pas diftribué à la Saint-Martin 1784, le prix
qui en faifoit l'objet, la compagnie propofoit
le même fujet pour la Saint-Martin 1786; il
s'agit d'examiner : *Quel fut l'état du commerce
chez les Romains, depuis la premiere guerre pu-
nique, jufqu'à l'avénement de Conftantin à l'Empire.*

De fuite M. *Dacier* a procédé à la lecture de
l'Eloge de M. Bignon, honoraire de l'académie,
mort l'année derniere. Après avoir établi la filiation
de cette famille comme naturalifée dans la compagnie, il en eft venu à fon héros qui, péri à
la fleur de l'âge, & fujet médiocre par lui-même,
étoit une matiere fort aride. Auffi l'a-t-il quitté
bientôt pour parler de la bibliotheque du Roi,
à laquelle préfidoit M. *Bignon,* en vertu d'une
autre forte de droit héréditaire.

Cette bibliotheque a fourni à M. *Dacier* un
épifode curieux & intéreffant par les détails où
il eft entré, non-feulement fur les richeffes littéraires qu'elle renferme, mais fur les travaux des
favants qu'elle occupe. Il la regarde comme le plus
beau monument, comme le plus riche tréfor qui
ait jamais exifté en ce genre. Il la préfere à cette
bibliotheque d'Alexandrie fi vantée, fi regrettée.

Il a fait un tableau vrai & touchant de la
vie de la plupart des coopérateurs de cette bibliotheque, qui abfolument concentrés dans fon fein

y confument leurs jours dans des recherches pé-
nibles qui fervent à l'illuftration de tant d'autres,
dont on jouit fans en connoître l'étendue & l'importance, fans leur en favoir le moindre gré, &
qui meurent enfin obfcurément, fans qu'on fache, pour ainfi dire, s'ils ont exifté.

En général, cet éloge, d'une diction fimple &
modefte, comme le fujet, a plu beaucoup à la
fois aux érudits & aux gens de goût.

La lecture des mémoires a été partagée entre les
nouveaux affociés dont on a annoncé l'intromif-
fion dans la compagnie, du choix du Roi.

M. *Houdard*, très-verfé dans les anciens monuments de notre hiftoire, qui même, dit-on,
a été envoyé pour feuilleter dans les archives de
la tour de Londres, a commencé par des *Recherches fur l'origine & les caractères des loix de
la principauté de Galles*. Elles ne font qu'une partie
du grand mémoire que ce favant homme a réfervé pour les affemblées particulières. En général,
fon objet eft de prouver que ces loix, originaires
des Gaulois, fe font confervées depuis ce temps
fans que le mélange des Normands, des Danois
& des Barbares qui ont fait des defcentes dans la
Grande-Bretagne, les aient altérées. Elles font
fimples, juftes, aufteres & douces comme les peuples dont elles émanent.

M. *Silveftre de Sacy*, confeiller à la cour des
monnoies, le fecond en rang à faire fes preuves
devant le public, & qui paffe pour un des hommes
les plus érudits de nos jours dans les langues meres,
l'hébreu, le fyriaque, le chaldéen, l'arabe, a donné
un échantillon de fes connoiffances dans cette derniere par une digreffion fur quelques événements
de *l'hiftoire des Arabes avant Mahomet*. Ce moi-

ceau , plus oratoire que difcuté, s'eft trouvé rempli
de différents difcours de princes de ces temps - là ,
où le génie de la langue dont ils font traduits ,
a paru faifi parfaitement bien. L'auteur a confervé
le ftyle hardi & métaphorique , l'emphafe quelquefois fublime , plus fouvent gigantefque , enfin
ce mélange de fimplicité & d'enflure très - ordinaire dans les écrivains arabes.

Le mémoire le plus intéreffant & qui , fans con-
tredit , a fait le plus de plaifir au public , a été
celui de dom *Poirier.* C'étoit la première fois qu'on
voyoit fiéger en ce lieu un bénédictin , quoique
cette favante compagnie , remplie de fujets livrés
fpécialement au même genre d'étude que l'académie des belles - lettres , pût à elle feule fournir
peut être affez de membres érudits pour en compofer une.

Le mémoire du nouvel affocié rouloit fur le
*récit des hiftoriens anciens & modernes , au fujet
de l'avénement de Hugues Capet au trône.* Son
fyftême eft de prouver que ce prince , le chef de
la troifieme race de nos rois , n'a point eu la
couronne par ufurpation , mais l'a tenue du con-
fentement libre de la nation ; ce qu'il ne femble
pas avoir établi invinciblement. Il n'a point exa-
miné d'abord , préalable néceffaire , fi la nation
s'étant départie de fon droit en faveur de la race
des Carlovingiens , avoit affez de griefs pour
recouvrer ce droit avant l'extinction de la maifon
régnante. Enfuite les témoignages qu'il admi-
niftre en faveur de fon opinion , ne font rien
moins qu'irréfragables. Quoi qu'il en foit , ce
morceau , qu'on fent parfaitement avoir été choifi
par l'adulation , eft fpécieux & très - bien fait dans
fon genre. S'il n'eft pas convaincant au fond , il

eſt échafaudé d'une maniere adroite , & l'on eſt
contraint d'avouer qu'au moins l'auteur eſt très-
verſé dans la connoiſſance des monuments de
notre hiſtoire ; qu'il poſſede aſſez l'art d'en tirer
parti pour ſoutenir également la theſe contraire,
& ſans doute avec plus d'avantage encore , parce
qu'elle eſt la plus vraie.

L'abbé Monges , chanoine régulier de la congrégation de Sainte - Génevieve , dont la robe a
paru moins extraordinaire parmi les académiciens,
puiſqu'on voit depuis long - temps ſiéger le pere
Pingré à l'académie des ſciences, a lu le quatrieme
mémoire , dans lequel il examine *l'origine & l'em-*
ploi des Médailles chez les Romains. Il eſt de l'avis
de tous les ſavants en ce genre , que les médailles
ſervoient de monnoies. Il réfute l'opinion du pere
Hardouin & d'un autre antiquaire, différente du
général. Ainſi ce mémoire ne préſente aucune
découverte nouvelle au fond , mais il eſt curieux
par une diſcuſſion , étendue ſur la maniere dont ces
médailles étoient fabriquées. L'auteur examine ſi
elles étoient moulées ou frappées ; & il prouve
que les anciens ſe ſervoient de l'une & l'autre méthode.

M. *de Rochefort* a lu pour le baron de *Sainte-*
Croix, nouvel aſſocié libre de l'académie , une *Dif-*
ſertation ſur l'état des étrangers domiciliés à Athenes.
Ils étoient proſcrits de Sparte : mais quoique to-
lérés dans l'autre république , c'étoit d'une maniere ſi dure & ſi vexatoire , qu'elle équivaloit
preſque à une proſcription. Tel eſt le but , à ce
qu'il nous a paru , du travail de l'académicien.

Quoiqu'il ne fût pas cinq heures & demie ,
lorſque cette lecture a fini , les écoliers académiciens ont trouvé bon de gagner un quart - d'heure
& ſe ſont levés bruſquement.

6 Avril. Mad. *de Sainte - Hélene* eſt une jeune
femme créole (*Fontenelle* en ſon nom) très - bien
née. Elle eſt pleine de charmes , de graces , d'art
& d'eſprit , vive & féduiſante , très - inſtruite ,
d'ailleurs ſachant pluſieurs langues, faiſant des
vers , & n'ayant en apparence d'autre défaut
dans la ſociété , qu'un peu de cauſticité. Elle n'a
que vingt - quatre ans. Son mari en a trente - ſix;
il eſt très - laid; mais elle en ſembloit ſi fort amoureuſe , que non - ſeulement elle n'a jamais voulu
faire lit à part, mais qu'elle le careſſoit publiquement , au point de rendre jaloux les ſpectateurs
qui avoient quelque prétention.

M. *de Sainte - Hélene* a un frere cadet , très-
bel homme , au contraire. Il devoit ſe marier à
une demoiſelle *Margenci* , niece d'une Mad. *de la*
Rue , femme du payeur des Rentes , avec qui
Mad. *de Sainte - Hélene* étoit très - liée. Celle - ci
vient trouver ſon amie ſur la premiere nouvelle de
ce mariage , & lui fait un portrait affreux du
futur. Mad. *de la Rue* lui rit au nez ; lui répond
qu'elle n'a point conſenti au mariage de ſa niece
ſans avoir fait des informations , & qu'il n'eſt
rien du tout de ce qu'elle avance. Cette tournure
n'ayant pas reuſſi, Mad. *de Sainte Hélene* ſoupire ,
& lui dit qu'elle va lui ouvrir ſon cœur, & lui
confier un ſecret , à condition qu'elle lui donnera
ſa parole d'honneur de ne jamais le révéler. Elle
lui déclare qu'elle eſt amoureuſe folle de ſon
beau - frere ; qu'elle vit avec lui , & qu'elle en
eſt groſſe en ce moment ; qu'elle ne le verroit
pas tranquillement paſſer dans les bras d'une autre;
qu'elle eſt capable de ſe porter à toutes les extré-
mités dans un accès de jalouſie , & de ſe brûler
elle - même la cervelle. Mad. *de la Rue*, en femme

prudente, lui répond qu'un mariage auffi avancé ne fe rompt pas auffi brufquement ; qu'elle va le retarder fous quelque prétexte jufqu'à ce qu'elle puiffe faire mieux. En effet, ce mariage fe recule jufqu'après les couches de Mad. *de Sainte-Hélene*, & enfin fe termine. A peine eft-il conclu, que le nouveau marié, pour éloigner ce fpectacle des yeux de fa belle-fœur, part pour Bordeaux avec fa femme. Il s'enfuit une rupture ouverte entre Mad. *de Sainte-Hélene* & madame *de la Rue*, fans qu'on en fache le vrai motif.

Le vendredi-faint madame *de Sainte-Hélene* va à confeffe ; le lendemain elle va raconter ce fait chez plufieurs femmes ; elle dit qu'après s'être réconciliée avec Dieu, elle veut fe réconcilier avec fes ennemis, & fe rend chez madame *de la Rue*, qui avoit pris médecine. Malgré cet obftacle, elle rompt toutes les barrieres & pénetre jufqu'au lit de fa bonne amie ancienne ; elle fe précipite fur elle & lui fait toutes fortes de careffes : elle attribue ce retour à celui qu'elle a fait vers Dieu ; elle parle de fes vifites du matin ; d'une Américaine qui l'avoit engagée à dîner pour le jour de Pâques, dîner qu'elle a refufé, parce qu'elle fe propofe de faire fes dévotions ce jour-là, & de paffer toute la journée à l'églife. Enfuite elle quitte madame *de la Rue* fous prétexte d'aller fe chauffer, & vraifemblablement jette du poifon dans une caffetiere qui étoit au feu pour donner à boire à la malade : elle fort enfuite.

Madame *de la Rue* ayant demandé de la boiffon, fe trouve bientôt dans un état affreux & convulfif. Elle foupçonne quelque chofe. On donne de cette boiffon à un chien, qui en meurt. On envoie chercher des gens de l'art, qui décompofent la liqueur & y trouvent du fublimé corrofif. Après avoir adminiftré tous les fecours néceffaires à madame *de la Rue*, fon gendre fe rend chez M. le lieutenant de police & lui raconte cette aventure. Le magiftrat part fur le champ pour Verfailles, & revient avec tous les pouvoirs néceffaires : le lendemain matin à fix heures, un commiffaire & un exempt fe tranfportent chez madame *de Sainte-Hélène*, encore au lit à côté de fon mari. On lui fignifie l'ordre de fe rendre chez M. *le Noir*. Elle s'habille & demande fes poches : l'exempt s'en étoit emparé, & lui répond qu'il ne peut les lui remettre que chez M. *le Noir*. Son mari veut l'accompagner & l'on y confent.

Tous deux rendus chez M. le lieutenant de police, il commence par vifiter les poches & le porte-feuille.

Dans les premieres on trouve encore du poifon, & dans le fecond, une lettre à milord *Digby*, anglois, auquel elle rendoit compte de fon abominable action.

M. *le Noir* fait d'abord entrer le mari, lui demande s'il reconnoît l'écriture de fa femme, lui fait lire la lettre, & lui ajoute qu'après un pareil aveu, il croit que c'eft lui rendre un fervice & à la fociété entiere, de les délivrer d'un pareil monftre ; qu'il peut fe regarder comme veuf.

On croit que madame *de Sainte-Hélène* a été conduite dans une des maifons de force qui font aux environs de Paris. Elle nourriffoit un petit garçon dont elle étoit accouchée : le fieur *Gardanne*, médecin de ces maifons, eft venu le prendre & le lui a remis, a ce qu'on croit, pour en continuer la nourriture. Le mari, qui eft capitaine d'infanterie, eft parti pour fon régiment.

Telle eſt l'étrange cataſtrophe qui eſt en ce moment la matiere de toutes les converſations de la capitale, très-propre à fournir le fond d'un roman auſſi atroce que celui des *Liaiſons dangereuſes*, & qui pourroit lui ſervir de pendant.

Madame *de la Rue*, depuis ce temps eſt dans la déſolation & a fait fermer ſa porte.

6 *Avril*. On a appris depuis peu la mort du fameux comte *de Parades*. On dit qu'elle eſt arrivée dans l'iſle des Maſſacres, auprès de Saint-Domingue.

6 *Avril*. Mlle. *Lavau*, jeune actrice de la comédie françoiſe, s'habillant pour jouer la comédie chez madame *de Monteſſon*, le feu a pris à ſes cotillons: le ſieur *Fleuri*, autre comédien, qui étoit avec elle, a inutilement tenté de la ſecourir; elle n'avoit point de domeſtique autour d'elle: ils ont perdu la tête. Elle eſt dans un état déplorable, à faire craindre qu'elle ne puiſſe jamais reparoître en public.

Le ſieur *Fleuri* a joué, le bras en écharpe, aujourd'hui dans *la Coquette corrigée*.

Mlle. *Lavau* n'étoit point jolie, & jouoit médiocrement bien; en ſorte que ce n'eſt une perte, ni pour le théâtre, ni pour le monde galant.

6 *Avril*. Relation de la ſéance publique de l'académie royale des ſciences, tenue aujourd'hui pour ſa rentrée d'après Pâques.

Le prix ſur la *théorie des aſſurances maritimes*, que cette compagnie devoit adjuger en 1783, & qu'elle avoit renvoyé à cette année, eſt encore remis à l'année 1787. Il ſera triple, c'eſt-à-dire, de 6000 livres: la piece couronnée ſera proclamée dans l'aſſemblée publique de Pâques.

Après cette annonce, M. le marquis *de Con-*
dorcet a lu *l'Éloge de Margraff*, membre de l'académie royale des sciences de Berlin, & associé
étranger de celle de Paris, depuis 1777.

Cet éloge d'un allemand & d'un savant, d'un
chymiste uniquement occupé de son laboratoire,
fournissoit peu de matiere aux digressions philo-
sophiques de l'orateur. Aussi a-t-il paru plus
sec que de coutume. Un seul endroit, très-sin-
gulier, a réveillé l'attention publique. C'est celle
où parlant des qualités personnelles de son héros,
le panégyriste n'a pu dissimuler qu'il étoit très-
intempérant. Mais M. *de condorcet* a prétendu
qu'il falloit jeter un voile sur les défauts des
grands hommes, & les respecter jusques dans leurs
foiblesses.

Pendant que le secretaire se reposoit & repre-
noit haleine, il a été communiqué à l'assemblée
cinq mémoires.

L'un de M. *de Cassini, sur la température des
caves de l'Observatoire*, qu'il a découvert avoir
été mal jugée jusqu'à présent: avant on la trouvoit assez égale, &, suivant lui, elle est susce-
ceptible de beaucoup de variations.

L'autre, de M. Meunier. Celui-ci a lu la
*suite des expériences entreprises par l'académie sur
les machines aérostatiques*. Les nouvelles roulent
encore sur le ballon dont il avoit été question
dans la séance de la Saint-Martin, & qui toujours
suspendu à la voûte de la salle, n'a, depuis ce
temps, presque rien perdu de son gaz, en sorte
qu'il en a conclu de plus en plus l'imperméabilité
de son enveloppe. Mais cet apôtre zélé de l'art de
naviguer dans les airs, en est resté là, & n'a
pas fait un pas de plus.

Le troisieme, de M. l'abbé Teffier, *sur les cyprès chauves*. Il ne nous a rien appris, ou du moins l'ennui pendant que l'académicien lisoit, a été si fort qu'il a dégénéré en un murmure qui empêchoit de l'entendre.

On en peut dire autant du quatrieme mémoire de M. Bartholet, *sur l'acide minéral déphlogistiqué*.

L'attention s'est réveillée à l'égard du cinquieme, de M. Quatremere d'Isjonval, *sur les bêtes à laine*, d'une utilité trop reconnue pour ne pas intéresser toute l'assemblée. Il mérite un extrait détaillé.

En Espagne & en Angleterre les bêtes à laine n'ont d'abri que le ciel. M. Daubenton a imaginé que ce moyen devoit réussir à plus forte raison en France, dont le climat est tempéré. Il a consacré dix-huit ans à cette expérience, couronnée par un succès constant. Il en résulte que les troupeaux exposés à l'air, sont sujets à peu de maladies & jamais aux mortalités ; que leurs laines égalent les laines superfines d'Espagne ; qu'enfin le régime des troupeaux en France contrarie la nature & l'instinct de ces animaux.

M. Quatremere d'Isjonval, digne éleve de son maître en ce genre, a cherché à grossir la liste des faits que le premier avoit jusqu'à présent recueilli seul. A l'appui de l'affirmative des deux questions formant le problème à résoudre : La température de la France permet-elle de tenir les troupeaux à l'air pendant toute l'année ? Ce régime augmente-t-il leur santé, leur force, leur multiplication, mais sur-tout la quantité & la qualité de leur lainage ? Les faits du disciple prouvent

vent encore plus que M. Daubenton n'avoit cru devoir annoncer.

Les expériences de celui-ci avoient été faites à Montbard. La plupart des bêtes à laine réunies dans ses bergeries étoient de belles & bonnes races, toutes de diverses provinces de la France & des royaumes où ces animaux sont vigoureux & de haute taille; on prétendoit n'en pouvoir rien conclure pour les bêtes à laine de petite taille. C'est cette objection que le savant naturaliste a voulu détruire.

M. d'Isjonval a choisi le Berry, comme la province où est l'espèce la plus chétive sous tous les rapports.

Le 1 décembre 1781, il a fait sortir de cette province 102 bêtes à laine. Ce troupeau a été établi dans un clos que M. d'Isjonval possède près Paris, c'est-à-dire, 74 lieues plus nord que son pays natal, & au 1 avril un seul mouton étoit mort. Ce troupeau qui, pendant tout l'hiver, excitoit la pitié du voisinage, en fit l'admiration l'automne suivant.

L'année suivante M. d'Isjonval choisit l'espèce de moutons la plus délicate & la plus chétive du Berry. Il en fit venir un troupeau de 170 bêtes. Elles se trouverent comme ensevelies durant les neiges de ce long & rigoureux hiver, & ne s'en porterent que mieux.

Enfin la troisième expérience de l'hiver dernier est encore plus démonstrative. Il s'agissoit de 165 bêtes, toutes atteintes de la gale la plus opiniâtre, & elles sont au moment actuel saines & vigoureuses. Le savant propriétaire les conserve pour les faire voir aux Parisiens & les faire revenir de leurs préjugés. Il espere bien que dans cent ans il n'exiftera pas une feule bergerie en France, mais il voudroit accélérer cet heureux moment.

Le márquis de Condorcet qui avoit réfervé, pour clore la féance, l'*Eloge d'Euler*, a repris la parole en cet inftant , & nous a peint ce favant dans le plus grand détail. Il n'eft perfonne qui ne fache que c'étoit un des plus célebres géometres du fiecle. Il a fait 800 mémoires fur la géométrie pure ou appliquée aux autres fciences, & il en eft 300 d'imprimés , formant prefque tous des ouvrages & des traités complets. Il étoit fi pénétré de cette fcience, qu'il la voyoit par-tout. Il difoit que tel vers de Virgile qu'il poffédoit par cœur, l'avoit conduit à quelque découverte géométrique. Ayant prefque perdu la vue fur la fin de fes jours, il s'en confoloit , parce que fes yeux pouvoient voir encore des calculs algébriques ou des figures géométriques tracés à grands traits.

M. Euler étoit de l'académie de Pétersbourg , où il avoit été appellé anciennement. Paffé à Berlin où il alloit fe fixer, la Reine - mere fe faifoit un plaifir de l'entretenir & de l'admettre dans fon intimité: mais, malgré cette confiance, Euler ne répondoit que par monofyllabes. S. M. lui en témoigna fa furprife : *Madame*, s'écriat-il, *c'eft que je viens d'un pays où , quand on parle, on eft pendu.*

M. Euler étoit bon croyant & pratiquoit fes exercices de religion.

Cet éloge, quoique très-étendu , fournit peu de citations, parce qu'il confiftoit principalement à rendre compte des travaux d'un favant auffi laborieux, & mort dans un âge avancé. Du refte, toujours des morceaux précieux & qui jettent beaucoup d'intérêt dans la narration du marquis de Condorcet ; mais auſſi un retour trop fréquent d'idées & d'expreſſions dénigrantes , indiquant un écrivain , ſouvent triſte , ulcéré , imprégné de fi.l.

M. Fougeroux de Bonduroy devoit lire un mémoire utile ſur les étuves propres à la conſervation des grains , & en particulier du froment ; ſujet déja eſquiſſé par M. Duhamel , ſon oncle , mais le temps ne le lui a pas permis.

7 *Avril.* Puiſque le public ne ſe laſſaſſe point des balourdiſes & des platitudes de *Panurge* , il faut bien le déterminer à en rendre compte, ne fût-ce que pour marquer à quel excès de dépravation le goût eſt parvenu au theatre lyrique, ainſi que ſur les autres.

Dans ſon avertiſſement, l'auteur ſe targue de n'avoir pris dans *Rabelais* que le nom du perſonnage, ſon arrivée dans l'iſle des Lanternes & l'idée du bal. On va voir quels efforts de génie il a faits pour ſon compte.

Au premier acte le théâtre repréſente une place publique. On voit dans le fond un port de mer, & ſur un des côtés le portique d'un temple. Tout eſt préparé pour la fête de *Lignobie* , deeſſe des Lanternois.

Il eſt queſtion du mariage de deux chefs de l'iſle, qui doit ſe faire avec deux jeunes perſonnes, leurs concitoyennes. On invoque la déeſſe pour qu'elle leur ſoit favorable ; on lui fait des préſents, on couronne ſa ſtatue de fleurs Un Talapoin , prêtre de la divinité bizarre , déclare que les amants ne peuvent être heureux & époux, que lorſqu'un étranger , jeté ſur ce rivage, ſera devenu également épris des charmes des deux

beautés. Cette nouvelle les afflige. Il leur ajoute que
la déeſſe exige qu'ils ne ceſſent de rire & de chanter.
Le divertiſſement continue. Il ſurvient un orage
qui redouble la joie , dans l'eſpoir que l'oracle va
s'accomplir. En effet un naufragé arrive : c'eſt
Panurge. Les deux belles ſont les plus empreſſées
à le ſecourir & à lui témoigner leur joie. Il eſt
enchanté d'un tel accueil & commence à ſe prendre d'amour pour elles. Il eſt queſtion d'un bal
auquel elles l'invitent.

La décoration change au ſecond acte. C'eſt
l'intérieur d'une ſalle aſiatique. Il s'ouvre par un
monologue de *Climene* , femme de *Panurge.*
Abandonnée par ſon époux au bout de deux ans
de mariage , elle couroit après lui , lorſqu'elle a
été priſe par un corſaire & amenée en ces lieux
où elle eſt eſclave. Elle reconnoît *Panurge* & ſe
propoſe de ſe déguiſer pour le berner. Cependant
les deux belles s'efforcent d'opérer l'accompliſſe-
ment de l'oracle. Elles l'agacent à qui mieux
mieux. L'une eſt douce & l'autre vive & piquante.
La premiere le ſeduit, la ſeconde l'enchante: elles
le preſſent de ſe déclarer. Elles le quittent ſous
prétexte de ſe préparer pour le bal. Survient une
femme déguiſée en maître des cérémonies de
l'iſle. Elle vient lui donner des ſecours , & par
occaſion le plaiſante ſur ſa double paſſion.

Le théâtre change & repréſente ici une ſalle
de bal magnifiquement ornée ; ce qui donne lieu
à des danſes, pendant leſquelles les deux femmes
excitent de plus en plus *Panurge*, dont l'incertitude ne fait qu'augmenter en même temps. Pour
l'en tirer , *Climene*, toujours ſous le même dégui-
ſement, lui propoſe de conſulter une ſavante
ſybille qui n'eſt pas loin. Il y conſent.

Le troisieme acte s'ouvre par la décoration
d'un bois épais. On voit fur l'un des côtés une
efpece de rocher formant l'antre de la fybille,
& dans le fond le frontifpice du temple de
Lignobie. On conçoit que c'eft *Climene* qui doit
faire le rôle de la vieille forciere. Elle en inftruit
les quatre amants, apprenant avec furprife qu'elle
eft la femme de *Panurge*. Elle commence par le
bien faire tourmenter d'une troupe de lutins qui
s'oppofent à fon paflage, quoiqu'il ait attaché le
rameau d'or à la porte de l'antre. Enfin la pytho-
niffe paroît & raconte à *Panurge* toute fon hiftoire ; elle lui fait des reproches fur fon abandon :
il s'attendrit ; elle file peu-à-peu une reconnoif-
fance, & bien fûre du repentir de fon époux
elle fe découvre. Alors furvient le grand-prêtre ;
les quatre amants & le peuple le fuivent. Le
premier déclare que l'oracle eft affez accompli,
& que la déeffe eft difpofée à couronner les feux
des amants.

Ici, changement de décoration encore. On
voit au fond la déeffe des Larternois dans une
très-grande lanterne, & les côtés font éclairés
par des lanternes. L'auteur annonce qu'il a voulu
dans ce divertiffement donner une idée de la fête
des lanternes, chez les Chinois, telle que le pere
du Halde, hiftorien de ce peuple, la lui a four-
nie. Ce qui termine l'opéra.

C'eft fur ce fond fingulier que M. *Gretry* a
compofé fa mufique. Il s'eft efforcé de la rendre
auffi bizarre & a parfaitement réuffi. C'étoit la
feule façon de lui donner du caractere.

7 *Avril*. La riviere du Maffacre fépare la partie
françoife de Saint-Domingue de la partie efpa-
gnole. Au milieu eft une ifle qui porte le même

nom ; objet de contestation entre les deux peuples , & enfin que , par arrangement , sa majesté
Catholique donra au duc *de Noailles*. Celui - ci
l'avoit abandonnée à son fils le marquis *de Noailles* , alors ambassadeur en Angleterre. A son retour,
n'étant pas comme nos seigneurs à la mode,
voulant payer ses dettes, il prit le parti de vendre
cette concession ; ce qu'il fit, moyennant 300,000 l.
à un prête - nom du comte *de Paradès* , alors
occupé à Versailles de la politique qui a pensé
lui devenir si funeste. Depuis sa sortie il avoit
vendu déjà dans cette isle pour 1,500,000 livres
de terrain , & sans doute il étoit occupé à s'y
former une habitation, lorsqu'il y est mort. Telle
est la fin de cet aventurier, dont on a beaucoup
parlé un instant , qui depuis étoit absolument
tombé dans l'oubli , & qui n'a réveillé le public
sur son compte qu'en ce moment.

On dit que tout son bien va passer à une sœur
fort jolie , mariée à un officier suisse.

7 *Avril*. L'ordonnance concernant les procureurs & économes gérants aux isles du Vent,
déplaît beaucoup aux Américains. Ils disent qu'elle
ne peut pas subsister ; qu'ils ne seroient plus maîtres chez eux ; que leurs esclaves vont s'en prévaloir & devenir indociles. Les gens impartiaux,
au contraire, y développent des vues très-sages,
sans parler de ceux qui percent plus loin , & prétendent y trouver le germe de l'abolition future
de la servitude même de ces climats ; on y reconnoît le projet plus immédiat du gouvernement , au moyen de dépositions aux grefes,
d'états & connoissances réguliers de tous les envois des productions des isles faits en Europe,
de connoître positivement leur rapport jusqu'à

üne barrique de fucre , & de pouvoir , quand on
voudra , afleoir des impôts certains : enfuite le
deffein de détruire infenfiblement le privilege accordé aux premiers colons , de n'être point affujetti
aux faifies réelles , & de pouvoir trop facilement
fe fouftraire à leurs créanciers.

Une feule chofe confole les Américains , c'eft
qu'ils fe flattent que l'ordonnance reftera , comme
tant d'autres , fans exécution , les chefs & les
magiftrats étant eux - mêmes colons , & ayant le
même intérêt par conféquent de la faire tomber
en défuétude.

7 *Avril.* La demoifelle *de Vienne* , actrice
très-jolie , venant de Bruxelles , a débuté aujourd'hui aux François dans les rôles de foubrette
avec tant de fuccès , qu'on croit qu'elle va être
reçue d'emblée. C'eft un événement remarquable
à ce théâtre.

7 *Avril.* La comédie du *Mariage de Figaro*
paroît enfin imprimée avec la préface , revêtue
de toutes les formalités & dans toute fon info-
lence. On dit que c'eft un petit dédommagement
qu'on a voulu accorder à l'auteur , de la correction qu'on lui a infligée.

8 *Avril. Les trois Puiffances , ou Correfpondance entre le Temps , la Politique & l'Equité ,*
fur les affaires actuelles. Tel eft le titre d'une
brochure nouvelle que , pour comble de bizarrerie , on met fur le compte d'une dame hollandoife.
C'eft un bavardage vague , fans faits & fans
anecdotes , qui ne mérite pas qu'on en donne
aucune analyfe. On conçoit combien une correfpondance entre trois êtres moraux de cette efpece,
doit être froide. Le réfultat de tout cela eft de
conclure que l'Empereur étant le plus fort , a rai-

L 4

fon de demander la liberté de l'Efcaut; que la République doit favoir gré de fa modération à ce prince, qui fuccédant aux droits de fes ancêtres, & n'ayant pas ratifié le traité de Munfter en 1648, eft toujours cenfé fouverain légitime des Provinces unies.

8 *Avril.* Les planteurs françois de nos colonies raffemblés dans leur club, ont fenti la néceffité de répondre aux différents mémoires du commerce du 30 août; mais il y a malheureufement 'ciffion parmi eux. Cependant le grand nombre étant pour le maintien de cet arrèt, il a fallu minuter une juftification. Le galimatias de M. *Dubucq*, dans fon *pour & contre*, a dégoûté de cet écrivain. Un fieur *le Noir de Rouvré*, frere d'un notaire, grand bavard & yant l'oreille de M. *de Caftries*, avoit entrepris de plaider la caufe des Américains; mais fa diffufion, fon défaut de méthode, fon entortillage, fon manque de ftyle, ont determiné de choifir un homme de lettres pour rédiger les matériaux qu'on lui fourniroit. M. *Hilliard d'Auberteuil*, qui a déjà des notions fur cet objet, relativement à l'hiftoire de la guerre d'Amérique dont il s'eft occupé, a été choifi par les planteurs, & fon ouvrage paroît imprimé fous le titre du *Commerce des colonies, fes principes & fes loix. La paix eft le temps de régler & d'agrandir le commerce.*

9 *Avril.* Le fieur *Audinot*, depuis fa dépoffeffion n'eft pas refté dans l'inaction. Il annonce fon projet de revenir contre l'injuftice dont il fe prétend la victime, dans un mémoire qu'il répand depuis quelque temps & qu'on dit très-bien fait.

9 *Avril.* L'auteur *des trois Puiffances*, &c

brochure dont on a parlé ci-deſſus, annonce un projet vraiſemblablement de ſa façon, & ce projet ſe trouve dans une autre brochure, abſolument dans les mêmes principes & à-peu-près du même ſtyle. C'eſt *le partage des Pays-Bas, ou moyens de pacification*, par M. de V***. Ce pamphlet eſt plus hiſtorique. Son objet eſt d'empêcher les deux grandes puiſſances que doit craindre l'Empereur de ſe mêler de ſa querelle avec les Hollandois, &, ſuivant lui, le meilleur moyen c'eſt de partager avec elles le gâteau, de diminuer ainſi exceſſivement les états de la république, de n'en plus laiſſer qu'un noyau qu'on donneroit en ſouveraineté à la maiſon d'Orange. Il eſt horrible ſans doute de voir ainſi des écrivains mercenaires, ſoi-diſant philoſophes, enſeigner ſans détour aux ſouverains des leçons publiques de brigandage, que la politique de leurs miniſtres pervers n'eſt ſouvent que trop diſpoſée à ſuivre.

9 Avril. Le mémoire des Américains, rédigé par M. *Hilliard d'Auberteuil*, eſt très-bien fait & très-ſpécieux. Quoiqu'il ne ſoit pas ſans réplique, notre office de rapporteur impartial veut que nous le mettions dans tout ſon jour.

Suivant cet écrivain, l'événement mémorable qui a rendu l'Amérique ſeptentrionale à elle-même, exige de nouvelles combinaiſons politiques. Des peuples nouveaux, ſobres & navigateurs, qui ne ſont riches qu'en denrées d'utilité première, ſe trouvant placés entre la France & les colonies de l'Amérique, ne tarderoient pas à rompre les barrieres qu'on voudroit leur oppoſer. Il vaut mieux accorder aux beſoins reſpectifs de nos colons & des Américains du nord, tout ce qu'on peut céder ſans bleſſer les intérêts de la

L ſ

nation, que de caufer par des prohibitions mal
entendues, une contrebande fi générale, qu'elle
feroit féditieufe.

En affurant à la métropole tous les produits
des colonies, foit qu'elle puiffe ou ne puiffe pas
fubvenir à leurs befoins, ce feroit occafionner
aux colons des pertes qui ne tarderoient pas à
fe faire reffentir dans toute la nation.

Tel a été l'efprit de l'arrêt du confeil du 30
août, contre lequel les négociants réclament fi-
fortement.

M. d'Aubertenil entreprend de prouver que,
loin d'avoir à redouter de femblables inconvé-
niens d'une tolérance devenue néceffaire & dictée
par l'expérience, la politique & l'humanité, il
en réfultera les plus grands avantages pour toute
la nation, & qu'on accéléreroit le moment de
jouir de ces avantages, en ajoutant aux impor-
tations déjà permifes aux étrangers, celles des
negres de Guinée.

Tel eft le plan du défenfeur des Américains.

10 *Avril*. Les comédiens françois annoncent
pour premiere nouveauté, *les deux Freres*, comédie en cinq actes & en vers, de M. *de Rochefort*,
dont ils avoient fi mauvaife opinion, qu'ils élu-
dent de la jouer depuis un an.

10 *Avril*. M. *Hilliard d'Auberteuil* commence
fon ouvrage par une courte introduction fur le
régime qui s'eft établi aux colonies, tour-à-tour
favorifant le commerce prohibitif & le commerce
libre, jufqu'aux lettres-patentes de 1727, dé-
fendant abfolument le commerce étranger; lettres-
patentes dont l'effet, en procurant des fortunes
immenfes aux négociants, a été de tenir les
colonies dans l'enfance, & de les mettre fouvens

dans la détresse, peut-être eût été de les détruire radicalement sans une contrebande salutaire, nécessitée & tolérée par une sage administration. C'est dans cet état des choses que le gouvernement mieux éclairé, a rendu enfin l'arrêt du 30 août dernier, dont il s'agit de faire l'apologie.

L'ouvrage est divisé en deux parties, & chaque partie en deux chapitres.

Le premier de la première partie est dirigé contre les loix prohibitives appliquées aux colonies françoises de l'Amérique. On les a fondées sur le principe avoué des deux partis, que les colonies ne doivent exister que pour l'utilité générale de la nation. Mais l'auteur prétend que cette utilité n'est point la conséquence des loix prohibitives, qui ruinent à la fois les manufactures, le commerce, la marine, les colonies, pour enrichir quelques particuliers, au préjudice du commerce que ceux-ci s'empressent de quitter.

Le second chapitre traite du commerce, de la navigation & des matelots, des négociants & des fabriques. Il n'est qu'une extension, un développement de la derniere proposition.

Dans la seconde partie M. d'*Auberteuil* parle d'abord du commerce par les étrangers dans les isles françoises de l'Amérique. Il établit les motifs de l'arrêt du conseil du 30 août 1784, qui accorde dans ces colonies plusieurs entrepôts aux navires étrangers. Il y voit une source d'opulence, & pour les colonies & même pour la mere patrie. Il voudroit seulement qu'on permît aux étrangers une derniere espece de commerce indispensable : c'est la traite des noirs.

L'auteur finit par examiner ce point ; selon lui,

il n'eſt nullement avantageux au commerce de la
métropole de vendre les negres aux colons à des
prix exorbitants. Il ne l'eſt point à la nation
que les negres ſoient importés à Saint Domingue
par des François. Bien plus, la traite des negres eſt
onéreuſe à la France; elle y emploie des marchan-
diſes de prix, & qui ne ſont pas de notre crû, tandis que nos rivaux dans ce négore le font avec
des choſes de peu de valeur: elle fait ſortir ainſi
beaucoup d'argent du royaume & entraîne ſur-
tout la perte de beaucoup de matelots. Enfin c'eſt
un commerce effrayant pour les mœurs, & par
cela ſeul l'auteur deſireroit qu'on laiſſat aux étrangers, à nos ennemis politiques, ce que ce commerce peut avoir de lucratif, afin qu'ils ſe chargent
auſſi de ce qu'il a de déteſtable & de vil.

Ce dernier chapitre, très-ſuſceptible de *pathos*,
ſans être fort de raiſonnement, eſt rempli d'éloquence & de ſenſibilité.

10 *Avril*. Mlle. *Levaſſeur*, dite *Roſalie*, dont
on avoit prématuré la retraite de l'opéra en 1784,
vient enfin de quitter le théâtre, & ſans doute
elle eût mieux fait de l'effectuer alors: elle eût
emporté toute ſa gloire & toute ſa réputation,
au lieu que le peu de fois qu'elle a paru durant
le cours de cette année drairoit ne, par une com-
paraiſon humiliante il s'eſt trouvé que Mlle. *Saint-
Huberti* l'a généralement éclipſée.

Mlle. *Duplant* s'eſt retirée auſſi & fait un vuide
plus nature, quoique ſes rôles ne ſoient pas ſi
difficiles. Mais ils exigent en quelque ſorte une
ampleur, un volume, qu'il n'eſt pas donné d'avoir
aux meilleures actrices.

11 *Avril*. Il vient de mourir un M. *Render*
qui, peu connu, eſt qualifié dans ſon billet d'en-

terrement du titre faftueux *d'interpretes des langues facrées*. Du refte , il étoit auteur & éditeur de plufieurs livres liturgiques & de plufieurs commentaires fur l'écriture fainte , qui le rendoient redoutable aux rabbins , & lui feront tenir un rang parmi les favants de cette efpece.

11 *Avril*. Depuis la grande queftion élevée au fujet de la liberté de l'Efcaut , la foule des écrivains s'eft tournée du côté de la politique , à commencer par M. *Linguet* , par le comte de *Mirabeau* qui lui a répondu. Il paroît aujourd'hui : *Expofé fuccinct des droits imprefcriptibles & des prétentions légitimes de S. M. l'Empereur , fur plufieurs places hollandoifes , notamment fur la ville de Maftricht , le comté de Vroenhoven , le pays d'outre - Meufe , les villages de Rédemption , &c. Auffi fur plufieurs territoires , plages & péages de l'état de Liege , appartenants légitimement & imprefcriptiblement à l'augufte Maifon d'Autriche*. Tel eft le titre faftueux du mémoire in - 4°. déjà ancien , puifqu'il eft timbré de 1784. On y trouve un morceau préliminaire hiftorique très-bien fait , quant à la forme , mais du refte fans doute ajufté aux circonftances. On voit par cet ouvrage , & dès le titre même , que l'Empereur a de vaftes prétentions , non - feulement contre la Hollande , mais encore contre l'état de Liege.

L'objet de l'écrivain paroît auffi être en partie de réfuter une petite brochure , intitulée : *Obfervations fur l'article IX des demandes & répétitions de S. M. Impériale à leurs Hautes Puiffances concernant la ville de Maftricht , &c.* & d'appuyer l'auteur d'une autre qui contient des *Réflexions en faveur de l'Empereur* contre ce même ouvrage , & de faire caufe commune enfin avec le rédacteur des *Mémoires historiques & politiques des Pays-Bas autrichiens.*

Ce mémoire, quoique sentant l'étranger en quelques endroits, est assez bien écrit du reste & se lit avec plaisir dans les morceaux qui ne sont pas de discussion.

12 *Avril.* On a négligé de parler dans le temps de l'enregistrement fait le 24 janvier par la chambre des comptes, les semestres assemblés, de l'édit d'emprunt de 125 millions. Il est remarquable par une vigueur peu ordinaire à cette cour , faisant cette fois la leçon au parlement Il porte : « A la
,, charge par le garde du trésor & le trésorier-
,, général de la caisse des amortissements , dé-
,, nommés audit édit , de compter , chacun en
,, droit soi , des recettes & dépenses dudit em-
,, prunt dans le temps de l'ordonnance , & sera
,, le Roi très-humblement supplié de considérer
,, que des emprunts aussi multipliés tendent à
,, énerver le crédit de l'état, ou nécessiteront par
,, la suite , pour maintenir la fidelité des enga-
,, gements , à recourir à des ressources qui affli-
,, geroient le cœur dudit seigneur Roi , & que
,, les efforts des peuples sont épuisés ; enfin qu'on
,, ne peut obtenir un meilleur ordre dans les
,, finances , que par l'économie la plus sévere &
,, la plus suivie , la sage fixation dans les dé-
,, penses des départements,, l'accélération de leur
,, comptabilité. »

12 *Avril.* L'affaire de M. l'abbé *Soulavie* prend une tournure facheuse , en ce que l'intrigue & le fanatisme semblent avoir prévalu. D'une part on a si bien fait qu'on a déterminé l'archevêque à revendiquer l'affaire à son officialité. De l'autre, on a tellement circonvenu le lieutenant-criminel,

qu'on l'a engagé à acquiefcer, fans reftriction, à la
prétention du prélat ; quoique des magiftrats-fes
confreres lui euffent fait fentir que pour foutenir
les droits de fa jurifdiction , il devroit au moins
retenir l'affaire fur certains chefs : le tribunal eft
fort mécontent de cette foibleffe de M. *Bachois.*

13 *Avril.* La préface de la *folle Journée* ou du
Mariage de Figaro, n'eft pas auffi longue qu'on
l'avoit annoncée ; elle n'a que 50 pages ; ce qui
eft une bagatelle pour M. *de Beaumarchais.* Son
objet eft en effet de défendre fa comédie fur tous
les chefs , & fur-tout de repouffer le reproche
d'immortalité , de prouver que c'eft , au contraire ,
une excellente école des mœurs. On fent bien que
fa logique à cet égard n'eft pas extrêmement con-
cluante ; mais graces aux nouveaux principes qu'il
pofe , à la poétique qu'il imagine , à l'efprit qu'il
répand avec profufion , aux petits contes qu'il
amene à propos , à l'entortillage de fes idées ,
à l'obfcurité de fon ftyle , à fon perfifflage con-
tinu fous l'apparence de gaieté , il embrouille tellement la matiere que le lecteur ne fait trop où
il en eft , quand il a fini cette efpece de mémoire amphigourique , & en fort tellement fatigué , ennuyé , excédé , qu'il aime mieux l'en
croire , que de recommencer & de difcuter ce
verbeux amas de fophifmes , de paradoxes & d'affertions impudentes. Tout ce qu'on y voit de
plus clair , c'eft qu'il a fur fon chantier un autre
ouvrage dramatique intitulé : *La Mere coupable* ,
& dans lequel il fe propofe de *tonner fortement fur
les vices qu'il a trop ménagés* ; ce font fes expreffions.

Quant aux farcafmes violents qu'on s'attendoit à trouver dans cette préface contre l'abbé

Aubert , contre le marquis de Montefquiou , contre
M. Suard, en un mot contre tous les critiques qui
fe font avifés de mal parler de fa piece , en vers
ou en profe; on voit bien qu'il n'a pas envie de
leur faire grace ; mais la même obicurité dérobe
au lecteur les anecdotes qu'il avoit promifes à cet
égard, & l'on ne fort pas plus inftruit là-deffus
que fur tout le refte.

13 Avril. Après la grande queftion de la liberté de l'Efcaut , fur laquelle s'exercent tous les
politiques des différentes nations , il en eft une
autre qui occupe nos écrivains économiques &
leurs adverfaires : c'eft la liberté du commerce ,
relativement aux colonies des Antilles. Un nouveau champion pour les négocians fe met fur les
rangs. Il entreprend de réfuter M. Dubucq par
une réponfe à la brochure intitulé : le Pour &
le Contre. Cet ouvrage eft divifé en deux lettres.

Dans la première le défenfeur de la prohibition fe range du côté de l'auteur d'un Précis fur
l'admiffion des étrangers dans les colonies , qui a
donné lieu à celui du Pour & Contre de prendre
fon effor & d'en effayer une refutation.

Dans la feconde le même écrivain difcute les
vérités élémentaires pofées pour bafe dans le Pour
& Contre. Il fait voir à M. Dubucq que loin d'en
devoir tirer les conféquences qu'il en tire , on
en pourroit déduire avec plus de jufteffe des conféquences favorables au fyftême combattu. Il feroit faftidieux d'entrer dans une difcuffion plus
longue de ces lettres, où la matiere, plus appro-
fondie que dans les autres ouvrages du même
genre, n'en eft pas moins trop feche & trop rebattue pour en occuper long-temps ceux qu'elle
n'intéreffe pas effentiellement.

Cet ouvrage eſt attribué à M. *la Meſle*, négociant de Bordeaux.

13 *Avril*. La comédie *des deux Freres*, jouée
hier, n'a eu aucun ſuccès, & même pendant les
deux derniers actes, les murmures & les huées
ont été tellement multipliés qu'on n'entendoit
plus les acteurs. On feroit fort embarraſſé de dire
quel a été le but de l'auteur; quelle moralité il
a enviſagée en compoſant ſon drame. En général,
on voit une oppoſition entre la vie de la cour &
celle de la campagne; mais les incidents qui naiſ-
ſent dans le cours de l'intrigue ne marquent point
aſſez la dépravation de l'une & le bonheur de
l'autre, pour en tirer quelque conſéquence. Il eſt
étonnant que M. *de Rochefort* nourri de bons
modeles, & ayant toujours travaillé ſur l'antique,
ait fait un ouvrage auſſi manqué. Il ne mérite
pas qu'on entre dans plus de détails.

Pour juſtifier un peu la bizarrerie du plan
& de l'idée de l'auteur, on dit que cette comédie eſt tirée d'une anecdote du *ſpectateur
Anglois*.

14 *Avril*. M. le comte *de Mirabeau* eſt de retour de Londres. Il eſt dans cette capitale, mais
n'a pu obtenir la liberté de faire entrer ſon ouvrage en réponſe aux mémoires de Me. *Linguet*.
Il eſt bien étonnant que les journaux de celui-
ci, toujours ſur la même matiere, toujours injurieux aux Hollandois & quelquefois à la France,
ſuſpendus pendant long-temps pour cette raiſon,
ſe tolerent enfin, tandis que l'on empêche de
pénétrer le mémoire de M. *de Mirabeau*, deſ-
tiné à venger l'honneur de la Hollande & de la
France.

On dit que M. le duc *de Chaulnes* a cepen-

dant eu le fecret de faire paffer en contrebande
quinze exemplaires de l'ouvrage du comte *de
Mirabeau.*

14 *Avril. Le Courier de l'Europe ,* qu'on pourroit appeller plutôt le *Courier de M. de Beaumarchais ,* après avoir gardé le plus profond filence
fur fa retraite à Saint - Lazare , en fort aujourd'hui
pour vanter fes bonnes œuvres. Dans fa fameufe
lettre du 7 mars , M. *de Beaumarchais* fe plaignoit
que les journaux fe tuffent fur le noble enthou-
fiafme , avec lequel la ville de Lyon vient d'a-
dopter fon plan de charité pour les pauvres meres
qui nourriffent. Les journaux ayant continué à fe
taire , il a été obligé de faire parler le fien. On
voit dans le n. 27, du 5 avril, & la lettre de
cet apôtre de la bienfaifance , en date du 17
janvier, à meffieurs les adminiftrateurs de l'infti-
tut de bienfaifance à Lyon , par laquelle il demande à être leur agrégé , & offre en conféquence
mille écus , & la réponfe datée de Lyon le 25
janvier, où ces meffieurs l'exaltant avec l'adulation la plus outrée , le comparent à *Rouffeau,*
à *Voltaire ,* & encore ils n'en difent point davantage, pour ménager fa modeftie & fa déli-
cateffe.

On voit que l'objet de cette infertion eft d'effacer peu - à - peu l'impreffion faite fur le public
par le bruit de la correction de Saint - Lazare ,
qui a pénétré jufques dans les villages. On
trouve cependant mal · adroit au fieur *de Beaumarchais* d'avoir affecté de parler dans fa lettre
de Saint Vincent de Paul , fondateur des Lazariftes.

14 *Avril.* Depuis le poëme du *Lutrin de Boi-
leau ,* le chapitre de la Sainte - Chapelle & fes

dignitaires font fameux, fur-tout le *tréforier*, qui eft le premier. Il prétend avoir le droit d'ufer de la mitre, de l'anneau & autres ornements des évêques, excepté la croffe ; en un mot, d'officier pontificalement aux grandes fêtes de l'année. Mais il étend plus loin fes prétentions ; il a auffi fa jurifdiction contentieufe ; il rend des mandements, & tranche du petit prélat.

Le tréforier d'aujourd'hui eft un M. *de Moy*, homme de bonne condition, ci-devant curé de Saint-Laurent. Il paroît qu'il a voulu faire valoir fes droits, & qu'on parlât de lui à l'occafion de la naiffance du duc *de Normandie*.

Dès la feconde fête de pâques 29 mars, il a dévancé l'archevêque, & fans aucune lettre en autorifation du fouverain, a donné & fait afficher dans fon enceinte un mandement, qui ordonne deux *Te Deum*, pour célébrer cet événement heureux : l'un le mercredi 30 mars, dans la chapelle haute, & l'autre le lundi 4 avril dans la chapelle baffe.

Le mercredi 13, il a été rendu compte du fait dans le premier confeil de l'archevêque tenu depuis, & cet attentat à fa jurifdiction, à fa fuprématie du moins, y a fait grande fenfation. On ne dit point cependant qu'il ait été pris aucun parti à cet égard.

15 *Avril.* Il eft très-vrai que le fieur *de Beaumarchais* a dreffé un mémoire pour être mis fous les yeux du Roi. Il y prétend prouver qu'on a furpris la religion de S. M. qu'il ne méritoit nullement la correction qu'elle lui a fait infliger, & il attend de fa juftice qu'elle voudra bien reconnoître fon innocence. Il fuggere au monarque un moyen de le faire à la face de tout

l'univers, fans compromettre la dignité du trône ; c'eft de vouloir bien accepter la dédicace de *la Mere coupable*, piece de grande maniere, & au devant de laquelle le nom d'un fouverain peut très-bien figurer.

On n'a point encore ofé préfenter ce mémoire au Roi, qu'on fait être trop prévenu contre le fieur *de Beaumarchais*. Ses partifans affurent que le comte *de Vaudreuil*, qui s'intéreffe à lui, attend le moment favorable pour faire valoir cette juftification. Ils efperent qu'on pourra déterminer la Reine à s'y intéreffer, & ils ne doutent pas que la requéte du fuppliant ne foit exaucée, préfentée au Roi par cette main augufte.

16 *Avril*. L'abbé *Farjonnel*, confeiller de grand'chambre, vient de mourir. Il laiffe une place de clerc vacante, à laquelle monte par ancienneté M. l'abbé *le Coigneux de Bélabre*, qui n'eft reçu au parlement que de 1777, & n'a guere plus de trente ans. On dit que depuis un fiecle, il n'y avoit point d'exemple d'un confeiller-clerc de grand'chambre auffi jeune.

Du refte, cet abbé *le Coigneux* eft peu aimé de fes confreres & de la compagnie en général. Il y paffe pour l'efpion de M. le garde-des-fceaux; il eft toujours chez ce chef fuprême de la juftice. Afin que cette intimité foit moins fufpecte, quoique l'abbé *le Coigneux* ne foit pas le membre du parlement le plus érudit, le plus laborieux, le plus judicieux, M. *de Miromefnil* l'a préféré pour entrer dans le comité qui s'affemble chez lui, fous prétexte de travailler à la rédaction de toutes les ordonnances de nos rois, depuis l'origine de la monarchie, dont on a déjà parlé.

16 *Avril*. Quoique le fieur *de Beaumarchais*

fût arrêté, on avoit d'abord continué de mettre sur l'affiche de la comédie françoise: *en attendant le soixante & quatorzieme représentation de la Folle Journée, suspendue par l'indisposition d'un acteur.* Au bout de deux ou trois jours, cette annonce disparut absolument; & à la rentrée, il n'en étoit plus question. Enfin il y a quelques jours que les affiches en font mention de nouveau. Les amis de l'auteur disent que c'est déjà une seconde petite satisfaction que le gouvernement veut lui donner en attendant une plus grande.

Son édition de *voltaire*, va son train aussi, malgré le mandement de M. l'archevêque. Seulement il est défendu à tous les ouvrages périodiques d'en parler, de l'annoncer même. Le sieur *de Beaumarchais*, ne peut inviter les souscripteurs de venir prendre leurs exemplaires; il faut que ceux-ci devinent, ou soient instruits par d'autres. Cette inconséquence est si extraordinaire qu'on ne la croiroit pas, si l'on ne l'apprenoit dans les bureaux même du sieur *de Beaumarchais*.

16 *Avril*. On dit à l'archevêché que ce n'est point sans une mûre délibération que M. l'archevêque s'est déterminé à revendiquer le procès de l'abbé *de Soulavie*, contre l'abbé *Barruel*. Le prélat voit cette affaire avec beaucoup de peine. Il a consulté son conseil, & l'on a jugé cette tournure la meilleure pour empêcher qu'elle ne fît éclat, & peut-être qu'elle ne finît. Tel est du moins le projet qu'on présume, puisqu'on ne fait point signifier cette revendication à l'abbé *Soulavie*.

17 *Avril*. Le Palais-Royal devenu le centre de tous les marchands à la mode, de toutes les curiosités, des petits spectacles; en un mot, des

divers objets qui attiroient aux foires ; le wauxhall
de la foire Saint-Germain ne pouvant s'établir
dans celui-même, s'en rapproche le plus qu'il
peut, en se faisant construire une salle, rue Saint-
Thomas-du-Louvre, près la place. La redoute
Chinoise, qui craint auffi de devenir déferte
durant la foire Saint-Laurent, a choifi un em-
placement fur le boulevard, non loin de l'opéra.
On y travaille à force.

18 *Avril.* A l'occafion de la qualification de
duc *de Normandie*, donnée par le Roi au fils de
France nouveau-né, on a recherché les époques
où ce titre a été porté par fes pareils, & l'on
trouve que le fecond fils de *Charles VII*, depuis
duc de Guienne, mort en 1472, eft le dernier
qui en ait été revêtu.

18 *Avril.* Le magnétifme animal qu'on croyoit
profcrit, anéanti par le ridicule, devient plus à
la mode que jamais : fes merveilles s'accroiffent
& fe multiplient. Le docteur *Mefmer* fe repofe,
dit-on, fur fes lauriers, & jouit de l'argent
immenfe qu'il a ramaffé ; il ne fait plus que préfider. On parle d'un marquis *de Puyfegur*, qu'il
convient être plus habile que lui. Celui-ci
endort les malades ; il les jette dans un fomnam-
bulifme parfait, les fait obéir à la baguette & à
fes gefticulations. En forte que leurs volontés
correfpondent abfolument aux fiennes. Il y a plus :
cette fituation eft fouvent telle, que les fomnam-
bules acquierent un fentiment de prefcience,
ont des révélations de l'avenir & prophétifent.

Cette famille de *Puyfegur* a une vocation pour
cet apoftolat. On a déjà dit qu'un de fes freres,
nommé *Chaftenoy*, qui eft dans la marine, a

été le premier à dérober le secret du docteur. Il l'exerce dans les ports , & sur les vaisseaux avec tant de succès , qu'on l'y regarde comme un dieu, & qu'on se met à genoux devant lui.

Depuis les convulsions , on n'avoit point vu d'extravagance pareille. C'est le même délire , & un plus grand , puisqu'au moins les convulsionnaires attribuoient leurs prétendus prodiges à une force surnaturelle , & que les Mesméristes d'aujourd'hui se vantent de tout tirer de la nature.

19 *Avril*. Depuis la retraite de Mlle. *Duplan* , Mad. *Sainte-Huberti* s'est avisée de vouloir prendre ses rôles. Elle a commencé par *Iphigénie en Aulide* , où elle fait celui de *Clitemnestre*. Elle y a paru pour la troisieme fois aujourd'hui , & non-seulement sans succès , mais avec une défaveur marquée. Elle le dénature absolument , la foiblesse de son organe ne lui permettant pas de s'élever aux tours forts & véhéments qu'il exige , l'orchestre est obligé de se proportionner à son articulation molle & rallentie; encore la couvre-t il le plus souvent. Ce rôle perd dans sa bouche la plus grande partie de son énergie , & *Gluck* n'est plus reconnoissable.

Il n'en est pas de même de la nouvelle actrice , Mlle. *Dozon* , qui, peu au fait du personnage d'*Iphigénie* la premiere fois se l'est rendu propre dans les représentations suivantes. Sa jeunesse & la fraîcheur de sa voix s'accordent à merveille avec les graces qu'il exige , ses gestes sont simples & nobles , & malgré la difficulté d'unir au chant une prononciation bien nette , on ne perd pas un mot de son rôle.

19 *Avril*. Le secours annuel, destiné par le feu

comte *de Valbelle*, à l'homme de lettres qui sera
le plus dans le cas de l'obtenir au jugement de
l'académie françoise, a été accordé cette année
à M. *de Murville*, qui regardé comme fort à
l'aise jusqu'à présent, depuis son mariage se
trouve dans la détresse. Il avoit pour concurrent un
M. *chabri*, auteur peu connu, mais dans une
telle pénurie que, dénué de ressources, il a pris
le parti de quitter la vie & de se tuer. M. le duc
de Nivernois, qui l'avoit proposé à l'académie,
avoit prévu ce désespoir & en est très-affligé.

20 *Avril.* Entre les divers concurrents qui font
les visites, & se mettent sur les rangs pour obtenir la place vacante à l'académie françoise, deux
nouveaux ont singuliérement étonné.

L'un est M. *Gin*, d'abord avocat, puis con-
seiller du parlement *Maupeou*, & repoussé aujour-
d'hui au grand-conseil. C'est un traducteur infatigable d'Homere. Il est allé avec ses œuvres qu'il
a présentées à chaque électeur, se doutant bien
qu'il ne les connoîtroit pas. Il paroît qu'on lui a
ri au nez.

Le second est le président *Roland*, qui n'étant
ni grand seigneur, ni homme de lettres, mais
fort enflé de son mérite magistral, a tâté quelques-uns des chefs, tels que M. le duc *de Nivernois*. Ce postulant n'avoit à offrir que des
comptes rendus. Ils n'ont pas semblé un titre
suffisant à l'aimable seigneur, qui l'a persifflé
de façon à lui ôter l'envie de se présenter chez
les autres.

20 *Avril.* Le sieur *de Beaumarchais* continue
à rester en retraite chez lui, & bien des gens
commencent à croire que, malgré ce qu'il a écrit
au

au marquis *de Ximenès*, elle n'eſt rien moins que
volontaire. Pluſieurs de ſes partiſans, ſans avouer
qu'ils le tiennent de lui, l'inſinue & le diſent publiquement. Ils veulent même qu'avant la fin de
l'année il ſoit forcé de ſortir de Paris. Tout cela
eſt ſingulier & s'éclaircira peut-être.

21 *Avril.* Les aſſemblées publiques de l'académie françoiſe devenant des jours de ſolemnité
très-importants pour la compagnie, aux ap-
proches d'un nouveau jour de cette eſpece, elle
s'eſt occupée de remédier à un abus trop favorable
à l'amour-propre du ſecretaire, & trop contraire
à celui de ſes confreres : c'eſt que, tandis que
chaque membre n'avoit que huit billets à diſtribuer,
le ſecretaire, poſſeſſeur du moule, pouvoit en
fabriquer & diſtribuer tant qu'il vouloit à ſes
créatures, conſéquemment s'emparer de la ſcene,
& ſe faire applaudir comme & quand bon lui
ſembloit, & *vice verſa*, s'il avoit eu cette méchanceté, faire huer & ſiffler tout autre lecteur.

D'après ces conſidérations l'académie a délibéré
que, déſormais on fixeroit la quantité de billets
à diſtribuer, & qu'elle ſeroit répartie également
entre tous les membres.

21 *Avril.* On peut ſe rappeller une brochure
intitulée : les *Joueurs*, qui parut en 1781. Elle
fut ſuivie peu après d'une autre : *Tableau de Spa*,
bien propre à lui ſervir de pendant. On la donna
comme un manuel indiſpenſable à ceux qui
fréquentent ce lieu funeſte, & à tout homme
qui veut connoître les mœurs de ce ſiecle. Ces
ſortes de pamphlets ſont enlevés rapidement, &
l'on n'a pas manqué d'en faire une autre édition,
tellement augmentée & corrigée, qu'on l'a ap-
pellée *Nouveau Tableau de Spa*. Elle n'a paru que

deux ans après, & quoique datée de 1784, elle ne fe répand que de cette année à Paris. Elle eft encore tres-rare. Si elle en vaut la peine, on en parlera plus au long.

22 *Avril*. On fait que le comte *d'Arcq*, tenu par le parlement à fe retirer pardevant S. M. avoit été débouté de fa requête au confeil, demandant fon renvoi en cette cour. On affure aujourd'hui qu'il a été jugé à fond, & a perdu abfolument.

22 *Avril*. C'eft le 11 mars que l'abbé *Motret*, en fa qualité de promoteur-général de l'officialité diocéfaine de Paris, a remontré au lieutenant-criminel du Châtelet, avoir eu connoiffance que les fieurs *Barruel* & *Giraud de Soulavie*, tous deux prêtres du diocefe de Viviers, font en inftance pardevant lui, pour raifon d'injures que le fieur *Soulavie* affure être contraires à fa foi, à fon honneur, à fa réputation, & qu'il prétend avoir été confignées par le fieur *Barruel* dans un livre intitulé : *les Lettres Helviennes*, imprimé avec approbation & privilege, dans lequel le fieur *Barruel* fe propofe entre autres chofes de prouver qu'un autre livre auffi imprimé avec approbation & privilege, & compofé par ledit fieur *Giraud de Soulavie*, contient des propofitions dangereufes, & un fyftéme de prétendus faits auffi contraires à la narration de Moyfe & à l'enfeignement public, qu'à la faine phyfique & à la vérité, & attendu que ladite conteftation ne préfente qu'une action purement perfonnelle entre deux eccléfiaftiques, & que d'ailleurs le jugement de la caufe dépend en grande partie de l'examen d'un point de doctrine qui intéreffe effentiellement la révélation, il a requis, que conformément aux

loix canoniques obfervées dans le royaume & aux
ordonnances de nos Rois, il lui plût renvoyer la
caufe & les parties à l'officialité, &c.

Sur un *foit montré* du lieutenant-criminel,
du 13 mars, au procureur du roi, celui-ci a
déclaré qu'il n'empêchoit pour le Roi la caufe &
les parties d'être renvoyées, &c. à la charge
néanmoins du délit privilégié, comme auffi à
la charge par lefdites parties, dans le cas où il
auroit lieu à des dommages & intérêts, à fe
pourvoir pardevant le juge laïque : & ledit jour
13 mars, M. Bachois a mis un *foit fait ainfi qu'il
eft requis.*

23 *Avril.* Une brochure intitulée : Le bon
Homme Anglois, quoique timbrée de 1783, &
deftinée à la circulation, ne nous tombe que
depuis peu fous la main. Il paroît qu'en effet
l'auteur, tel qu'il foit, ne l'a point compofée:
proprio motu, & y a été excité par quelque autorité
puiffante. D'abord ce n'eft ni un *Anglois*, ni un
bon homme ; c'eft un François très-méchant qui
attaque, il eft vrai, un autre méchant homme,
Me. *Linguet.* Il le connoît très-bien, quoiqu'il
dife ne l'avoir jamais vu, & le peint à merveille.
Il eft fur-tout queftion dans ce pamphlet de fon
Hiftoire de la Baftille, & de fa détention dans
cette prifon. Le défenfeur du miniftere de France
fe décele fans doute, non-feulement pour n'être
pas Anglois, mais même pour ne pas fentir la
dignité de fon être, en approuvant une captivité
qui, fût-elle motivée fur des délits avérés,
devient injufte, dès qu'elle eft illégale. Au principe près, il dit des chofes affez judicieufes. On y
en rencontre qui ne peuvent guere lui avoir été
fuggérées que par le miniftere.

M 2

Une anecdote que l'écrivain faifit avec complaifance, qu'on avoit regardée comme une fable, acquiert plus de vraifemblance depuis que Me. *Linguet* s'eft déclaré ouvertement & à toute outrance l'apologifte de l'Empereur dans l'affaire de l'Efcaut. Cette anecdote confifte dans l'envoi fait par le journalifte à ce fouverain de mémoires politiques, qui pourroient bien contenir le germe des réclamations que nous avons vu éclore depuis.

L'obftination de l'auteur du pamphlet à vouloir attribuer à cette caufe la punition de Me. *Linguet*, prouve de plus en plus qu'il étoit foufflé par l'autorité, qui étoit bien aife de fe difculper d'une détention qu'on avoit regardée généralement comme accordée à la vengeance du maréchal duc *de Duras*.

La violence de la brochure fait foupçonner que le fieur *Morande* en pourroit être l'auteur. On y verroit alors tout naturellement le germe de la querelle entre ces deux journaliftes, & l'opinion qu'on y annonce de la poltronnerie de Me. *Linguet*, expliqueroit l'audace de fon ennemi à l'outrager auffi fortement qu'il l'a fait.

De quelque part qu'il vienne, ce pamphlet eft curieux & fe fait lire avec avidité.

23 *Avril*. Extrait d'une lettre de Boulogne, du 19 avril.... M. *Pilâtre de Rozier*, qui refte conftamment ici pour faifir le premier moment favorable de paffer en Angleterre dans fon aéroftat, hier 18 comptoit enfin appareiller. Tout étoit prêt. Déjà deux coups de canon du départ s'étoient fait entendre; prefque toutes les cordes étoient coupées, & la machine ne tenoit plus qu'à un léger cordon, lorfque le maire de la ville,

accompagné des officiers de port , vinrent annoncer le changement de vent en mer, l'approche
d'un orage violent, & la témérité de partir en
ce moment. En conféquence , l'aéroftat fut re-
conduit triftement fur le chantier , où il eft
enchaîné depuis quatre mois.

24 *Avril.* L'accident malheureux arrivé le
3 de ce mois à Mlle. *Lavau* , penfionnaire de la
commédie françoife, ayant des fuites fâcheu'es
& la tenant dans un état de fouffrance confidérable , fes camarades ont arrêté de donner mardi
26 avril, une repréfentation à fon profit; ils invitent le public à feconder leur zele bienfaifant,
par une lettre du fieur *Vanhove* , fecretaire du
comité , adreffée au *Journal de Paris.*

24 *Avril.* Il y a peut - être vingt-cinq ans au
plus que des Anglois donnerent à Spa la célébrité
dont il jouit, & qu'il ne mérite guere. Sa fituation
n'a rien d'attrayant. C'eft un trou entouré de
montagnes incultes qui bornent la vue de toutes
parts & n'offrent aucun afpect pittorefque. Le
climat n'en eft pas plus fain que celui des autres
eaux. Au contraire, les chaleurs de la canicule
y font infupportables; aucun fleuve , aucun lac
n'y offre la douceur du bain. A la moindre
goutte de pluie le froid fuccede promptement;
les maifons , décorées à l'extérieur , n'ont ni
commodité , ni agrément dans leur diftribution.
On y vole , pille , écorche fans pitié l'étranger.
Cependant c'eft-là que fe rendent les perfonnages
les plus auguftes, les gens de diftinction , les
gens opulents de différentes nations; mais fur
deux ou trois mille étrangers qui s'y rencontrent
chaque année on n'en compte pas 200 qui faffent
ufage des eaux; tout le refte font des joueurs.

M 3

des crocs, des libertins, des filles. En un mot, **l**
c'eſt au phyſique le cloaque de la corruption,
c'eſt au moral le réceptacle de tous les vices.

Spa eſt dans les états de l'évêque prince de
Liege, qui ferme les yeux ſur les déſordres qui
s'y commettent, ſans doute à raiſon des revenus
que lui procure ce lieu par ſa vogue & par ſon
affluence. Nulle juſtice, nulle police ; c'eſt un
brigandage général. Tel eſt le *nouveau tableau
de Spa*, qui contient d'ailleurs peu d'anecdotes,
peu de choſes intéreſſantes.

25 *Avril.* Depuis qu'on rit aux dépens des
moines, on croiroit que toutes les manieres ſont
épuiſées ; cependant un plaiſant en a trouvé encore
une nouvelle. C'eſt l'auteur de *l'Eſſai ſur l'hiſtoire
naturelle de quelques moines.* Le germe en eſt
ſans doute dans *Rabelais* : il en convient ; mais
il l'a développé avec une grande fécondité. Il les
décrit à la maniere de *Linné* ; il donne ſon ouvrage comme traduit du latin, & l'a orné de
figures. Elles conſiſtent en trois planches. La premiere ſur les divers capuchons ; la ſeconde, ſur
les différentes ſouquenilles ; & la troiſieme, ſur
toutes les eſpeces de chauſſures. Il faut avouer que
ſi cette idée paroît heureuſe d'abord, elle eſt
dans l'exécution ſi monotone qu'elle devient
bientôt inſipide.

L'auteur s'appelle *Jean d'Antimoine*, & ſe
qualifie de *Naturaliſte du grand Lama*.

26 *Avril.* C'eſt en effet M. le marquis *de Puy-
ſégur*, qui prétend avoir rencontré par haſard dans
certains procédés de l'adminiſtration du magnétiſme animal, les effets merveilleux qu'il obtient
aujourd'hui. Il appelle cela *mettre en rapport*. Il
commence par faire entrer en criſe une fille, qui

tombe enfuite en léthargie & devient fomnambule.
Il magnétife alors celui qui veut êrre *en rapport*
avec la fomnambule : elle ne peut plus le quitter ;
elle exécute toutes fes volontés & les devine fans
qu'il parle. On affure cependant que fi elles étoient
malhonnêtes, elle ne les exécuteroit pas. Cette
affection, cette fervitude & cette efpece d'identi-
fication ne dure, au furplus, qu'autant que la léthargie. Quand la fomnambule fe réveille, elle
n'eft pas plus habile qu'auparavant & recommence
à méconnoître celui qu'on avoit mis *en rapport*
avec elle, autant que fi elle ne l'avoit jamais vu.

La moindre chofe auffi, le moindre attouche-
ment, le plus léger corps intermédiaire dérange
& rompt cette intimité.

Quoique le marquis *de Puyfégur*, d'ailleurs
homme froid, grave, fenfé, rempli de connoiffances phyfiques & chymiques, convienne ne pouvoir rendre raifon lui-même de ce qu'il fait exécuter, il a compofé & fait imprimer un petit
ouvrage fur fa prétendue découverte, mais il ne
le donne à perfonne, & ne le laiffe lire qu'à fes
parents ou amis très-intimes.

Plufieurs miniftres, tels que MM. les maréchaux *de Caftries* & *de Segur*, plufieurs prélats,
beaucoup de femmes de qualité, ont voulu
être témoins de ces prodiges ; mais le concours
devenant trop immenfe, il a pris le parti de faire
ceffer ce fpectacle & d'aller à fa terre.

Au refte, ce n'eft pas dans fon hôtel feul que
M. le marquis *de Puifégur* opere. Il a donné une
repréfentation chez Mad. la marquife *de Saint-Jal*,
fa grand-mere, & rien n'a manqué. Un incré-
dule même, un nommé *Gondran*, charlatan qui
fe vante d'avoir un fpécifique particulier contre la

M 4

goutte, a été *mis en rapport*, & n'a pu se sous-
traire à la divination & aux tendresses de la som-
nambule. Il se donne au diable pour y comprendre
quelque chose.

26 *Avril*. Le capitaine *Paul Jones*, qui s'est si
fort distingué dans la guerre des Américains,
durant sa croisiere sur les terres d'Angleterre en
1779, avoit eu l'occasion de faire une descente en
Ecosse. Son objet étoit de s'emparer de quelques
seigneurs Anglois pour servir d'otages au congrès,
& faire craindre les représailles au cas qu'on en
usât mal avec les prisonniers ses compatriotes.
En fouillant les châteaux de plusieurs, il ne trouva
point les maîtres, mais dans un, une caisse d'argenterie précieuse, dont il se saisit.

A la paix, cet officier, devenu seul propriétaire
de la caisse par le remboursement fait aux gens
de l'équipage de ce qui leur revenoit, a écrit à
madame la comtesse *de Selkirck*, à qui appartenoit
l'argenterie, qu'il étoit bien fâché qu'elle en eût
été privée durant la guerre ; qu'il la prioit de lui
indiquer une personne à laquelle il pût l'adresser,
& de la recevoir sans aucune condition. Elle vient
d'être renvoyée à Londres pour être remise à cette
dame, sans aucun frais.

27 *Avril*. Entre la foule des brochures qui pa-
roissent pour & contre *le Mesmérisme*, nous choi-
sissons seulement pour en parler celles qui ont un
caractere particulier, & sur-tout une clandestinité
les rendant d'ordinaire plus dignes d'être connues.
De ce petit nombre est une qui, composée au
commencement de l'année, ne commence à percer que depuis peu. Le titre en est très-baroque
& très long. *Les vieilles Lanternes, conte nouveau,
ou Allégorie faite pour ramener les uns & consoler les*

autres: Etrennes pour rire & des Notes pour pleurer.
C'eſt un hiſtorique aſſez piquant de tout ce qui
s'eſt paſſé depuis l'arrivée du docteur *Meſmer* en
France, mais abſolument en ſa faveur, & ſur-
tout en faveur du docteur *Delon.* L'auteur nous
apprend que c'eſt ſous les auſpices du comte *de
Vergennes* que s'eſt propagée la nouvelle doctrine;
que ce miniſtre la ſoutient de tout ſon crédit. Il
déſigne dans le parti adverſe trois grands ſeigneurs
comme les ennemis déclarés du magnétiſme : le
premier fort puiſſant par ſes ſervices & ceux de ſes
ancêtres; le ſecond très - important par ſes proches ,
ſes amis, ſes liaiſons , ce qu'on appelle parti &
coteries; le troiſieme, redoutable par ſes bons mots.
L'un eſt tranchant, l'autre intrigant & le dernier
tranſcendant. C'eſt une énigme qu'il propoſe aux
faiſeurs de clefs.

Cette allégorie eſt infiniment plus agréable ,
plus variée , plus remplie de ſel que celle contre
les moines.

28 *Avril. M. de Gaule* , ingénieur de la marine, correſpondant de l'academie des ſciences ,
l'a prié d'accepter une médaille de 240 livres
pour un prix ſur cette queſtion : *N'y auroit - il
pas des moyens pour placer, en mer, le long des
côtes de France, dans les parties qui en ſont ſuſ-
ceptibles, des eſplanades ou digues artificielles qui,
dans les gros temps, puſſent ſervir à rompre l'im-
pétuoſité de la mer, & ſous le vent deſquelles un
navire de Roi, du commerce, & toutes autres em-
barquations qui n'ont d'autre reſſource contre la côte,
puiſſent, en y mouillant, trouver un aſyle où ils
n'aient d'autres efforts à vaincre que celui du vent,
dont la réſiſtance peut être diminuée par les manœuvres uſitées en pareille circonſtance ?*

Cette compagnie a confenti à fe charger du jugement du prix propofé , & la piece couronnée
fera proclamée à l'affemblée publique de pâques
1786.

28 *Avril.* Le chevalier *de Cubieres* eft un poëte
aimable , qu'on peut regarder comme le fuc-
cefleur de *Dorat* dans le genre des pieces fugitives ;
ce n'eft donc que par plaifanterie qu'a été compofée la charade fuivante, peut-être faite même
en fa préfence , & dans une forte de défi poétique,
à la juftefle près du fujet , mal trouvé. Elle eft originale & piquante ; c'eft un diftique :

Tes vers à ton premier ferviront de mouchoir ,
Jufqu'à ce qu'au dernier le tout s'en vienne choir.

28 *Avril* M. l'abbé *Mably* , (*Bonnot* en fon
nom) vient de mourir : il avoit le titre fingulier de *chanoine infirmier de l'églife abbatiale de
l'Ifle - Barbe.* C'étoit un écrivain moralifte & politique diftingué , qui a fait bruit plus d'une fois
& tout récemment encore, ainfi qu'on peut s'en
fouvenir. Il avoit fait des obfervations fi judicieufes fur le nouveau gouvernement des Anglo-
Américains, qu'ils l'avoient choifi pour leur lé-
giflateur , ou du moins qu'ils avoient défiré
d'avoir de plus amples éclairciffements de fa part.
Il n'a pu remplir cette tâche glorieufe.

29 *Avril.* M. l'abbé *Morellet* a été élu hier
membre de l'académie françoife. Son grand titre
eft d'être oncle de madame Marmontel. Tous les
gens de lettres font indignés de ce choix , qui
prouve de plus en plus que le mérite entre pour
peu de confidération dans le choix des fujets.

29 *Avril.* Les comediens italiens n'ont pas été

plus heureux que les François dans l'ouverture de leur année dramatique en nouveautés. *Théodore*, jouée hier chez eux sous le titre de comédie en trois actes, mêlée d'ariettes, quoique souvent applaudie, à raison de la musique, ne peut cependant se regarder comme ayant eu du succès.

La piece qui est un drame plutôt qu'une comédie, n'a rien de neuf au fond. Il s'agit d'une fille que son pere veut marier malgré elle, en sorte qu'elle prend le parti violent de se laisser enlever par celui qu'elle aime ; la miniere dont un subalterne, amoureux de la soubrette, par jalousie révele le complot au pere qui, pour ramener sa fille, lui donne une somme considérable afin qu'elle ne soit pas du moins à la merci de son ravisseur ; le dénouement, où le gendre adopté par le pere, voyant qu'il porte le trouble dans cette famille, le dégage de sa parole & intercede lui-même en faveur de l'amant favorisé, sont les trois moyens de la piece, & en constituent l'intrigue. Le premier est adroit ; le second trop romanesque, si l'auteur n'eût mis la scene en Angleterre, théâtre plus vraisemblable de ces grands mouvements ; le troisieme, déjà employé & malheureusement trop prévu. En outre, un major d'une franchise aimable, une suivante entreprenante, un jardinier naïf & original ; tous ces ressorts qui sembleroient avoir dû soutenir la piece, n'ont pas empêché qu'elle n'ait paru longue & ennuyeuse ; ce qu'on peut attribuer en grande partie à la foiblesse de l'action qui ne pouvoit comporter trois actes, & au caractere du pere, dont le choix n'est pas assez motivé, & qui, d'ailleurs, n'est pas soutenu. L'auteur est M. *Marsellier de Vivetieres*.

La musique de M. *Davaux* lui fait honneur.

Connu par de fuperbes fymphonies , c'eft un ama-
teur qui ne confacre guere à cet art que les inftants
de fon loifir. Il effaie pour la premiere fois fes talents au théâtre. Son ouverture a été très - applaudie : cependant elle n'eft pas bien adaptée à
la nature de l'ouvrage, & annonceroit plutôt une
paftorale, qu'un drame à grands fentiments. Plufieurs autres morceaux plus caractériftiques ont
été fort goûtés, entr'autres un air très - piquant,
chanté par le fieur *Trial*, que le public a rede-
mandé. En général, une trop grande abondance
& des ariettes trop longues.

29 *Avril.* Extrait d'une lettre de Cherbourg ,
du 20 avril...... Les travaux de ce port vont
admirablement bien. On travaille fans relâche à
terre, & l'on a tout le bois néceffaire pour placer
cette année plufieurs cônes. L'hiver , comme on
s'y attendoit , a raffermi ceux déjà lancés. Les
pierres commencent à être parfaitement liées &
réunies par le fédiment , par les coquillages &
les plantes marines. En forte que bientôt ils ne
formeront plus qu'un feul rocher inébranlable à
toutes les fecouffes.

30 *Avril.* La reptéfentation donnée mardi au
profit de Mlle. *Lavau* , actrice à penfion , a rendu
plus de 10,200 livres.

Le Roi lui avoit précédemment envoyé 50 louis.

30 *Avril.* Extrait d'une lettre de Breft, du 25
août.. .... On s'occupe avec ardeur des expériences
relatives à la perfection d'un inftrument propre à
déterminer le fillage des vaiffeaux. MM. *de Su-
zannet* & vicomte *de Roquefeuil* , deux officiers
de marine très - diftingués dans leurs connoiffances , doivent partir inceffamment. Le premier , en
qualité de commandant la gabarre *le Barbeau* ,

& le second de *la Cérès*, pour examiner les propriétés de cet instrument.

30 *Avril*. M. *Bottineau*, ancien employé de la compagnie des Indes aux Isles - de - France & de Bourbon, vient de faire imprimer un mémoire adressé au gouvernement, dans lequel il prétend avoir découvert un moyen physique de connoître l'arrivée des navires à la distance de deux cents cinquante lieues en mer.

Il s'apperçut, il y a environ vingt ans, que leur arrivée étoit précédée de *certains phénomenes* qu'il étudia avec soin, & après beaucoup d'erreurs, d'incertitudes, de tâtonnements, d'observations & de succès, il a perfectionné, dit - il, sa méthode, au point que, depuis plusieurs années, il annonçoit à l'Isle - de - France l'approche des vaisseaux, & même leur nombre & leur distance. Sur cent cinquante - cinq, il en est arrivé au moins la moitié au temps marqué, & quant aux autres, il a été éclairci qu'une partie d'entre eux étoit alors aux environs de l'isle, mais que leur destination, la guerre ou les vents, les avoient empêchés d'arriver.

Une des observations les plus importantes est celle par laquelle M. *Bottineau* annonça de suite plusieurs vaisseaux qu'il assura devoir être une flotte angloise, dont il étoit absolument nécessaire, suivant lui, d'avertir M. *de la Motte-Piquet*. On équipa en conséquence une corvette & une frégate, & deux jours après on reconnut la flotte angloise.

Cette prescience, qui doit paroître moins ridicule dans ce moment, où tout est merveille, a cependant besoin d'être parfaitement constatée par des expériences bien répétées & bien authentiques pour mériter quelque créance.

Ce qui doit rendre encore le talent de M. Bottineau plus suspect, c'est que, suivant l'usage de
tous les charlatans, il demande une récompense
pour faire part de sa découverte, & la demande
proportionnée à son utilité, c'est·à·dire, très-
considérable.

30 Avril. On peut se rappeller un tour de
force de M. le chevalier de Boufflers, qui parut
en 1780. C'est la Somme de saint - Thomas, mise
en monosyllabes par cet auteur aimable, adressée
au duc de Choiseul, qui l'avoit défié de lui écrire
une lettre toute entiere en monosyllabes. Cette
plaisanterie d'une gaieté charmante, étoit une
forte impiété.

Aujourd'hui c'est un conte, intitulé : La Fille
& le Cheval. Le chevalier de Boufflers avoit fait six
vers, sur les rimes de ce conte. On le défia d'en
faire trente de la même maniere ; il l'acheva en
quarante-six, & composa ce badinage piquant,
où l'on ne sent ni la gêne ni la contrainte des bouts
rimés. Le voici :

Dans un sentier passe un cheval,
Chargé d'un sac & d'une fille :
J'observe en passant le cheval,
Je jette un coup d'œil sur la fille.
Voilà, dis-je, un fort beau cheval ;
Qu'elle est bien faite cette fille !
Mon geste fait peur au cheval,
L'équilibre manque à la fille ;
Le sac glisse à bas du cheval,
Et sa chute entraîne la fille.
J'étois alors près du cheval.
Le sac tombant avec la fille,
Me renverse auprès du cheval,

Et fur moi fe trouve la fille.
Non affife, comme à cheval.
Se tient d'ordinaire une fille,
Mais comme un garçon à cheval.
En me tremouffant fous la fille,
Je la jette fous le cheval,
La tête en bas, la pauvre fille !
Craignant coup de pied de cheval,
Bien moins pour moi que pour la fille,
Je faifis le mors du cheval,
Et foudain je tire la fille.....
D'entre les jambes du cheval,
Ce qui fit plaifir à la fille.
Il faudroit être un franc cheval,
Un ours, pour laiffer une fille
A la merci de fon cheval !
Je voulois remonter...... la fille ;
Mais preft ! Voilà que le cheval
S'enfuit & laiffe-là la fille.
Elle court après fon cheval.
Et moi je cours après la fille.
Il paroît que votre cheval
Eft bien fringant pour une fille !
Mais, lui dis-je, au lieu d'un cheval,
Ayez un âne, belle fille ;
Il vous convient mieux qu'un cheval,
C'eft la monture d'une fille.
Outre les dangers qu'à cheval,
On court en qualité de fille,
On rifque, en tombant de cheval,
De montrer par où l'on eft fille.

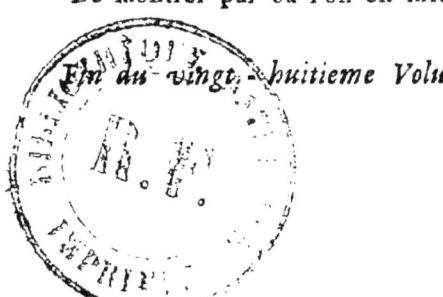

Fin du vingt-huitieme Volume.

www.ingramcontent.com/pod-product-compliance
Lightning Source LLC
Chambersburg PA
CBHW071816020726
47502CB00004B/1133